共犯

A NOVEL

#1 AMAZON BESTSELLER

FIND ME

SOMEONE'S PLAYING TRICKS WITH HER PAST.

ANNE FRASIER

安・費瑟 著

葉旻臻 譯

1

凱西·貝克在瑞德蘭鎮外沿著南加州步道起跑時，天色已經暗了。她知道那些失蹤的慢跑者。其實她正是被召來參與偵辦其中一起案件，所以今晚才獨自慢跑。她的頭髮綁成馬尾，腳上穿著跑鞋，短褲鬆緊帶裡塞著一罐防身噴霧，上衣底下藏了一只口哨，用來警示埋伏在附近的後援人力。

她刻意讓自己符合受害者的特徵。

這個任務的名稱是「捕鼠器行動」，不怎麼有原創性，但是簡潔有力。加州南部各警局有十位訓練精良的女性，同意作為緝捕「內陸帝國殺手」的誘餌。這項行動是最高機密，在若干個不同地點進行。凱西·貝克接受過豐富的防身術訓練，很有信心自己能打敗襲擊者。

開始慢跑後十分鐘，她在步道上注意到某樣東西。她原本就已精神緊繃，現在更是處於高度戒備狀態。她的手摸向防身噴霧，將罐身拉出，藏在掌心裡。當她的距離足夠接近，看到那是個在路上哭泣的小孩，她困惑地鬆了一口氣。那是個小女孩，光著腳，儘管夜裡很涼，身上卻沒穿夾克或毛衣。她有一頭紅褐色的直髮，長度到下巴。

凱西在她面前蹲下。「妳迷路了嗎？」

那個看起來大約五、六歲的小女孩吸吸鼻涕，用手背抹了抹鼻子。「妳可以幫我找我媽咪嗎？」

她是怎麼到這裡來的？是跑出家門迷路了嗎？

小女孩指著遠離步道的方向。「她往那裡走了。」

啊，所以她的母親就在附近。凱西鬆懈下來，站起身將防身噴霧塞回褲腰。看樣子他們今晚是不會抓到內陸帝國殺手了，但她出來這一趟仍是好事一樁。她真不忍想像這可憐的孩子在黑暗和寒冷中度過一整夜。她牽起小女孩的手。「我們會找到她的。」

「如果沒找到，我們可以去妳家嗎？」

這麼小的孩子說這種話還真奇怪。「當然可以。妳叫什麼名字？」

「我不應該告訴妳。」

「為什麼？」她們朝森林更深處走去。

「名字不是遊戲的一部分，對不對？」

「什麼遊戲？」

「這個遊戲。我們在玩的這個遊戲。」

聽見這孩子令人不安的話語，凱西的手指重新探向褲腰，尋找防身噴霧。

某個地方傳來一個男人的喊叫聲，「快跑！」

那孩子跑了。

凱西的頭部受擊，被打倒在地，防身噴霧罐從她手中掉落。她翻滾成仰姿，膝蓋縮向下巴，然後用力踢出去。她的眼睛充血，她抓起防身噴霧，跳了起來，同時納悶著那女孩跑哪去了。她試圖理清眼前發生的事，那孩子也參與了攻擊嗎？或者這只是巧合？

她將噴霧罐對準襲擊者的臉，按下按鈕。什麼事也沒發生，只有一點噴濺聲。

那個男人把她撂倒，一把刀子閃過，她感到灼熱的痛楚，他割了她的喉嚨。她發出含糊的咕嚕聲，他的手臂高舉在她頭上時，她再度看見刀鋒。

「爸爸，不要！」

爸爸？

那個男人驚訝地抬頭一看。接著，他的重量移開了，她聽到奔跑的腳步聲漸漸遠逝。

凱西將口哨拿到唇邊。沒有聲音。

那孩子回來了，就站在一旁。

凱西用力拉著口哨，扯斷了頸上的鍊子。她一手壓住流血的喉嚨，將口哨遞給那個小女孩。那孩子動也不動。凱西促她靠近，點頭示意她接過口哨，並努力不要顯露出自己的恐懼。小女孩走近一些，帶著遲疑拿起了口哨。凱西將手舉近嘴巴，噘起嘴唇模仿吹哨的動作。

小女孩緩緩將口哨拿到嘴邊，眼神始終沒有離開凱西。凱西對她鼓勵地點點頭。

小女孩吹響了口哨，先吹了一聲，然後再一聲，哨聲爆響開來，直達天際。

凱西的手從喉嚨上垂落。她聽見警笛聲，在某個時間點，她睜開眼看見那女孩站在她上方。然後，女孩跟那個男人一樣跑掉了，而凱西感受著自己的生命逐漸流失。

2

現在

丹尼爾．艾利斯刑警走進了聖昆丁州立監獄，加州唯一的男性死刑犯監獄。遮蔭和強勁的空調讓他感激不已，同時也在心裡給自己做準備面對接下來的事。是受刑人班傑明．韋恩．費雪——也就是內陸帝國殺手——召喚他來的（除了召喚之外沒有別的詞能形容了）。丹尼爾開了八個小時的車，從聖貝納迪諾到聖昆丁。他感覺好熱，又因車程而疲憊不已，同時懷疑這不過是又一個死刑犯想要人陪，就算陪的人是警察也好。這種事很常見。他帶著希望前來，但也不抱任何期待。

他在前台簽到，拿到一張特製的相片識別證。他清空口袋裡的東西，接受金屬探測儀掃描，接著把他包括手槍在內的所有隨身物品放進置物櫃，與此同時，他讓自己全心投入地想，有多高比例的連續殺人犯，中間名都叫做韋恩。這種事真的有人花時間持續在統計，目前為止，名單上已有多達兩百二十三名殺手。在關於衝動殺人這項罪行的領域中，這只是各式各樣毫無道理的怪事之一，但所謂的「韋恩理論」擁護者甚至將非連續殺人犯也包含在理論所指的範圍內，他們歸納發現有百分之零點四一的已定罪殺人犯，中間名都叫做韋恩。

一位友善的警衛護送丹尼爾穿過一道道門，但丹尼爾懷疑對方表現出的是藥物影響下的反應。每扇門的開啟都是透過內部通訊系統，由監獄中控室裡坐鎮在螢幕後方的控制員負責操作。這套系統在一次導致四十二人受傷的血腥暴動後啟用。現在，警衛就算上前，門還是會維持緊閉。每個囚犯都曉得這一點，但他們還是偶爾會嘗試要殺人越獄。

監獄裡，每個表面都反射出影像，聲音也被放大。無論囚犯還是警衛都一臉高度警戒，準備在衝突發生時拚個你死我活。這裡大部分的人只要被人不請自來地看個一眼就會崩潰爆發，而需要保持高度警戒這件事，對警衛和囚犯都同樣不利。因此才需要藥物。

監獄有種丹尼爾從沒在別處聞過的氣味，立刻就能辨認出來；就算蒙著眼，他也有辦法判斷自己是否在監獄裡。在這個荒涼的生態系內，沒有多少自然光或新鮮空氣，到處充斥著蓋不過尿液和糞便臭味的工業用清潔劑的呆板香氣，底下還暗藏了將死之人無從發洩的戾氣。那感覺就像在查爾斯．曼森和索罕．索罕等惡名昭彰的死囚濕濡的呼息之中走動，味道會攀附在你的衣服和頭髮上，丹尼爾已經預期到自己身上好幾天都會帶著那股氣味。

丹尼爾從沒見過內陸帝國殺手，但全國八成沒人比他更熟這傢伙。丹尼爾第一次聽說費雪的犯行時還是個小孩，但那些罪案在他心中留下深深的烙印，並且改變了他的一生。他就讀喬治梅森大學期間，大多時間都在研究這個案子，甚至寫了一篇關於費雪的論文。妙的是，現在他就要和這個殺手碰面了。人生真是無奇不有。

他被帶到一間淺米色水泥磚牆、沒有對外窗的小房間裡，裡頭明亮到容不下一絲陰影。費雪已經到了，就坐在桌旁，面容衰老憔悴。

丹尼爾看到、聽到、聞到的一切，都在提醒他全世界最不自然的地方就是這裡，同時——帶著不太自在的同情心——意識到這些住民要在這裡一直待到死期來臨。徒然浪費的生命，不管怎麼看都是一樁悲劇，一想到要永遠生活在這幾道牆後面，就讓人備感沉重。

費雪身上還是有一股教授的氣質。他那種人可以看起來像愛讀書的知識分子，或是像腦子有問題的怪咖。丹尼爾聽說，有情緒問題的囚犯都會去找他幫忙，他就像獄中心靈導師一樣給人建議。入獄之前，費雪教過心理學，這進一步證明了人往往會為了理解自己的精神失常而專攻某些學術領域。

丹尼爾在費雪對面坐下，努力控制自己對於跟這名男子同處一室的反應，畢竟這是他花了那麼多年的時間和心思研究的對象。他從口袋拿出一包水果口味的口香糖，把它滑過桌面。那是費雪的最愛，或至少以前是。

費雪將手伸進包裝袋，示意丹尼爾也一起吃——他搖頭——接著扔了一顆口香糖進嘴裡，身子往後靠，閉上眼睛咀嚼，細細品味了一陣子，才再次看向丹尼爾。「我以前當過女子壘球隊教練。她們好愛吃這款口香糖。這香氣跟滋味真是讓人回想起那段時光。」

那不是丹尼爾的目的，兩人共享的這一刻讓他感到有點想吐。

費雪直接切入重點。「感謝您撥空前來，」他聽起來好像在和生意夥伴會面，或是午後跟同事喝杯咖啡似的。只不過他穿的不是粗花呢襯衫或手肘有補釘的毛衣，而是橘色連身囚衣，手腕上還圈著沉甸甸的手銬。

他沒被銬在地板上，或是用腹部鎖鍊銬住，這說明了他在監獄裡的地位不凡。

加州有死刑，很多人以為，這是個如此自由派的州份，照理說不會採取這樣的刑罰，因而備感震驚。不過，即使在目前的暫緩死刑政策推行之前，死刑的執行數量就已經很低了。事實上，最近一次以注射藥劑為手段的死刑是在二〇〇六年時於聖昆丁執行，所以費雪短期內幾乎可以肯定是哪裡也去不了。他最可能就是在監獄裡自然死亡。而且，就算死刑在黃金之州能受到多一點的歡迎，費雪只要不鬆口說出棄屍地點，就不會挨針。丹尼爾總覺得那就是他長遠的布局，拿下落不明的屍體當保險。

人們好奇加州怎麼會有這麼多連續殺人犯。這裡邪門的特色不僅是連環殺手的數量比其他任何州都多，其中好幾個更是歷來最聲名狼藉的。這也許只是統計數字的問題——加州地幅廣闊，人口數又是全國之冠，又或是一波波地震和斷層讓州民下意識地神經緊繃。考慮到此地日照如此充足，這一點就特別令人費解；這個州不是被包裝成人人安閒度日的樂園，也因此受人熱愛嗎？但也許是因為在那些氣候比較陰寒的州，人們太冷太憂鬱，才沒有動力實踐他們的暴力執念和幻想吧。

「我本來是想跟法蘭柯碰面。」費雪說。

法蘭柯是從一開始就負責本案的警探。

「他退休了，」丹尼爾說。「我接手他的工作。」

「你看起來像是應該在某個地方當咖啡師，然後偶爾試鏡個電視劇角色。你年紀多大？」室內已經充盈著費雪口香糖的水果甜香，這在密閉空間裡很正常。丹尼爾當場就知道自己再也不會嚼口香糖了，特別是水果口味的。

「夠大了。」他想說自己比費雪殺害的女性都年長，但他努力閉上嘴巴。

「你看起來沒什麼人生歷練，也不像有跟我這種人交手過的樣子。」費雪說。

標準自戀型人格者的發言——缺乏同理心，不覺得別人和他一樣受過生活的磨練。

「聽著，我可以離開，五年後再回來，到時候我們就都會老成一點了。」丹尼爾來不及忍住便讓這句挖苦脫口而出，他在內心踹自己一腳。他不想做出任何會將這傢伙推遠的行為。過去幾年來，費雪已經多次要求跟法蘭柯見面。這些會面起先都充滿希望，費雪會說他打算如何告訴他屍體埋藏的位置，但法蘭柯作風老派，拒絕跟費雪的任何要求妥協。相反地，丹尼爾會為了達成目標而妥協到底。他已經追了這個案子這麼久，絕不能讓機會在此時溜走。而眼前局勢由誰掌控是再明顯不過，只有費雪握有他們需要的答案，而且他已經沒有什麼能夠損失。丹尼爾的目標是要確保對話持續進行。

費雪嘴角一側顫抖一下，透出一抹生疏的微笑。「當這是面試吧。我想知道你夠不夠格和我合作，所以我會問你幾個問題。」

丹尼爾任由費雪表現。

「大家都叫你丹還是丹尼？」

「只有我媽叫過我丹尼。」

「過去式。她去世了？」

丹尼爾看向他，仔細看他充滿血絲的雙眼，臉上衰敗的靜脈，因長年生活在室內而蒼白到病態的肌膚。他眼睛眨也沒眨，說：「對。」

「請節哀。先母過世時，我人在獄中。你愛的人死了，你卻關在裡頭的感覺很不好受。」

「我相信。」

「她是進沙漠定居拓荒的第一代。我父親有天突然就跑得沒了蹤影，她得獨自一人在那裡把我養大。你知道，那時候你必須耕種滿七年，不然就會失去土地。她不知是怎麼樣辦到的。」

看起來他似乎對母親懷抱著欣賞與關愛，這很有趣，丹尼爾先前的研究發現她應該是個不錯的榜樣，但旁人的觀感經常有誤，而且他一直找不太到跟她有關的資料。

「你結婚了？」費雪問。

「離婚了。」

「警察這份工作對婚姻的影響不小。」

「沒錯。」

「那孩子呢？有生小孩嗎？」

「我的私人生活不是今天談話的主題。」

「那就代表有嘍。」

丹尼爾聳肩，「那不代表任何意思。」他沒有提及費雪父女當年可怕又扭曲的關係。「監獄裡有一點很有趣，」費雪說。「有人從外面進來的時候，你可以在他們身上聞到世界的味道。」他深吸一口氣。

轉開話題讓丹尼爾放鬆了一些。「我聞起來像什麼？」

「被太陽曝曬一整天的車子內部。高速公路。像是排氣管廢氣和柴油。你路上塞車嗎？」

「這裡是加州。州際公路好幾個地方都在塞。」

「聖塔克拉利塔外面那間咖啡店還在嗎？他們的花生醬派最棒了。你吃過花生醬派嗎？」

「我應該知道你在說哪裡，」丹尼爾說。「現在主要都是新潮的年輕人在去，但它還在。」

「我真想吃一塊那個派。」

丹尼爾的策略是：竭盡所能答應費雪每一項要求。「這我能安排。」只要能找到那些被他殺死的年輕女性，讓她們家人心中的懸念能夠終結。每個人的懸念都需要終結。「不只如此，你還能真的去那邊，」丹尼爾補充道。「聞聞高速公路的味道，也許甚至能嗅到一點海的氣味，如果風勢夠強，風向又對的話。」除非半個加州都沉進海裡，否則他說的事都不太可能發生，但鹹鹹海風讓他的提議更顯誘人。而且加州也不是真的沒有可能在明天就少掉一大塊。

費雪上鉤了。

「我能安排。」丹尼爾不確定要怎樣安排，但他一定會想到辦法。把整個地方包下來，塞滿警察，讓費雪吃他該死的派。「只要你告訴我屍體在哪。」

費雪的犯案地點大多位在洛杉磯和莫哈維沙漠之間，別名內陸帝國的那個區域——因此他才得到了「內陸帝國殺手」的名號。至少他們實際了解的幾宗案件是發生於此地，但丹尼爾相信他還沒有將所有犯行和盤托出。他之所以落網，是因為其中一名受害者成功脫逃，那是一位瘦小的金髮年輕女子，蓋比・薩頓，她現在似乎過著普通的生活，至少從外人的角度看是如此。生命持續前進。對某些人來說是吧，如果你沒被謀殺的話。

費雪嚼著口香糖，看起來不再像個學者了。「我不會**告訴你**，」他說。「我會**帶你去**。」

丹尼爾希望他的襯衫能遮住他猛烈的心跳。就要成功了。「不無可能。」他緩緩地說，不想顯得太過急切。

「但我有幾個明確的要求。」

協商通常都是在這裡破局。法蘭柯的理論是，費雪只是想要有人來陪他，根本就沒打算分享藏屍地點。這並不意外，監獄生活很寂寞的。而現在，丹尼爾答應要帶他到高速公路上兜風。費雪有生之年很可能都會一直要著丹尼爾玩，帶他造訪一個接一個錯誤的墳墓。

「別急著拒絕，」費雪接著說，「讓我把話講清楚，我永遠沒辦法在地圖上找出那些地點。我必須親自去到那裡，搭車去。就算是那樣，我都無法保證我們能全部找到。」

郊遊啊。跟保外就醫差不多的死刑犯伎倆。丹尼爾睜著眼睛。「你可以給我個大概的地點嗎？」

「莫哈維沙漠。」

這是個很大的範圍，從洛杉磯縣一路延伸到猶他州、亞利桑那州和內華達州，超過四萬七千平方英里。他們若真的去了，八成就是到處開車一整天，然後什麼也沒找到。費雪會說他不記得了，然後他們再帶他回監獄。過程中某個時間點，他會說他需要上廁所，然後試圖逃跑。

「我可以安排。」丹尼爾說。

「還有一件事，」費雪伸手到襯衫口袋裡，拿出一疊小小的平面塑膠套。丹尼爾認得那是以前皮夾裡常會附的一種東西，在人人都有智慧型手機之後就幾乎絕跡了，這讓人再次意識到費雪的時間已然停滯不動。

費雪把護套攤開，擺在他們之間的桌面上。塑膠夾層裡總共塞了有五張相片。丹尼爾湊上前。相片的邊角因為長年被費雪拿在手裡而捲起、軟化，影像也已褪色失真。都是同一個孩子在不同時期被拍攝的照片，她留著有瀏海的紅褐色直髮，表情甜美天真。

費雪輕叩相片旁邊的桌面，把它們推得離丹尼爾更近。「我想要我女兒在場。」

丹尼爾心一沉。家庭諮商可不是他的工作。「沒問題。」他想辦法不讓聲音透露一絲緊繃。

「不一定喔。她不肯和我說話。」

「你最後一次跟她接觸是什麼時候？」

「我三十年前被逮捕的時候。」

他的希望瞬間落空。班・費雪不只想控制他女兒，還拿丹尼爾當工具。「我聽說她狀況不太好。」丹尼爾謹慎道。

大部分警探都知道芮妮．費雪的故事。她曾在聯邦調查局工作，然後去東部住了一陣子。她的犯罪剖繪才能極為出色，還在匡堤科客座授課過。但謠傳她在兩三年前精神崩潰，向調查局不知道是辭職還是請假之後，自此音訊全無。聯邦探員都很清楚如何銷聲匿跡，就算丹尼爾能找到她的下落，她大概也完全不會想被捲進來。他能理解。

丹尼爾向費雪做出別的提議。「我們可以給你弄更多好處，讓她不需要被牽涉進來。就算我找到她，我也不確定她會不會配合。」

「小孩子很纏人的。他們老是求啊求，求到你終於屈服才罷休。」

「我聽不懂。」

「她以前總是纏著要跟我們走，跟我們一起去小小的家庭探險。有其父必有其女。帶芮妮來，否則我們沒什麼好談的。」

他似乎是要說，芮妮．費雪是促成那些謀殺案的原因。考慮到她當時的年紀，這不太可能，但這個說法不只費雪提過，也時不時就會出現在網路上的罪案討論區。不過，在丹尼爾看來，芮妮才是整件事真正的受害者。她還是小孩的時候，就被她父親拿來當成誘餌，吸引年輕女性走進死亡陷阱。

3

莫哈維沙漠不是個人見人愛的地方。事實上，大部分人都不愛，而這正是芮妮．費雪喜愛它的原因。但原因不只如此，自她有記憶以來，這片沙漠就是她生命的一部分，早在她成為聯邦調查局探員之前就是了。

她搬走過，搬到東邊那頭的城市，但她現在又回來了。她不曉得她怎麼可能忘記自己有多愛這個地方。狀態好的時候，她只需要沙漠的花香和石炭酸灌木的氣味就能解決所有煩憂。狀況差的時候，它仍堅毅地提醒你，這片風景曾在昨日帶給你慰藉，明天也一樣會。

有時候，她忍不住覺得自己是個差勁的朋友，就這樣拋下曾經對她意義深重的地方。可沙漠似乎不在乎她思慮不周。

它和以前一樣，持續將黎明染上粉色，為暮色塗上豔紅。它始終靜坐在快速飄移的雲朵和雷雨底下，任沙塵隨風飄離，礫石被吹到高空，遠遠飛到漠地的範圍外。沙漠不曾等她回來，但它一直都在那裡。

春天來了。芮妮個人認為這是一整年裡最棒的時節，排名第二的秋天緊追在後。另一方面，夏天酷熱難忍，特別是季風季的時候，濕度會高到讓水冷扇無法使用。人們會把窗簾拉緊，窩在室內，等到太陽和溫度都下降為止。

外人會跑到高沙漠區落腳，大部分都是因為內心受創，想重新開始、躲起來、遺忘往事，或想假裝過去不曾發生。芮妮．費雪符合上述每一項，而且她的問題還不只這些。但沙漠能做的也就這樣，來尋求慰藉的人，過一陣子通常會離開，回到他們原本的地方，傷口可能稍有癒合，或是因為沒得到安慰，而傷得更深；其他留下的人以此地為家，怎樣都不會離開這裡。芮妮屬於後者。

她家離約書亞樹國家公園二十英里，往西開幾個小時會到洛杉磯，但在地理、氣候、交通和日常生活的層面上，兩地之間差距更加遙遠。從都市移居到沙漠，就好像從地球到月球一趟似的。路很難找，泥土路上壓滿轍痕，穩定地向上爬升，有些人會為這種環境苦惱，有些人就不會。她的小屋位在一處陡峭的高地，能看見遠方山羊山的景色，還有底下平緩的盆地。天氣晴朗的時候，芮妮喜歡想像自己可以一眼望到內華達州去。也許真的可以。

她的住處離文明世界如此遙遠，讓她感到安全而踏實。也因為她離群索居、不想跟人打交道的名聲，就沒人去打擾她。因此，她怎麼也沒料到，會有人從她刻意拋在腦後的世界來訪。她聽見車聲，接著是敲門聲，但她不想應門。讓他們以為家裡沒人吧。

有可能是幾週前出現過的調查記者。那位年輕女性在門上留下她的名片，叫做卡玫爾什麼的。

又敲了一聲，這次力道更重。

芮妮讓一隻眼睛從為了遮蔽太陽而拉上的厚重窗簾縫隙看出去，成功辨認出一名身穿黑西裝的男子。穿西裝的都沒好事，你看那些禮儀師、聯邦探員、律師、警探。

她屏住呼吸，離開窗邊，在緊鎖的門前站得無比直挺，清楚曉得另一頭陌生人的存在。她能感覺到隨他而來的黑暗世界，從老舊小屋的裂縫滲透進來。她已經不帶槍在身上，甚至並未持有槍械。槍不屬於這裡的生活。結果證明選擇這樣生活是對的，因為現在她手指一邊抽動，一邊想像武器握在手中時那令人安心的重量。

那不屈不撓的煩人傢伙再次敲門。

她再度不予回應。她確定他知道她在屋裡，儘管唯一能暗示此刻有人在家的，是她停在門口那台破破爛爛、生鏽的白色卡車。那也不代表她一定在家，看在他眼中，她大有可能跟別人出門；或貼近現實一點的可能是，她也許去健行了。但不會是在正中午，這個溫度以四月來說都嫌太熱。

他漆黑的影子沿著窗簾移動。過了一陣子，她聽見車門甩上。但緊接著不是引擎運轉或汽車駛離的聲音。

她再次從窗簾間窺視，見他找到一小處遮蔭，正坐在地上，一隻手撐著膝蓋，背靠著她用來放窯的小棚屋。他的外套和領帶消失了，袖子往上捲。脫下西裝的他看起來沒那麼嚇人，就只是又熱又累的樣子，像個普通人。

是她前搭檔的事嗎？她以前的工作？一樁懸案？或者更糟：有人需要她？她很驚訝自己心中還有任何一絲好奇。

她將屋門敞開，並朝他呼喊，問他想要什麼。

「能來杯水就太好了。」

都市人啊。想來有趣，她自己不久前也是個「都市人」。但人來這裡就是要脫胎換骨的，花不上多久時間。「白痴才會不帶水就開進沙漠來。」一天到晚都有人因為缺水、迷路且沒有及時發現異狀，就在沙漠喪命。

「妳怎麼知道我不是這裡的人？」

她擺了個惱火的臉色，任何有點情商的人都能明白她的意思。

他把自己推起身，動作敏捷但僵硬。在地上久坐導致了痠痛。當他靠近到兩人終於面對面之後，他看起來有點錯愕。或許因為她不是他想像中優雅從容，專業有素的那個人。他想像中的她不是某個長髮赤腳，手上和牛仔褲上都是陶土屑的嬉皮。

「妳可真難找。」他說。

「顯然還不夠難。」

她很驚訝自己的聲音沒有顫抖。她得好好稱讚自己一番。另外，因為她很少開口，她同樣很驚訝自己的嗓子還能運作，而不至於只能發出某種假裝在構詞造句的粗啞聲響。「這裡是私人土地。你是誰，你想幹嘛？」

「我有試過先打電話。」

她查看了她的手機，接著轉過來給他看最後一支被封鎖的號碼。

「那個是我。我是聖貝納迪諾縣凶案組的丹尼爾．艾利斯警探。我來是因為妳的父親。」

她一隻手擺到胸前，隔著T恤感覺自己心臟跳得飛快。口乾，顫抖。她花了這麼多時間努力避免的，就是這樣的情緒震盪。這就是她待在沙漠的原因。

世上沒有專門寫給連環殺手的小孩看的心理自助書，不然讀者群會小眾到極點。希望如此。但她試圖想搞懂自己為什麼甩不開過去，於是她也讀過關於處理創傷的書。她試圖理解為什麼，就算她自覺已經面對和處理得不錯，並且把往事拋在腦後，它們還是會捲土重來，將她淹沒。

回想起來，她早該料到的，但當你把自己層層保護起來的時候，意外總會來得更措手不及。

為了讓自己放下腦袋裡互相衝撞的思緒，她逼自己專注在眼前這名男子身上，將他分類、為他做剖繪分析。他長得很高，讓人有壓迫感，年輕臉蛋過於嚴肅，一頭黑髮。他以一種看上去近乎造作、但也可能是基於禮貌的動作，拿下他的太陽眼鏡。他棕色的眼眸帶著謹慎。人們現在大多就是用這種眼神看她。

他看起來很面熟，她努力想要認出他。很多東西都被她封鎖在記憶之外。只有這樣才能活下去。他們是在哪見面的？喬治梅森大學？匡提科？

他亮出他的警徽，以免她不相信他的自我介紹，接著問說他能否進屋。

人們離開之後，總會留下一小部分的自己。會有DNA殘留，沒錯，但對她來說，更還有一種要花上好幾天才會消散的能量。她不想讓他進她家裡，誰知道在他走之後，要花多久時間才能甩掉他。但外頭燥熱難耐，氣溫逼近華氏九十度（攝氏三十二度）。在大中午的酷熱下，她不能拒絕提供飲水，讓他們稍作休息。她往後站，讓他進門。

水冷扇在屋頂上隆隆運轉，從風扇吹出的氣流風速夠強，足以吹動頭髮，弄亂衣服。他一進來，她就感覺到置身陰涼處讓他鬆了口氣。

「我們見過嗎？」她問道。她努力回想起沙漠之外的世界，同時閃避她不想記得的回憶。她沒準備好讓別人把她父親帶進她的舒適圈裡。不是指他的肉身，而是有關他的想法、語句，他醜惡的人生和罪行，讓它們恣意漂浮在屋內，觸及她的一切。她的陶土，她的拉坯機，甚至是她狗的骨灰。沒有任何東西能夠保持安全和潔淨。

她的訪客四處張望，以警探的作風觀察一遍她的空間。他的內心大概正在為這裡貼上悲哀淒涼、徹底絕望的標籤吧。比較像是工作室，而非生活空間，有點像修道院，空蕩蕩的，只有櫃子上分別處於不同製程階段的陶器，有些剛從拉坯機上取下，其他則在等待燒製。開放空間裡的一切他都看進眼裡，從煤渣磚牆到跟她一樣布滿陶土屑的水泥地板。

「匡堤科，」他說。「妳來客座教授我上的一堂犯罪剖繪課。」

啊，跟學校有關這點她沒想錯。她想起來了，包括在教室裡，大家輪流簡單自我介紹時，他說了什麼。

「你問我是否感覺自己在父親犯下的罪案中也是共犯，儘管我當時還是個小孩。」

他縮了一下，「抱歉。那個問題太越界，也太私人了。」

他在流汗，然後她才想起來他最開始請求的東西。

她從冰箱拿出一瓶冰水，倒給他一杯。「別為了追根究柢和提及私人領域而抱歉。那是個好問題。但我不記得我回答什麼了。」

他感激地喝了一大口水。「妳說，沒有人該為他人的犯行背負罪惡感。特別是小孩。」她的標準回答。多年來，她搬出過一大堆像那樣的答案。但這個答案千真萬確，雖然她沒有一刻不背負罪惡感。那天的回憶更明朗了。「你不是槍法超神嗎？」

「妳記憶力真好。」

在某些事情上。

「可惜我沒那麼常去射擊場了，就不像以前那樣熟練。」他喝完水，把空杯子擺在廚房桌上。接著他大搖大擺地在她的工作室裡閒晃，觀察她的拉坯機、釉藥桶、練土機、好幾盆陶土和一層層的陶器。他似乎對需要用極高溫處理的鳥羽設計特別感興趣。他在一張遮住半邊牆的地圖前停下來。莫哈維沙漠。他注意到有些地區做了紅色標註。

她上前站到他旁邊，雙手插在牛仔褲前面的口袋裡。「我在這些地方找過我父親的受害者。」有幾次搜索的地方是在她父親的家（更早之前屬於她祖母）那裡，那一帶太過寬廣，要花上一個團隊好幾年的時間才能搜遍每條隱蔽的蝕溝和沖刷地帶。在那裡有可能開上好幾小時的路都不見別的車影，就是這麼偏僻。經年累月下來，尋獲任何東西的可能性已微乎其微。在這片散沙之地，雨水能沖走很多東西，包括屍體。

然而，她還是繼續在找。

其他人沒事是去看電影或到餐廳吃飯或逛博物館。她則是去找被她父親殺死的女人，她內心有種強烈的需要，必須找到她們。

「真有意思，」他說。「我翻過妳父親在我們這邊的文件，大部分搜索的地點都是在棕櫚泉外、聖貝納迪諾國家森林那邊他的住家附近。只有一小組人馬在妳奶奶家那邊找過幾天。」

她很驚訝他對一個這麼古老的案子如此熟悉。老實說是有點怪，但話說回來，很多警探都有他們特別鍾愛、喜歡時不時就拿出來苦思一番的懸案。比較受歡迎的論點是，她父親將屍體棄置在比較靠近他們在棕櫚泉的住處附近，也就是人稱內陸帝國的大洛杉磯地區那裡，但她總覺得他應該是在沙漠埋了她們。沙漠能隱匿凶手的行跡，熱度也能讓屍體快速分解，完美的棄屍地。

「為什麼這麼專注在莫哈維上？」他問。「那邊離目前已知關聯度最高的失蹤案地點，有好幾個小時的路程。從他家到野外去快多了。如果他把屍體埋在莫哈維，他就得在大熱天開好長一段距離搬運她們。再說，警方在妳奶奶的小屋那邊沒查到任何東西。而她還在世的時候，始終堅稱自己沒看到任何可疑之處。」

他說的那些都沒錯。「他深愛這片沙漠，在這裡非常自在，」芮妮說。而那層連結竟沒有玷汙沙漠在她心中的地位，也許沙漠並不容許自己受到玷汙。

「這理由不夠充分，或可能根本說不通，因為殺手通常不會想汙染他們喜愛的地方。」

「你在匡提科任何一堂剖繪課或實務工作中學到的東西，在班傑明．費雪身上都不適用，」她說。「他關心我，對此我毫不懷疑，可他卻隨隨便便地利用我、汙染我。事實上，我會覺得那是他從中獲得的樂趣之一。把我扯進去，展開父親和女兒小小的殺人之旅。」

她的直白似乎讓他不大自在，但這件事是他挑起的，是他把班傑明．費雪帶回她腦袋裡。他還期待什麼？他肯定很辛苦地在想哪裡該進、哪裡該退。說不定他甚至在片刻間忘了她是班傑明的女兒，忘了這並不是警探間的腦力激盪。

他四處張望，問道：「妳做陶藝多久了？」他好像試著想擺脫這尷尬的情況。

「斷斷續續的好幾年了。」她很高興能聊聊別的事情。

作陶算是一種逃避吧。她早上起床，把陶土拉過綁在框架間繃緊的鐵絲，藉此排除氣泡。她會練土，然後把一團土扔到拉坯機上，全神貫注於那件作品，讓它保持置中、平滑、不出差錯，因為只要一個小小的錯誤、小小的分心，就得從頭來過。

她在拉坯時，從不會想到過去；她想的是反覆在水罐裡沾濕手指，以及施加給陶泥穩定一致的壓力。她想的是太陽流淌過窗戶，照在她身上的感覺。她從不想她父親。她不允許他成為她的藝術創作、她的陶土、她的作品的一部分。她——直到今天都很成功——的目標是：不讓他進到這療癒的空間裡。

她也靠陶藝為生。這一帶因為靠近約書亞樹國家公園，有很多遊客，而她的作品好像層層藍天和山脈的回音，有種沉靜又怪異的精緻感，獨特到足夠成為一門生意。

丹尼爾從工作檯拿起一只陶碗，翻面露出她作品上的落款。

「這個標誌是什麼意思？」

「只是夢到的一個圖案。」一隻粗糙的火柴人風格的鳥，像小孩會畫出來的東西——或以這一帶來說，可能是用岩石之類刻出來的東西。「沒有具體意涵。我沒有任何想法。我夢到就拿來用了。」

「要是我就不會這樣跟別人講。」他把碗放回櫃子上。「有點太普通了。」

她大笑。她不太常發出這個聲音。「我會試著想出更好的說法。」

「妳現在完全沒執業了嗎？警探工作？教書？妳有這麼出色的洞見和技巧，感覺好像很可惜。」

「我過去幾個月接過一些案子。大多是失蹤案件。結果都不好，但還是能給人了卻一樁心事的感覺。」

「妳看起來不太一樣。」他直白地說。

她在凶案組的日子，還有掛滿黑色西裝的衣櫃，都已經離她好遠，西裝也全被她捐給了慈善商店。翻翻日曆，會發現她只離開了三年，但感覺上好像過了十年，實在是恍如隔世。

她精神崩潰後，沒多久就意識到自己需要逃離一切，最主要是她自己還有那些關不掉的想法。有一條顯而易見的出路，能結束一切的出路，但她拒絕那麼做。首先是因為她的狗，再來是因為她不忍心這樣對她母親。她自己開玩笑說，是狗先來的。所以她做好決定：打包家當裝進她的卡車，把狗也帶上，沒有任何計畫或目標，便出發上路。

因為在路上的每一天都是在逃避，看公路在你面前伸展開來，在你身後往上收捲，而你就只是一直移動，專注在當天的需求上。要在哪停車加油、在哪遛狗、在哪紮營過夜。不是朝日落駛去，就是自其遠離。

但她的狗年紀漸長，她開始過意不去自己拖著牠四處旅行，雖然牠一次怨言也沒有。等牠真的撐不下去離開人世後，她發現自己沒地方放牠的骨灰。於是她不到一年前回到加州，買了這間小木屋，把牠的骨灰和項圈放在壁爐架上。她把這地方打理到堪住的程度，又不會太過舒適，因為她不值得那樣的生活。她好久以前的一任大學男友教過她陶藝，她學得挺不錯的，於是她在分類廣告網站上買了一台二手拉坯機，再度做起陶器。

療傷之路就此開始。

「希望你不是來這裡批評我怎麼過生活的。」她說。

「不是，只是妳前後落差很大。」

他似乎很擔心。她母親也常露出同樣的表情。

「這就是我現在的生活，」她說。「創意很療癒人心。你該試試看，你的工作壓力很大。陶器製作的過程非常讓人內心平靜。」

「我對那不是很有興趣。」

「每個人都該創作些什麼。」

「我想我最後一次做的東西是——」他兀地打住，明顯是改變主意，然後說：「小學時用通心粉做的某種美勞。」

她好奇他本來差點要說出來的是什麼。「那真可惜。但我知道你從聖貝納迪諾大老遠來到這裡，不是為了聊手工藝。」她一隻手撐在臀上，說：「我準備好聽你要說什麼了。」

「我們坐下吧。」

坐下。這準不是什麼好事。

她父親死了。就是這樣，她斷定。

她等這一天等了這麼久，現在卻驚覺自己的眼淚呼之欲出。她從不曾去探監，她就是辦不到。據她所知，她母親也只去了幾次。而她發現，如今得知他的死訊，她竟然會對沒去看他感到羞愧，這也太蠢了吧？

太陽漸漸下山了，於是她拉開窗簾，兩人在廚房桌邊坐下。丹尼爾看起來一副難以啟齒的樣子。

「他死了？」她說。

「不，事實上，他活得好好的。」

她一方面鬆了口氣，卻同時對他還活著感到失望。聖昆丁離這裡八個小時車程，路況差的話久一點，但還是太近了。他有可能因為距離這麼近，而將她拉回他腐敗的世界裡嗎？「有意思。」她冷靜地說，姿態不動如山。膝蓋沒有顫抖，手也沒有握拳。她沒有抓緊她牛仔褲的布料，沒有眨眼或挑眉。

「他五天前和我聯繫，說要帶我們去看他棄屍的地方。」

好像很有希望，但她父親以前也說過一樣的話。「這是很棒的消息。受害者的家屬應該得到解答。」她瞥向她的陶器櫃，突然感覺到丹尼爾稍早有的異樣感。這些陶器、這間房子、外頭那台等著開向別處的古董卡車、這個地區、她的衣服，在此刻感覺起來都好陌生，像是另一個內心堅強、專心致志的人的傑作。「感謝告知。」

他得閃人。她需要獨處。她不穩地吸了口氣，點點頭想讓他認為她沒事，結果卻顯得怪異。她大概騙不過他。「那很好。非常好，」她補充。他八成是基於禮貌才來的，以免她從其他地方得知這個消息。「我會和我母親說。」

「不是這樣而已。」

還可能有什麼？

「他提出一個要求。」他低頭看著自己的雙手，然後抬頭。他眉毛附近有個圓形的小疤痕。是水痘？還是刺青的傷口？應該是刺青吧。

「除非妳同行，否則他不會帶我們去埋屍的地點。」

芮妮的腦袋當機，試圖把思緒從胸口的疼痛移開，目光專注在物件上：牆上鮮明的黃色繪畫，訪客喝水的杯子。她得把杯子扔了，它會永遠讓她想起這一刻。

「我沒辦法。」自從他一邊叫她寶貝女兒，一邊銬著手銬被警察帶走那天起，她就沒見過她的父親了。三十年，已經隔了這麼久。「那不可能。」

「我也想妳會這麼說。」他的語氣輕柔。他審問犯人時會用那種語氣嗎？那語氣很棒，完全恰到好處。「我明白。」

人們經常問她說，身為連環殺手的女兒是什麼感覺。她不怪他們好奇。有時候為了讓話題打住，她會單純只說那感覺糟透了。直截了當，就這樣。其他時候，如果她感覺特別慷慨，恰好有心情分享，甚或是為了減輕自己的負擔而對外表露情感，她會和他們分享精簡版的實話。必須精簡，因為世上沒有哪個詞語，能適切地傳達她內心受到的傷害，以及父親的行為如何在她的內裡留下一個虛無卻痛苦的空洞。她頂多只能從層次複雜的真實感受上，刮下一小片來。有時候，基於當下的情緒，她會建議別人想像他們全世界最珍視的東西，某個讓他們感到安全和被愛的東西，然後把那個東西變成完全相反的存在。擁抱你的雙臂變成一頭怪物；在夜裡唸書給你聽，給你晚安吻的那張嘴變成滿嘴謊言的傷口，一個爬滿巨型蒼蠅的黑洞。

但實情比這複雜多了，因為你的心還記得那份在你倆之間來回湧動，彼此共享的愛。而父女之間的情感羈絆是很獨一無二、很特別的，那種愛是在細胞的層次上脈動、生成。無論她長得多大、無論她為了逃出他的陰影而過了多少種不同的生活，那些惡行都趕不走她對那個她曾經認識且深愛的人的記憶。因此，即使她現在已經三十八歲，每當她想起他，都還是感到一股熟悉的心痛，哀悼著她以為他是的那個人——而不是他成為的那個人。她一直難以接受這兩個互相矛盾的人，依舊共存於同一具身體，以及他依舊活著，在死牢中逐漸凋零等待離開人世的事實。

丹尼爾靜靜地等。

她怎麼有可能再見她父親？她怎麼有可能不被擊潰？在他被逮捕之後，她一輩子都在試著往前走，假裝他已經死了，試著把他從她心裡移除，即使他曾經就是她心之所愛。哪怕只是短短碰個一面，她都不確定自己能不能撐得過。

「他想要什麼？」她努力輕聲說道。

「我不確定。也許只是想見妳一面？」

「事情肯定沒那麼簡單。」她從桌上的陶碗裡拿起一條唇膏。那條唇膏聞起來像薰衣草的味道，她起身將它丟了。她抓過丹尼爾的杯子，同樣扔進垃圾桶裡。整間房子都得消失，然後她得把衣服燒了，搬到一個和這裡截然不同的地方。可能是火星吧。

「妳還有時間，」丹尼爾說。「死刑犯申請外出是很麻煩的。我們也得讓獄政人員簽保密協議；我們最不想要的就是有媒體或圍觀者在場，增加潛在的脫逃風險。妳父親完全不會知道會在哪一天成行，以免他在外頭有人替他辦事。」

她不得不佩服他提也沒提杯子的事。

「所以說，妳在手機上把我的密碼解除封鎖吧，等我打來，我會開始跑文件，如果妳決定要做的話，這中間妳會有時間跟妳母親討論。」他另外補充說：「單純讓妳知道，他沒要求跟她見面。」

「這能讓家屬了卻一樁心事。」芮妮試著說服自己說。

「也有可能讓妳了卻一樁心事。」他眨眼眨得慢了那麼一點，彷彿在選擇樂觀以對的同時，撫平內心的某種情緒。再過幾年，再辦過幾樁謀殺案，那種想法就會在他腦中根除了。

她驚覺此刻正值日落，讓屋內充滿粉色的光輝。

她父親很愛日落。這是她對他最深刻的記憶之一。他會牽著她的手，一起散步到她奶奶家的土地上，一個特別的觀景點。太陽會懸在天上好久好久，久到她偶爾會覺得那根本不是太陽，而是某個不真實的東西，但她被他唬得信以為真。他扭曲了真實，讓她照他想要的方式去思考和觀看。

人人都在談犯罪剖繪。她曾在全國各地教授過剖繪技術，她應該要是個專家才對。以前，每當有駭人聽聞的犯罪事件出現，大家總是向她致電求助。但犯罪剖繪完全不適用於他——一個深愛家人，熱愛大自然，熱愛日落和動物的男人。一個疼惜她、給了她完美童年的男人，曾經付出過愛，也為人所愛。

可他卻是邪惡的。也許是無以復加的極惡，因為他的邪惡就藏在她眼前，欺騙了她童稚的心靈。後來，當她開始起疑，試圖要揭發他的時候，她母親並不相信，於是芮妮開始懷疑起自己所知的一切。

但就算是現在，她仍然思念他。這就是再度跟他見面的危險之處。她想念他叫她名字的方式。芮妮，一個在家族裡頗有歷史的名字，語音輕柔，帶著一點南方腔。他在監獄裡，而她在這裡，在這片沙漠裡，置身於他的侵擾和掌控之外。但她害怕自己要是再見到他，對他的愛又會死灰復燃。

「我很抱歉。」丹尼爾說得好像他能理解她此刻的感受。但沒人能理解，她不期待他們理解，也不想要他們理解。

「這不過是你的另一項戰績，」她說。「事情結束後，你會去匡堤科客座演講。但這是我的人生、和我媽的人生。我不想要它造成轟動，我不想看到你把故事賣給某個播客主，做成十集系列節目。我不想要媒體在場。我不想到處看到從你的視角談論此事的報導。」

「我完全同意。我無意從中獲取名聲或財富。」

「喔，少來了。這至少會讓你在同儕間贏得名聲。我知道人可以把那種事看得多重要。」

他搖頭。「我對那沒興趣。」

他怎樣否認都沒差，但有某種東西在驅使他。她感覺他和此事的利害關係其實比他肯承認的再多了那麼一點。

「有些人真的就只是想去做對的事情。」他說。

她望向牆上的地圖，知道答案就只有一個。如果她父親真的帶他們去埋屍地點，丹尼爾那天在匡堤科向她問及的那種共謀感，也許能夠消弭一些。「我會去。」

4

三年前

身為援助受暴婦女的志工，羅瑟琳．費雪早已習慣了可能會在大半夜接到電話。肢體暴力——往往是被飲酒和藥物所激化——經常發生在入夜之後。因此，當她被電話鈴聲叫醒時，她本來預期會聽到她在安全之家的聯絡人的聲音，說有人需要立刻安置，因為羅瑟琳總是備有一間客房，總是備有食物和乾淨的床單和毛巾。還有繃帶和冰敷袋和止痛藥，以備萬一。

打來的人是需要幫助沒錯，但不是陌生人。

「媽？我需要妳幫忙。」

沒什麼東西比身為人母的惶恐還要椎心刺骨，深深割在心頭。

羅瑟琳打開一盞燈，在床上坐起身，她真希望芮妮沒有離她這麼遠。她之前就覺得母女倆住得這麼遠怎麼看都不是個好主意，但她一直努力要不顧一切地支持芮妮的決定，即使是不明智的決定亦然。

「告訴我吧。」羅瑟琳努力維持語氣沉穩鎮定，不讓她內心的恐慌露出來，那對誰都沒有幫助。

「到處一片漆黑。我的搭檔跟我在處理一個案子……然後我以為我看到某個不真的在場的人。」芮妮的聲音粗啞，有點含糊不清。是藥物的影響？還是酒精？這可不好。

「妳人還好嗎？這才是我想知道的。」

「嗯。」

羅瑟琳小心地吐了一口氣。一切都還有得救。只要用字遣詞對了，聽到的人就會感覺好一點。「妳在哪裡？」

芮妮說了，她是從醫院打來的。這點讓人放心。她自己去就醫，她是因為藥物才口齒不清。實話實說，芮妮一直是個不好帶的孩子。她剛出生時連續哭了好幾天，哭到羅瑟琳感覺不得不出手干預的程度。她不擔心她自己或她缺乏睡眠的情況，但嬰兒不能一直那樣哭個沒完。當時的情況太糟了。走投無路之下，班帶芮妮到他母親在沙漠裡的木屋。照他們的說法（雖然羅瑟琳不相信芮妮會立刻就性情大變），芮妮立刻就止住了哭泣，也開始喝配方奶，像正常的寶寶一樣睡覺。

但芮妮一直是個嚴肅又陰鬱的孩子，總是在觀察、思考，但通常都不跟人分享她的想法。她倆從沒真的建立過什麼情感連結，那種母女間本該要有的連結。有時候羅瑟琳都不確定芮妮到底喜不喜歡她。身為母親，要面對一個不喜歡妳的小孩並非易事。班總說那只是羅瑟琳自己在腦補，但她不這麼覺得。

也許這就是羅瑟琳為何對受暴婦女敞開家門，一部分彌補了她和芮妮緊繃的母女關係，也給芮妮理由花更多時間和班相處。但在他入獄之後，芮妮的奶奶也過世了，就只剩她們母女倆，羅瑟琳於是接下照顧女兒的責任。而芮妮在她們的關係中，第一次有了回應。「我很遺憾，寶貝。也許只是妳工作壓力的關係。」芮妮心腸軟得要命，對她自己沒有好處。

「我不知道。」

羅瑟琳察覺事情不只如此。「高壓環境本來就容易出狀況，」她試著讓女兒放心道。「再加上漆黑的環境……」

「不只是這樣。」

她聽起來如此心煩，和她平常泰然自若的樣子判若兩人。「告訴我。」

「我從沒對任何人拔過槍。我一向很能保持腦子清晰，但我夥伴的臉在黑暗裡……變了。我看見另一個人。」

「誰？」

漫長的停頓。「爹地。」

「喔，寶貝，」聽到這種事，她能講什麼話來安慰啊？

羅瑟琳一直在等待像這樣的狀況出現。隨著時日漸久，她開始鬆懈下來，以為她戒慎等待的事可能永遠都不會發生了。她在大學時研究過悲傷心理和複雜性創傷，後來也跟著班傑明學過一些。雖然這樣想挺怪的，但以前的他確實是位很出色的老師。

班被逮捕隔天，在他的犯行被揭發後，芮妮變回她堅忍沉默的老樣子。一直到後來被警方訊問時，旁人才知道她也參與了那些謀殺案。

「我明天一早就搭飛機過去，」羅瑟琳說。「我們會一起想辦法的。」

「妳要過來？」難以置信又如釋重負的語氣。

「我當然要過去。」

隔天早上，羅瑟琳從棕櫚泉搭機飛往波士頓。到醫院後，她和照顧她女兒的醫生談過話。

「我覺得她不該回去工作，至少現在不行。」他說。

「我同意。她會跟我回家。」

「我建議她休養幾個月。她如果沒有在看精神科醫生，我強烈建議她去求診。她需要吃藥，她需要遠離壓力。她可能是經歷創傷後導致回憶重現。老實說，這很常見。我認為我們大部分的軍人和警員都應該擁有某種形式的心理支持，並學習自我照顧和壓力管理。我相信她見到妳會很高興的。」

羅瑟琳沒料到芮妮看起來會這麼糟。她算了算她上次見她是多久之前——不過幾個月而已。沒道理她就變得這麼瘦，雙頰凹陷，骨頭外凸，還有深深的黑眼圈。這改變不是一夜之間發生的。

「一切都會沒事的，」她告訴芮妮。「我們回家吧。」她能看出芮妮在思考「家」這個字。

「加州。」她解釋說。

她一生中所有的壞事都是在那間房子開始的，帶她回那裡也許不是最好的主意。但那也是一個給人慰藉的地方，或至少曾經是。

「我想要去奶奶的小屋。」芮妮還是小寶寶的時候，祖母貝莉爾・費雪才是有能力照顧她的人。這一直讓羅瑟琳很氣惱。「喔，芮妮。我討厭沙漠。妳知道的。」

「妳不用去。」

「那邊沒有電力，連運水過去都很難，也沒有電信服務。妳現在不適合待在那種地方。我們就先回家，然後晚點再討論這件事，好嗎？」

芮妮點點頭。

羅瑟琳幫她穿好衣服。護士交給羅瑟琳一包藥和處方箋。

她們到外頭搭計程車前往芮妮的公寓。芮妮神智恍惚地坐在椅子上，羅瑟琳則是將衣服和盥洗用品扔進行李箱內。接著，她注意到廚房地板上的狗飼料。該死。

她忘記那隻狗了。

「山姆在哪？」

「給一個鄰居看著。」

牠不是那種迷你的小狗狗，是一隻大型拉布拉多。計畫改變。她們得開車橫跨整個國家了。羅瑟琳知道，芮妮就算被打了那麼多藥，也不會同意把那隻狗交給貨運。羅瑟琳自己也不太喜歡這個主意。

「我的魚怎麼辦？」芮妮指向裝著一隻紫紅色鬥魚的魚缸。

羅瑟琳查出山姆待在哪裡，原來就在同一棟樓。她拿魚去換那隻狗，把魚缸和飼料遞給一位穿著運動服的男子。

「我女兒一直想養隻魚。」他說。

「太好了。」

回到公寓後後，她們把行李搬上芮妮的車子。四天後，她們到了加州，芮妮在她的舊房間裡休息，床上的山姆躺在她的身邊。

5

現在

每次回到她父親被警方上銬拖走的這間房子，都很令人難受。芮妮通常會絞盡腦汁設法避免踏足那幾面牆內的熟悉空間。她強烈考慮要打給她母親，和她說班傑明想談的條件。用電話談會容易得多。但最後她覺得，她母親最近為她做了這麼多，最起碼該面對面和她說。

於是她手握方向盤，在四線道轉為下坡時，一隻套著靴子的腳從油門踏板移開，從高沙漠區開一個小時的車前往棕櫚泉，看著戶外氣溫每開過一英里都往上攀升。低沙漠區比高沙漠區的溫度高個二十幾度並不稀奇。

距離丹尼爾・艾利斯出現在她的小屋，已經過了三天。在那之後，她參加了一場手工藝市集，賣掉陶器的收入夠她再活一個月。她不確定自己還會不會回去調查局，但她老早就花光了帶薪休假的錢，只能勉強度日，靠陶藝維持溫飽、繳那筆小小的房貸。她對現狀沒什麼抱怨，反而滿喜歡這種隨時隨地天都可能塌下來的威脅。一切都有可能在明天就消失，或也可能不會。

母親提議過要資助她，但芮妮拒絕了，理由不止一個。羅瑟琳・費雪的掌控欲有時很強烈，而芮妮不想受對方擺布。她們現在的關係不像以前那樣緊張，算是還過得去。稱不上穩固，但比以前好。她不想冒險去打亂它。

她開到鎮上，從觀光區切穿而過。

棕櫚泉感覺上就像一座加州海岸城市，但它其實地處內陸帝國邊際，和任何一座沙灘都隔了上百英里的距離。人們總是有感而發地說，他們以為海岸應該只隔一條街或只要轉個彎就到了。才不呢，你還得繼續開。

她在這裡出生長大，兒時留下的印象太過切身，無法對這個地方做出多中肯的觀察。這就只是她生活的城鎮罷了。但芮妮在多年後逐漸明白，棕櫚泉就像陽光下一本閃亮精美的雜誌，被某人翻開留在泳池邊。這座沙漠城市因孕育了世紀中期的現代主義運動而聞名。那個時代的影響至今仍隨處可見，從咖啡店到飯店到私人住宅。距離洛杉磯兩小時的車程，讓這座城市同時成了明星們的遊樂園。還有兩邊種滿棕櫚樹，配上「金・奧崔步道」和「法蘭克・辛納屈大道」等路名的街道，都讓訪客聯想到舊時代的好萊塢。這裡的機場甚至有一個大廳是以桑尼・波諾[1]命名的。

科切拉山谷升溫到酷熱難耐的程度時，民眾可以搭空中纜車離開熱氣蒸騰的聖哈辛托山脈，同時，高速公路則讓人能在高地和平地間舒適地開車來往，經過一畝畝代表性的白色巨型渦輪機，看它們懶洋洋地旋轉，攪動自洛杉磯北飄至山谷的臭氧。如果那都不夠有趣的話，聖安地列斯斷層和沃克巷斷裂帶都深藏在城外幾英里的地方。過去已經發生過幾次規模頗大的地震，但每個人都在等最大的那一場。專家說大地震肯定會發生，只是時間早晚的問題。

來就來吧。

帶著一股深沉而熟悉的恐懼，芮妮在一個停車標誌處轉彎，開過一條寬敞平緩的街道，抵達兒時所住的死巷。她家的房子是在五〇年代建成，經典得無可挑剔，有蝴蝶式屋頂，搭上白色花格磚和巨型棕櫚樹。真是世紀中期現代主義遇上沙漠現代主義的完美範例。這房子過去數年來甚至多次獲選為當地住宅導覽行程的其中一站，這讓她母親相當自豪。但芮妮認為人們只是想看內陸帝國殺手曾經住過的地方罷了。

芮妮沒有提前向母親預告自己的來訪，她一進屋內，把包包放到矮沙發上，羅瑟琳・費雪就開始了她的淨化儀式——這是她倆都逐漸採用的說法。

雖然花了點時間，但芮妮後來發現到，氣味是複雜性創傷（她最終被診斷出的疾患名稱）很大的觸發因子。不管她做了多少準備，或是過了多久時間，房子的味道對她來說都是一記重擊。儘管牆壁已經重新粉刷過，上頭也不再掛有家族相片，儘管她在班傑明被捕後仍在那裡住了好幾年，不論她離開的時間長短，回到家都能重新喚醒她的反應，讓她雙手緊緊握拳，直到指甲在掌心刻下血色的新月形。

即使是現在，那麼多年過去，在她母親四處走動去點蠟燭、打開精油擴香儀的同時，芮妮還是能聞到那股她後來發現是來自她陰暗童年的味道。你的人生瞬間變調、你所認知的真實世界顛

❶ Sonny Bono，六〇至九〇年代的當紅歌手、演員，後期投身政壇，曾任棕櫚泉市長。

倒翻覆，發生過這種事的地方，永遠也無法用油漆或藝術品或幾百萬支蠟燭的噁心香氣給遮掩或隱藏。那些蠟燭和藝術品無法把過去覆寫掉，只能和過去融合為一。

她的母親戴著叮噹作響的金色手環，身穿黑色煙管褲和平整俐落的無袖白上衣，領口整整齊齊，看上去彷佛是奧黛麗．赫本和更高挑年輕的莎莉．菲爾德的混合體。她匆忙跑開，拿了一瓶空氣清新劑回來，高舉在空中噴灑。

又多了個新花樣。

那味道聞起來像是萬年青，芮妮的肚子一陣翻攪後才恢復控制。她一直在學習怎麼讓生理反應停止。如果她能夠讓生理反應打住、後退，那情緒震盪也會跟著停下來。

她沒有和母親說這個噴霧讓她不舒服。因為就像芮妮把深層情感藏起來一樣，她母親則是用可以噴灑、融化、點燃的東西來和過往對抗。

優雅而從容，頭髮染過色，髮根從不露餡，永遠都要化妝才出門，上瑜伽課、繪畫課，健康飲食，深受居住地區的影響，投入慈善行動，支持地方藝術創作和藝術家，家裡總是提供安全空間和床鋪的女性庇護所。羅瑟琳．費雪就是這樣的人。

「妳應該跟我說妳要來的。」她擱下噴霧罐，打開恆溫器，啟動空調讓香氣在屋內循環。「我就會把空氣先弄乾淨。我知道妳有多敏感，老是頭痛什麼的。」

芮妮總用偏頭痛來解釋，比起說那是氣味引起的記憶重現，這樣敷衍過去容易多了。已經發生的事，永遠會像烏雲一樣懸在她們上頭，盤據在兩人之間。但基於多年來不曾明言的默契，兩人都沒提過這件事。即使到現在，感覺都還是很不真實。但她努力不讓母親看到這件事對她造成多大的傷害，或許因為羅瑟琳也吃了夠多苦，又或許因為芮妮不想要母親來管她的事。然而，芮妮知道她和父親相見的時刻很快就要來臨，她因此清楚意識到自己有多懵懂生嫩。

小時候，她的世界就是繞著父親轉動。他們家就是她的安全屋，她的家人通常都顯得很無趣，但就算是最無趣的傢伙，也能深藏醜陋的祕密。她在犯罪剖繪工作中也發現確實如此，連環殺手在現實生活中很少是有趣的人。她父親是受人景仰的心理學教授，另外在自宅以諮商為副業。她母親則扮演棕櫚泉的上層階級嬌妻，雖然沒有富裕到能跟有錢人一塊混，但還是靠氣勢打進他們的圈子。有些人可能喜歡把她從事慈善工作的原因，解讀成是在彌補她丈夫的惡行，但羅瑟琳在大學時代因為修同一堂心理學課程而認識班傑明．費雪之前，就已經投入於人道工作。班傑明有種病態的渴求想讓人痛苦，羅瑟琳則渴求要阻止它。

「我得和妳講件事情，」芮妮說。不如就早點解決。她走去廚房。這個空間本該讓她感到自在，卻因為從玻璃滑門看出去的一座小泳池，讓這裡跟房子其他地方一樣令人不安。她父親曾在那座泳池教她游泳，在那裡把她拋到空中，讓她開心地尖叫。

她坐下來，閉上眼睛，希望自己可以被地面吞噬，想像自己跳進泳池裡，吐氣讓自己沉到水底，漂離這一切。

同時，她也想到自己的小屋就在不到一小時的距離內。她想到壁爐台上的那罐骨灰，還有日光自窗戶灑落的模樣。她很快就會回到那裡，那是她給自己的承諾。

張開眼睛後，她人還是在她不想要在的地方。這個滿是邪惡和噁心祕密的地方。當初芮妮從房間窗戶看著父親被警方帶走，不曉得他們會不會來抓她的地方。

後來，等事情告一段落後，她回到學校，孩子們全都一邊躲著她，一邊遮著嘴巴低聲議論。和她一起長大的小孩，幾乎全都沒再和她講過話。

當時有人請願要求學校將她退學，理由是她「擾亂教學環境」。他們沒贏，但芮妮還是離開了，她母親主張的原因是「他們擾亂**她**妥善接受教育的能力」。

芮妮對自己在父親病態的遊戲裡扮演的角色深感罪惡，不管過了多久都無法減輕。對，她有試圖告訴她母親，但她講得很模糊，很容易就會被大人當作是小孩子的妄想或甚至是夢境，於是置之不理。因為芮妮並不真的明白發生了什麼，內心深處她也不想讓父親惹上麻煩。她不想害她的父母起衝突。

「爹地喜歡玩遊戲。」好多年前，她這樣和羅瑟琳說過。

「我很高興妳有個喜歡和妳玩遊戲的爹地。」

「爹地在晚上帶我去公園。」

「沒理由因為天黑就待在家裡。天黑沒什麼好怕的。」

「爹地怪怪的。」

「他有時候喝太多了，那會讓大人表現怪怪的。」

而現在，芮妮雙手交叉著在廚房裡，小聲地告訴她母親班傑明想談的條件。

「他以前就提過那些條件，」羅瑟琳以一貫務實的姿態說。「最後都沒結果。」

「這次感覺不一樣。」芮妮口乾舌燥，去裝了一杯自來水，和她母親一起坐在餐桌的椅子上。

她小時候就坐在同一個位置。

為何她母親要保留這麼多家具？甚至是她跟班傑明共枕的那張床？換作芮妮，她就會把那該死的東西拖到外面，在前院的草坪上放火燒了。芮妮甚至在幾年前說服母親把整間房子賣掉。羅瑟琳一度好像同意這個想法，旋即又改變心意。

「我喜歡這裡，」她說。「我不想搬家。而且我不知道自己沒有莫里斯該怎麼辦。或是他沒有我該怎麼辦。」

他們的好友兼鄰居莫里斯，一直都參與著他們的生活。在她父親被捕時坐在她們旁邊，當時好多人都避離她們遠遠的，但他沒有。他帶她們去看電影，出去吃飯，從來不在乎人們的側目和耳語。她十分肯定他當時很迷戀她母親，現在也一樣。

芮妮也同意，要她母親離開這裡，只會表示她父親給她們的人生帶來了更多的傷害。她也明白母親的行為是相當勇敢的。她抬頭挺胸留在自己的家，過了一段時間，人們在公共場合看見她的時候，也沒再多作反應。那些耳語和側目在多年前就結束了。新的住戶搬進來，大多根本也不曉得她們的過去。如今，羅瑟琳甚至因為她的志工服務而獲頒社區服務獎項。這是她應得的。

「我認為他這次可能是認真的，」芮妮說。「我之前都沒出現在協商條件裡。我只是想警告妳一聲。」

「那個警探是誰？」羅瑟琳問。「妳確定他不是什麼冒牌貨吧？也許他想找東西來報導。妳也知道這幾年，時不時就有記者跑來。不久前就有人來過，我把她趕走了。」

「可能跟跑到我那裡的是同一個人。那個警探叫做丹尼爾・艾利斯。我看過他部門的網頁。他沒說謊。」

她母親掏出手機，用單指彆扭地打字、滑動頁面，接著把螢幕轉過來。「他只是個小孩吧。」芮妮笑了。羅瑟琳用谷歌搜尋他的圖片。丹尼爾・艾利斯一身晚宴服，站在一位身穿綠色禮服的女性旁邊。真奇怪，那套晚宴服讓他看起來又更稚氣，像個孩子在玩扮裝遊戲似的。「他就是那種娃娃臉。」芮妮說。

「他應該要留鬍子。修得整整齊齊的那種。看他那張臉，沒人會把他當一回事。」

「你們要是有機會見面的話，妳得和他說。」羅瑟琳的話很容易惹惱人，但芮妮已經學會用平常心看待。羅瑟琳對每個人都有想法和建議。她只是想幫助人家。

「我找到他的電話了。我去打給他。」

「別。我又不是十二歲。」

「我覺得妳不該參與這件事。妳狀態太脆弱。回沙漠去弄妳的陶藝。」

「妳有意識到這話聽起來有多貶低人嗎？像在叫我去玩玩具一樣。」

「我很抱歉，寶貝。我只是不放心。妳又有這麼了不起的天分，幫助妳度過了這幾年。別走回頭路。我對藝術家是由衷支持，妳知道的。所以拜託，跟他說不要。現在就打給他。真是的，就算班傑明帶你們找到屍體，也不會讓死人復生，只會把我們害得更慘。都過三十年了。三十年啊。那都已經結束了，我不想再經歷一次。採訪車會停在馬路上，我上個瑜伽課都躲不過麥克風往我臉上擠。跟他說不要。」最後一句是個命令。羅瑟琳似乎沒意識到芮妮已經長大成人，不需要再聽命於她。

「對受害者家屬來說並沒有結束，」芮妮說。「他們心中的懸念仍然需要劃上句點，不管過了多久都一樣。」她沒說自己同樣也需要。她母親知道她持續在尋找受害者遺骸，但羅瑟琳對具體的數量和頻率沒有概念。

她母親把咖啡杯放到水槽。「我知道，乖寶貝，但我擔心的不只是我自己。」她轉身，雙手緊抓著身後的流理台。「他難道不曉得妳最近過得很辛苦嗎？他光是來打擾妳，就讓我氣死了。他完全沒替別人著想。妳最近狀態這麼好，我實在不願看到這件事毀了妳所有的進展，自從，呃……」

她沒說出口。她不需要說。

自從那次崩潰。

房間好像晃了一下，然後停下來。她母親沒有反應，讓芮妮不確定那是地震還是她頭暈了一下。兩者都不是什麼好事，但她希望那是地震。

「我會沒事的。」她不會。但能讓大家放下心中大石，比她自己的精神健康來得重要。

「妳得別再為此自責。」羅瑟琳說。

「我永遠都會自責。事實上，我不希望罪惡感消失。它如果消失，就代表我原諒我自己。我無法讓這種事發生。」

「班傑明這檔事對妳的狀態沒有幫助。就為妳自己著想一次吧。」

「這是我的一部分，媽。妳從來沒有真正面對過那些事。」班被捕之後，她很難應付她母親的行為。羅瑟琳有好幾年都拒絕接受現實，讓芮妮有時候感覺自己彷彿在獨自承擔這一切。確實，羅瑟琳沒有參與班的任何一樁犯行，這大概讓她比較容易放下過去。但與此同時，那有一部分也讓芮妮的處境更為艱難。她有點被羅瑟琳背叛的感覺，雖然她知道那份情緒背後沒有任何正當性。發生了那樣的事，並非她母親的錯。

「我想得很實際，」羅瑟琳說。「我的生活很重要，比他的重要多了，而我拒絕讓他毀了我接下來幾年的人生。就這麼簡單。」

芮妮在父親被捕之後感覺孤單至極。當時她母親的態度讓芮妮的掙扎好像一點意義也沒有，於是她縮回去，將內心緊閉。她必須提醒自己，她當時還小，母親可能單純是想保護她。可她還是忍不住說：「但妳又沒受到牽連。」

「妳怎麼可以那樣講？妳覺得我沒有想過，為什麼我都沒發現任何徵兆嗎？妳當時還是小孩，但我是大人。我的確有時候聽到他出門。我還以為他在跟學生搞外遇。」

芮妮開始希望自己沒跟母親提父親想要談的條件。這讓她父親在監獄裡也能發揮影響力，讓她跟母親現在就起了爭執。「妳說得沒錯。這整件事可能根本就不會成。」她父親就是這種人，他會折磨她們，然後再改變心意。又是他的遊戲。也許他根本沒打算帶他們去哪裡。或更有可能的情況是，他不管怎樣都不會真的帶他們去找任何一具屍體。他只是賺到外出放風一天而已。

「嗯，我自己是不會讓他再次打擊我的人生。」羅瑟琳像是做出結論似地點頭。「我要去買一件洋裝，之後頒獎晚宴上穿。我還要去弄頭髮和做臉。妳會想要去嗎？妳現在還有洋裝穿嗎？」

這就是她母親應對的方式。靠她的社交生活，她的慈善活動。「我可以去弄一件。」芮妮說。也許她可以在約書亞樹的二手店找一件。

「這件事好像讓妳不太自在。妳不去沒關係。」

「只是，大家習慣看到妳，不是我。我不想要焦點偏離妳和妳的成就。我不想要大家討論妳的怪胎小孩。」

「什麼傻話。妳能出席我會很開心。妳是我女兒，我們一家受的苦已經夠多了。穿得正式點，妳現在都不穿有顏色的衣服。紅色會很襯妳橄欖色的肌膚。」

「對我來說好像有點太招搖了，但我會再考慮看看。」她引來的注意越少越好。她會選黑色。

「不管怎樣，別穿黑的。」羅瑟琳擺出哀傷的表情，「黑色多憂鬱啊。」她走到芮妮後面，舉起她女兒粗厚的髮辮。她的頭髮留長了，不是因為她想留，而是疏於照料的結果。「妳都沒半根灰髮。真了不起。我的頭髮在三十幾歲就開始變灰了。妳的頭髮依舊跟我以前的顏色一模一樣。這紅褐色多耀眼啊。」

她用手指把髮束梳開。「剪個頭髮怎麼樣？」

這問題並不奇怪也不突兀。羅瑟琳以前常替芮妮剪頭髮，這個童年回憶讓她沒來由地隱約感覺不大舒服。*去拿我的剪刀來，芮妮。*

「也許吧。」

「妳可以把它捐給癌症病童假髮協會。」

她母親完全就是這種人，總是為他人著想。

「我們現在就來剪吧。」羅瑟琳聽起來好興奮，「別那樣看我。我會剪得很好的。」

芮妮的電話不常響，當她感覺到手機在口袋震動的時候，稍微嚇了一跳之後才定睛看螢幕。

丹尼爾．艾利斯。「我得接一下。」她從後門走出去，以免被她母親聽到。

「我們可以行動了。」丹尼爾說。

不。*太快了。*「還真快。」

「我也很意外。」

有人從隔壁後院朝她喊了一聲。「嘿，是妳啊，芮小鳥[2]！」

是莫里斯，他穿著寬鬆的白色短褲，頭戴一頂大草帽，腳趾涼鞋配及膝長襪，這一帶老男人的典型穿著。他在補充蜂鳥餵食器。

自她有印象以來，他就用芮小鳥這個暱稱來稱呼她。他對此十分自豪，曾經解釋過他給她取的暱稱是多了個「ㄠ」音的。他是個酷愛給人取暱稱的傢伙，幾乎無人例外，但他似乎最滿意她的暱稱。她懶得提醒他，考慮到她父親對鳥類的狂熱，在發生這些事情之後，繼續叫她芮小鳥有點白目。

芮妮揮手回應，並指向手中的電話。他點頭，拿出他自己的手機，用嘴型說是羅瑟琳，然後接起電話。她大概是要打去告訴他班傑明的事。

「什麼時候？」她問丹尼爾。

「明天。」

她內心一沉。「在哪裡？」她接著想到的是她的頭髮不會被剪掉了。

「妳想得沒錯。我們要去莫哈維沙漠。」

❷ 原文為Little Wren，以和主角名字第一音節發音類似的鳥類「鷦鷯」作暱稱。

6

「時間到了。」獄警說。

班傑明．費雪從便箋簿撕下一張紙，摺了好幾摺，塞進口袋裡，然後從這張陪伴了他這麼多年、這麼多個小時的桌子前起身。他停下來，手指摸過他那些心理學書籍的書背。他看向那一疊日誌，他數十年來書寫的結晶。高櫃子上有數只鞋盒，裝著他沒見過的女子們的來信，大部分都是想嫁給他。沒有一封是他女兒寫的。有幾封是來自他們的鄰居莫里斯，但就連莫里斯這幾年都越來越少寫信給他了，這等於是讓他無法再得知關於羅瑟琳和芮妮的近況，也無法將之化為能一讀再讀的文字。

他會想念這地方。長久以來，這裡就是他的家。他在這裡轉變了好多。有些人成年後的時光大多在牢裡度過，出獄之後無法應付外頭的世界，就會去犯個罪，只為了再被關回去。他能理解。他們從一個如此微小的世界出來，已經失去面對這一切的能力。監獄就像一個安全的子宮。很吵的子宮，但依舊是子宮。

獄警打開門鎖。

他們所在之處，人稱「東區」，裡面關著五百名死刑犯。班的牢房在三樓。他門外直接貼了一張他的近照，還有一張紙，列出他能做哪些工作、必須受到哪些限制。在合宜的限制手段下，為享有特殊待遇的獄友提供談話治療。他想自己在這裡也是做了不少好事吧。

「走吧。」獄警說，雙手擺在腰帶上。班會被帶到另一間房間，加上更多層限制。芮妮會在那裡和他碰面嗎？他寧可不要。到外面，遠離監獄層層壁壘的開放空間會好一點。

門外的通道頂上有蛇籠鐵絲網，三層樓之下是水泥地板，人們在他們穿過時大喊大叫。

「上哪去啊，小妞殺手？」

「還活著呢！」另一人喊道。好幾個人跟著大笑。

拜現任州長之賜，加州目前暫停執行死刑。囚犯都滿懷期待，但也有人跟班說他們只求一死。班也能理解。還有其他人——有幾位是他的朋友——成功自我了斷。但目前來說，沒人要去死刑執行室，他還聽說那地方之後要被拆了。當然，那不必然表示死刑永遠都會停止執行。還是有可能翻盤的。

他絕不會想念的就是那些噪音。這裡每個表面都堅硬無比，每個聲音都會被放大。

「啥時回來啊，小妞殺手？」

「很快。」他想要說永遠都不會，但他不敢冒險吐實，就算佯裝是笑話也不行。他沒打算要再回來了。

他們出了牢房所在的那棟建築物，但還沒離開監獄範圍，只見大太陽底下，艾里斯警探和兩位獄警在一輛白色監獄廂型車旁邊等他。艾里斯穿了一套深色西裝。「希望你有帶更適合的衣服，」班傑明說。「我們是要去沙漠。」

艾里斯沒有回應。他確實是把酷警探的形象駕馭得挺好的。

班在兩側各一名獄警的陪同下，拖著腳走往廂型車。裡頭只有司機一人。艾里斯和獄警爬上車。「芮妮呢？」班問道。「她要是沒來，這事就沒得談。」想到他們想要的一切都在他腦袋裡，而他可以主導那些資訊要在何時何地釋出，讓他感覺到一股力量。但他們沒照規則來。

「我們到了會面點再跟她碰頭。」

「這不是我的計畫。」

「事情就是這樣，」艾里斯說。「你沒具體說她要跟你一起搭車。那裡離我們的野外目的地約五小時。」班給艾里斯看過一張地圖，解釋說地點大概就在中間，他想當然不會指明位置。

「要她答應可不容易，」艾里斯接著講。「要是你繼續堅持，這樁協議可能現在就要吹了，你就會被帶回牢房去。」

「那派呢？」

「我沒忘。我們回來的路上會去買。」

班考慮了一下。「走吧。」

艾里斯和某人講了些話，將指示轉告給對方，接著大門打開。另一輛廂型車跟在他們後面。

從外面看監獄的感覺很奇怪。真美，他看著它在遠處越縮越小，心中如是想道。好像一座城堡。這會是他這輩子最後一次見到它。

路途中，他盡量不讓芮妮的缺席毀了整趟旅行。他已經離開層層壁壘，還看到日出，現在正望著漂亮的天空。最重要的是，他能看得如此之遠。從監獄狹窄逼仄的環境，轉換到沙漠的開闊遙遠，使他眼睛發疼，他太習慣聚焦在近物上了。這感覺好像有人把他臉上的眼罩拿開。他有好幾次不得不用袖子拭淚。

途中，他們在嚴密的防護下去了一次廁所、加油、買外帶食物吃。幾個小時後，他們到了一處鳥不生蛋的荒地，車子停在布滿沙塵的停車位上。就是那種沙漠裡人煙罕至的休息區。

她就在那兒，從一輛白色皮卡車走下來。他的心跳差點暫停，片刻之間，他還真的中止了呼吸。他自從被捕那天起就沒見過她，他最後的記憶是他被推進巡邏車後座時，她在窗邊的那張臉。

她好高貴優雅。

這完全如他所預期。那閃亮的紅褐色秀髮，一對濃眉和明顯的顴骨。而且長得這麼高，肯定是遺傳到羅瑟琳了，因為他個子不高。她整個人抬頭挺胸，沒有一點羞慚的姿態，讓他滿心以她為傲。她走路時有一種獨特的步態，邁著大步，臀部左右搖晃，全身重量跟著腳跟往下踩，讓她不自覺就顯得高挑纖瘦，有種幾近自命不凡的輕鬆寫意，腰部綁著一件灰色大學T……那是他的走路姿態。她在用他的姿態走路，而她完全沒發現。

看她這副長大成人的樣子，完全證明了她就是屬於他的，從來都是，他的骨肉、他的基因、他的女孩、他的孩子，他的女人。他隔著玻璃窗微笑，舉手打招呼。

她停下來盯著看，眉頭蹙起。他過了半晌才意會到她認不出他。她在試著辨認廂型車裡的人是誰。他看見自己的倒影，不太清楚，但足以看出灰髮和禿頭和鬆弛下垂的皮膚。他不再是以前那個帥氣的小夥子了。

衰老對容貌俊美之人而言更難承受，因為他們有更多東西可以失去，還有那麼多的轉變得適應。原先你靠著長相無往不利，現在卻連要證明自己有個基本水準，都得拚上老命。

他眼見她意會過來他是誰的瞬間。她臉色一變，恐懼一閃而過，旋即往下速速一瞥，繼續往第二輛廂型車走去。

7

班傑明．費雪被捕兩年前

芮妮的父親把她叫醒，一根手指舉在唇前。他輕聲說，他們要來場祕密的冒險。他把她抱在懷裡，踮腳走過屋內，把門悄悄關上，將她放進車裡。世界一片漆黑空洞，神祕莫測。他甚至沒要她繫安全帶。

「妳的表現一直有在進步喔，」他邊開離家邊和她說。她能感覺到他的興奮。「妳喜歡玩這個遊戲。」

芮妮喜歡被人託付祕密的感覺，她也喜歡跟他相處，但她不喜歡玩這個遊戲。不再喜歡了。那讓她感覺怪怪的，而且她很不想離開溫暖的床。

但這是父親都會和女兒一起玩的遊戲。爹地說的。

她母親跟父親都跟她講過故事，說她還是小寶寶，不肯睡覺的時候，他們開車載她去兜風，即使她現在五歲大了，這個哄睡的方法也一樣管用。今晚和其他好幾個夜晚一樣，她努力保持清醒，但沒有辦法。直到車子緩緩停下她才醒來。她往窗外偷看，看到好幾棵樹。

每次都會有很多的樹，還有讓人走路或跑步的步道。看起來很像他們家旁邊的公園，但不是。而且這裡比棕櫚泉冷多了。聞起來好像聖誕節。她抱緊她的兔子玩偶，然後說出她明知不該說的話。「我想回家。」

「我是為了妳開這一路過來耶，」他告訴她，他的手肘勾在椅背上，臉被黑影遮住。「這樣我們才能玩遊戲。別像個小寶寶似的。妳不是小寶寶了，對吧？」

她嘴唇顫抖，雙眼刺痛。「對。」她長大了。她會自己寫名字、自己綁鞋帶，也幾乎不用輔助輪就能騎腳踏車了。

「把眼淚留到遊戲開始再哭。」他聲音輕柔，但她曉得自己惹他不開心了。「我們可不想要妳把眼淚哭乾了。」他竊笑說，她則想起一灘灘雨水和其他乾掉的東西。

「我可以穿外套嗎？我好冷。」她兩條腿整個露在外面。她拉睡裙遮住她的膝蓋，試圖讓自己暖和起來。

「現在不行。外套和鞋子不是遊戲的一部分。妳知道的。」

她把下巴縮到胸口，甩動雙腳，再次努力不要哭出來。

「妳記得妳的新台詞嗎？」他問。

她複誦出來：「妳能幫助我嗎？」

「沒錯。還有呢？」

「我迷路了。」

「好乖。然後呢？」

「我媽咪去那邊了。妳可以幫我找我媽咪嗎？」

「妳要往我的方向指，知道嗎？」

她點頭，往他們從車上出去之後會指的方向比。

他很滿意的樣子，於是他們下了車。和往常一樣，他留著後車廂和車門沒關，引擎也沒熄火。他把她攬進他強壯的雙臂中，抱著她穿過樹林，大聲地在她耳邊呼吸。他很溫暖，聞起來有肥皂和汗水的味道，而她緊抓住他的脖子，不是因為他可能弄掉她，而是因為他讓她感到安心，安心到她的頭開始點呀點。她又想睡了。

他將她自胸口滑下，雙腳碰到冰冷的地面，她立刻就醒過來。這裡沒那麼黑，她能看見遠方建築物的燈光。樹的影子很可怕，但這些樹不像她奶奶家那邊的樹一樣長得像手的形狀。這裡有一張野餐桌和長椅，還有一條步道通向許多房子，附近有人住，他們不是真的在森林裡。

「那個女生要來了嗎？」她問起另一個參與者。

「她很快就到了。」

遊戲裡總會有一個女生。芮妮從不曉得她們的名字，而且每次都是不同人。

父親把她拉回陰影裡。「記好規則。只能跟獨自出現的女生講話。只有她才是這個遊戲的參與者。只有她才知道該做什麼。」

「好的，爹地。」她打了個顫。

「我聽見有人過來，所以我要去躲起來嘍。」

她沒有哭。她很想哭，但是沒哭出來。她得把眼淚留給遊戲。很快就會結束了，她就可以回到家裡的床上。

她父親消失在樹林間，而她眼看步道，聽見跑鞋的踩踏聲，等著看那是不是來玩遊戲的女生。是。

她很漂亮。他喜歡漂亮的女生。這個女生穿著粉紅色的棉T恤和棉褲，頭髮往後綁成馬尾。她們很多人也都有綁馬尾。

爹地會邊笑邊說：這樣抓起來比較方便。

有時候在家裡，他會幫芮妮梳頭髮，然後綁成馬尾，但他們兩個都不會提起那些女生。他們只會相視而笑，知道他們心裡都在想著同樣的事情。

她按著他教的方式等待。

等跑步的女生接近時，芮妮從陰影裡走出來開始哭。她父親都說這是「把水龍頭打開」。

她有時候是裝哭，她會大聲地啜泣，用拳頭搓揉眼睛，像父親教她的那樣。但今晚她真的哭了。沒有發出聲音，但她肩膀顫抖，感覺自己臉上一塌糊塗，張著嘴無聲哀泣。

那個女生停下腳步。

她們每個都會停下來。

光是那女生的出現就讓芮妮感覺好多了，也沒那麼害怕。她顫抖著吸了幾口氣，才終於有辦法開口說出遊戲的台詞：「妳可以幫我找我媽咪嗎？」

對方在她面前跪下來，握住她的雙臂。「喔，可憐的小東西！」她四處張望。「妳都凍成冰塊了！而且妳還光著腳。」她聽起來很困惑，也許在想芮妮怎麼會晃到這裡來。「妳是跟妳媽咪一起來的嗎？」

她大力點頭，擤了個鼻涕——這就是假的了。就像爹地說的，她玩遊戲的表現越來越好了。

「別擔心。我們會找到她的。」女孩站起來，牽住芮妮的手，低頭朝她微笑。「她往哪邊去了？」

「那裡。」芮妮往她父親離開的方向指。

她們手牽手一起走進樹林。這裡比較暗，也沒有步道可循。就只有泥土和落葉。她們都差點被一條巨大的樹根絆倒在地。

「妳確定她是往這邊走？」

她語帶憂慮，不像在燈光下時那樣友善而愉快。彷彿她可能在想別的事情。芮妮真的很想回到能看見房子的步道那裡。她考慮要調頭回去，但她不想搞砸她爹地或這個女生的遊戲。他們都指望著她鼓起勇氣，做好她被交代的事。

「對啊。」

「好吧，就再走一下下。如果我們沒找到她，我就帶妳回家，然後報警。」

很多女生都那樣說。那也是遊戲的一部分。

芮妮微笑。就是這個女生沒錯。她本來還開始懷疑。就在綁馬尾的女生看向芮妮的同時，一個黑影出現在她們前面。那是爹地，但他在遊戲的這個環節看起來從來都不像她的爹地。他感覺像變了個人，變得好可怕。

他用奇怪的聲音講出他的台詞，只有一個字：「跑！」

現在就是她要趕快跑回車子的時候。

她轉身，按她和那個女生剛才走的路線跑回去，腳底一直被石頭戳到。她終於跑到步道後，往車頭燈和汽車引擎聲奔去，她雙手擺動，整顆頭好像風速全開的電扇一樣轟隆作響。她爬進後座，抓住她的絨毛玩偶，把冷冰冰的雙腳塞到屁股底下，在座椅上縮起身子，依照指示把耳朵遮住。

然後等待。

等待。

他在哪裡？他通常很快就來了。那是遊戲的一部分啊。

別擔心，我就跟在妳後面。

她絕不可以偷看。這是最重要的規則之一。

進去車子裡，絕對不要抬頭或往外面看。

但這次因為他沒回來，她坐起身往窗外看，然後下車叫他。

她聽到一聲尖叫，還有其他奇怪的聲音。他需要幫忙嗎？

她很害怕，但又擔心她父親，於是踮著腳往回穿過步道，走進森林裡，然後停下來聽。她不止一次考慮要調頭跑回車子裡。

但她的爹地可能需要她。

接著她看見他們，她父親在那個女生上面。看起來好像他在用石頭砸她的頭。那就是她聽見的怪聲。

她還來不及阻止，就脫口說出不在遊戲內的台詞。

「你弄傷她了！」

她父親抬頭，他的臉被黑影遮住，醜惡無比，像是書裡面的大野狼一樣。「去車子裡！」

她沒有動，根本動彈不得。但她還能講話。「不要傷害她！住手！」

「這是遊戲！」大野狼咆哮道。

地上的女生沒出聲了，她的頭底下有深色的東西流出來。很好，她沒在尖叫了，她沒被弄傷。只是遊戲而已。

「回去車子裡！」他父親的聲音高亢，像女生一樣。

她回頭跑走，不去多想他奇怪的聲音。她爬上後座，摀住耳朵。

她心跳快得像蜂鳥拍翅膀。一切都會沒事的。只要閉上眼睛，稍微睡一下就好了。

她感覺彈了一下，聽見後車廂被甩上。她繼續低頭，閉著眼睛，聽到她父親鑽到方向盤後面，氣喘吁吁，像惡龍的吐息。他沒說話，先是把車開走，輪胎尖聲作響。後來，在他們開回家的路上，他提醒她說：「只是遊戲而已。」

她擔心他會吼她，但他突然就開始大笑。他笑了好久，然後呼出一口氣說：「哇喔，那可真刺激。幾乎跟妳拿哨子脫稿演出那次一樣刺激。」

那已經是很久之前的事了，她幾乎毫無印象。他那次也沒生她的氣。

到家之後，他送她上床，親了她一下。「睡覺吧。」

他在發抖，而且聞起來好奇怪，像是汗水和別的什麼味道，而且他輕撫她的頭髮時，手是紅的。

「對不起，爹地。」

「沒事的。妳只是做了大部分人類都會做的事。」

「你是指行為嗎？像鳥兒那樣？」他和她說過有些鳥很壞。有些鳥會把別的鳥的蛋從鳥巢裡推下來，弄破它們。但也有些鳥很善良，牠們會在可怕的暴雨中在鳥巢坐鎮，保護牠們的小寶寶。她想當一隻善良的鳥。

「對，行為。很棒，這是大女孩才會用的字喔。我們都只是照大自然設計的樣子在行為而已。妳永遠都不該為此擔心，妳也永遠都不用為自己的善良而道歉。」

「我只是想幫那個女生。」

「我知道，小鳥兒。所以我才這麼愛你。但那個女生一直都很安全，我跟妳說過了。」

「她是個很棒的演員？」

「沒錯。」

「還有假的血？」

「對。」

「我們還會再玩這個遊戲嗎？」她不喜歡今晚的情況，但玩遊戲是他們特殊的相處時光。她不想要那種時光結束。

「我覺得妳可能太捉摸不定了。我可能得找別人代替妳玩遊戲。也許找個大人吧。」

「拜託，爹地？」她哭了起來。「我還是想玩，我會聽話。我不會跑出車子。」

他端詳了她好一會兒。他已經不是公園裡那頭嚇人的狼了，只是她的爹地。

「我們再看看。我得承認這遊戲最近有點一成不變了，有點無聊。妳的反應為它增添了些什麼。」

那幾乎算是答應了。

她微笑，往被子裡鑽得更深。他親了她一下，然後走出房間。她聽見微弱的交談聲，他跟母親正小聲地講話，然後房子的門關上，接著是車子開走，就跟他們每次玩遊戲時一樣。

以前，不管父親說什麼，芮妮都會相信，但她最近發現他並不是每次都說實話。現在，她則在內心深處納悶著，關於那個女生的事，他跟她講的是不是事實。

8

現在

休息區的風大到把沙塵吹進芮妮嘴裡，她爬上第二台廂型車，默默地坐著，努力控制自己不要發抖。她不小心和父親視線交會後，心臟跳個不停。她本來想像自己會佔上風，卻被他殺個措手不及。

她沒認出他。他變得好老。

丹尼爾鑽入車內，坐到後座上她的旁邊，身上是黑西裝、白袖口、黑領帶。他把墨鏡推高到頭上；她沒動自己的墨鏡，躲在後面感覺安全多了。

「你穿這樣去沙漠不行。」她終於開口說。此時談論他的衣著好像是個比較安全的話題。

他的反應稍縱即逝，「已經有人跟我說了。」他還說了一些話，但她還沒冷靜到能完全聽進去，說是他跟她父親搭另一輛車，她這台會跟在後面之類的。還有等他們一離開電信服務範圍後，他打算要用的某個雙向衛星通訊器。要是找到屍體，他們得出動犯罪現場小組來檢查那個區域。

他的準備比表面上看起來更周全。

他又說了些話。她點頭。他似乎覺得這反應沒問題，便離開了。其中一位獄警爬上車，問她想不想坐到前面副駕駛座。

「不了。」她現在冷靜下來了，能注意到他向後看她時，目光裡的不自在。接著兩輛車一前一後出發。他嘗試和她聊幾句，但很快就放棄了。他的努力她心領了，但她知道這情境不管從哪個角度看都很尷尬。你該對連續殺人犯的女兒說什麼？沉默了一陣子，他打開音樂，將注意力放在路程上。

沒過多久，他們就完全駛出馬路，開上泥土路面，起先寬敞平坦，但越往前開就變得越發顛簸狹窄、疏於照料。路面持續變化不定，最後更變得如瓦楞紙般起伏，高高低低的頻率密集到讓她五臟六腑都跟著車子搖來晃去。他們繞著小山丘往上越開越高，沙漠底部在他們下方變得越發遙遠寬廣，到了那時，車子已不只是上下起伏，整段路都因為過於顛簸而根本變得像連綿的丘陵。他們經過一間跟風蓋在這裡、現已遭人棄置的小屋，屋子的窗戶被木板遮住，屋頂也往下凹陷。

往上再爬升了漫長又枯燥的一個小時，丹尼爾和她父親搭的那台領頭車才停下來。這一帶有許多表面平坦的巨石，其高度足以在這片地景上投下唯一的陰影。地面在巨石帶遙遠的一側消失成一片灰濛濛的盆地，往外延伸至層層綿延、沒入天空的山脈裡。

他們停車的平地依稀有一串腳印往上走遠。最近的一處山頂看起來像是制高點，但那可能是偽峰。沙漠的地形是會騙人的。有點像人生，你一直以為自己到了目的地，但事實上你想去的地方永遠遙不可及。

芮妮在這一帶待得夠久，能夠察覺自己身體對海拔高度的細微反應，而她在這裡就能感覺到差異。不很劇烈。她猜大概高個五千英尺左右。這地方感覺異常地熟悉。不像既視感，比較像舊地重遊。她想起家中牆上那張地圖，尋思這是不是其中一個她搜過的地點。

不是，她很確定不是。

廂型車上只有她一個人。

司機在不知何時下車了，她甚至沒注意到。考量到她跟調查局裡的老搭檔發生的事，她腦袋每次恍神都很可疑，每個小毛病都會讓她懷疑自己。

司機正在和其他獄警交談。她想盡可能拖延和父親見面，但她也想快點解決掉這件事。她下車，站挺身子，一面呼吸一面環顧四周，不去看那台後座有鐵籠的廂型車。

高聳的沙漠，藍色的天空，把衣服吹得緊貼她身體的風，還有明亮得足以使眼睛顏色淡化的太陽。山脊上有一條狹窄的小徑，往下切的角度如此突兀，讓她有種不舒服的感覺，好像在飛機上一樣。

囚車的車門滑開，丹尼爾戴著墨鏡踏出來，她父親跟在其後。班傑明．費雪身著橘色連身囚衣，手腳都被上銬。要不是有風在吹，她敢說現在肯定是一片死寂。就只有所有人一同屏息的沉默，等著她做出反應。她保持鎮靜，沒有別開視線，任憑自己被本已消失的熟悉麻木感席捲，躲在那股感受的保護之下。

他不是她童年記憶中的那個人了。現在這裡站著的男子說是陌生人也不為過。他以前一直都很苗條，如今腰部的鐵鍊上方卻垂著個大肚腩。

他六十四歲了，看起來卻比實際年齡更老。三十年說長不長，說短不短。這個男的是誰？她父親是不是在幾年前逃獄了，讓這個冒牌貨頂替他的位置？但他的聲音沒變。那聲音切穿了幾十年的歲月。

「小鳥兒？」

這暱稱比他的外表更讓她感到驚嚇。「別那樣叫我。」

「妳永遠都會是我親愛的小鳥兒，」他滿臉驕傲地看著她。他深信自己有資格擁有任何這樣的舐犢之情，讓她整個人腎上腺素狂飆，幾乎要失控切斷她的自我保護模式。同一時間，她也意識到丹尼爾就站在幾呎外，給他們一點空間，又不致離得太遠。

「妳現在長得真像妳母親。」班說。

「我不覺得。」

「是真的。」

「你看起來好老，像變了個人。」

「很高興看到妳還保有妳的幽默感。」

「沒人在跟你耍幽默。我不像你，我都實話實說。」

「還有妳的頭髮。我喜歡妳留長髮的樣子。」

這下她真的得剪頭髮了。

丹尼爾打斷他們，把話題重新聚焦，提醒大家他們之所以來這裡的原因。

「屍體在哪？」

「我還有一個要求，」班告訴他們。「既然我們沒機會一起搭車，我想要和芮妮單獨談談。私下談。」

她的心一沉。要不是她在調查局待了這麼多年，她現在可能已經徹底崩潰了，多虧那些年的訓練，她才有辦法讓自己不要失控。

丹尼爾不讓大家思量班的提議太久。「不行。」

芮妮從沒去監獄看他，從沒打電話或寫信。她不想要任何接觸，也不想要他留著任何她的東西。自從那晚他上了手銬走出家門，兩人就不再有任何聯繫。這是他報復她的方式嗎？她早就懷疑今天根本不會找到屍體，但現在感覺情況更有可能往這個方向發展了。

她瞥了丹尼爾一眼。即使墨鏡遮住他的雙眼，她也能看出他在想的是同一件事情。但他們早就知道這有風險。你不能期待精神變態者照規則來。規則是精神變態者自己訂的，或至少他們是這樣覺得。

「沒關係，」她說。「我可以。」她才不要讓自己經歷這一切卻半途而廢，不管結果如何都一樣。

丹尼爾示意要她走幾步過來找他，拉開足夠的距離，以免被她父親偷聽他們的對話。「我不喜歡這個安排。」

她眼睛盯著她父親。「他都被上銬了。」

「他心懷不軌。」

「我同意。他行事一向不如表面單純。他很愛操控別人，這是肯定的。」

「我懷疑他打算拿妳當人質。」

「我不會讓那種事發生。我不會離他那麼近。」

「妳有帶武器嗎？」

「沒有。」

他伸手拿自己的手槍。「拿我的去。」

她縮了一下然後說：「我已經不碰那種東西了，我自己完全沒持有。再說，我不帶槍比較好，他搞不好想從我身上奪槍。」或也許他覺得他能說服她幫忙。這想法表面上愚蠢至極。但真的是這樣嗎？她真的能在跟她父親有關的事情上信任自己嗎？

丹尼爾把武器塞回去，讓外套垂下去闔上。他肯定熱都熱死了。

「我能保持冷靜的。」她沒辦法保證。

「我還是認為我們該撤退。」

「我是覺得值得冒這個險。」他們視線能望到好幾英里、甚至數百英里外。地面在東邊直直下墜，沙漠底部離他們好遠，被一片沙塵給遮蔽。「他沒地方逃，沒地方藏。一個老人能搞出什麼花樣？」

丹尼爾終於退讓。

他們指示她父親走在芮妮前面幾呎，好讓她能留意他的動靜。丹尼爾和獄警拔槍等在他們後面，看父女倆沿著一條依稀可見的泥土路繞過一顆巨石，等他們離開他人視野後才停步。但聲音在沙漠裡傳得很遠，求救聲很容易就能聽到。

班看她看了許久，她則靜靜站在那兒，不給他任何鼓勵，不給他任何一點輕鬆的出路。風吹打著他僅剩的頭髮，他大聲低語——這是他的老伎倆。利用低語讓人靠上前來。

「我想要和妳說話，」他語氣真摯得令人信服，但她知道那是假的。「我想要告訴妳，我很抱歉我利用了妳。」

她沒有回應，但感覺內心那把火越燒越旺。他來這裡是為了想讓自己對過去的行為感覺沒那麼糟？他是想尋求原諒嗎？她才不會讓他用道歉來減輕他可能有的任何負擔。

「關於我自己的衝動，」他說。「我無法找理由來開脫。我是心理學家，可就連我自己都無法理解。我這一輩子都活在罪惡感之中，看到那些被我殺死的女人，她們的臉孔。那讓我難受得要死。」

也許他說的是真的。她希望是。

「我知道妳無法原諒我。我不是要求妳原諒。我只是想要見妳。但有好多好多事妳還不知道。」

她摘下墨鏡，把它掛在T恤領口上。「告訴我。」告訴我。渴望答案是人的本性，縱使得到的答案完全沒道理。

「現在講沒有用處。我只是想要妳知道，我愛妳。」

無論他如何嘗試道歉，那對她造成的傷害都遠不及他充滿愛意的話語。

「妳還有在玩拼字遊戲嗎？」他問。

她怎麼可能還會玩他們以前一家人一起玩的遊戲？「沒有。」

「妳該玩一玩。不曉得妳奶奶小屋那裡是不是還有一組？」

「我不曉得，我也不在乎。」

他動了一下，舉起一隻被銬住的手，在不高於腰部的位置做出一個祈求的手勢，證明他駭人罪行的鎖鍊隨之匡噹作響。「靠近一點。」

她照做。但沒有近到能被他抓住。

「妳母親好多年沒來看我了。我寫了好幾封信都沒回音。我順她的意和她離婚了。我猜她跟莫里斯應該在一起享受人生吧。去藝術開幕展啊、到餐廳吃晚餐啊。就他們倆。」

他似乎知道很多羅瑟琳的事。

「我可以抱妳嗎？」他問。

多危險的問題啊。「不行。」

「拜託，小鳥兒。」

她再強調了一次本來的回應，也許比起對他，更多是講給她自己聽。「不行。」

他彎身從胸前口袋取出一張摺起來的紙條。拿到之後，他試圖伸手遞出去，但無法做出動作。「拿去。」

她望著夾在他兩指間的那張紙。「我不想碰任何你碰過的東西。」並非如此，因為她手上還有一盒他給她的東西。卡片、塗鴉、他特別為她一個人寫的字條。所有他碰過而她也碰過的東西。

「我不管怎樣都不會傷害妳的。」

「你已經傷害我了。你還不懂嗎？你傷了我，而且你每一天都繼續在傷害我。」

「我是指現在，在這裡。但我懂。我從妳身上每一吋都看得到我深深地傷了妳。」

他把紙塞回口袋裡。他看起來是如此哀傷。

在那個當下，他是另一個父親，她曾經愛過的那位，真的永遠不會傷害她、永遠都會保護她的那個男人。

她往前走，再往前走，同時凝望著他的雙眼。她知道那雙眼裡某處有個邪惡至極的人，但裡頭某處也有她的父親。

她自己曾經是犯罪剖繪員，她知道受害者有時候會忍不住回到施暴者身邊。她深受這個行為吸引，也害怕這個行為，怕他如此輕易就能說服她。如果她有槍，她現在就會成了他的人質，也可能已經沒命了。

他用雙手抓住她的手，肌膚貼著肌膚。如此熟悉卻又陌生。她應該要感到戒備，但沒有。時間轉眼而逝，她的大腦被回憶給淹沒：父親在游泳池把她往上拋，父親和她講她有多特別，父親從車子前座對她笑；父親教她認識各種不同的鳥，還教她一定要保護牠們。

片刻之間，就在這一刻，那些謀殺案都不重要了。那個將她形塑成如今樣貌的男人在這裡，就在她面前，她突然發現自己後悔起那麼多年她都沒去監獄看他，並想起她母親是如何鼓勵她的這個決定。「他不值得。」她這麼說。

芮妮抽開手——雙手自願地環抱住他。

他聞起來是一樣的。他的氣息沖刷過她，將她帶回另一個時空，那個他不是壞人的時空——或至少她還不曉得他是。

「我想要的就只有這樣，」他輕聲說。「就這樣而已。」

她開始哭，她知道自己的腦袋在耍什麼把戲，讓她搞不清狀況。她無力反抗。也許因為她想要的也就只是如此。「我好想你，爹地。」她和那個在晚上唸書給她聽，教她怎麼騎腳踏車，怎麼畫小鳥的男人說。

「我也是。」

緊接著發生了一件無比詭異的事。

他推開她。用力地推開。她腳步踉蹌，試圖理解他的行為，同時懷疑著她是不是又被自己的腦袋擺了一道。

他微笑著說：「我愛妳，寶貝女兒。」旋即失去了蹤影。

9

前一刻，他人還在她懷裡，她能感覺到他的體溫、他的生命力和他的脆弱。下一刻，他就消失無蹤。

芮妮眼看她父親墜落，感覺天旋地轉，既迅速又緩慢，心臟猛跳和拒絕面對的感受混成一團。他連身囚衣的布料拍動的樣子好像藍天中的橘色翅膀，讓她的腦袋驚嘆不已，同時又不肯相信她看到的景象。

他向來很喜歡鳥。

沙漠底部距離遙遠，霧濛濛地，風聲和她腦中轟隆隆的聲音如此之大，她不確定他墜落時有沒有發出任何聲音。

她沒聽見他落地。

她顫巍巍地站在峭壁邊緣，看見他的屍體在底下，手腳呈怪異的姿勢，連身囚衣依舊在風中拍動，讓他看起來好像在痛苦地扭動。

她肯定是喊出了聲，因為丹尼爾持槍出現，目光掃過地面，試圖搞清楚她父親在哪，甚至往天空查看了一下。接著他來到她旁邊，站在平坦的岩石上。他的外套脫掉了，袖子往上捲了好幾摺，墨鏡從口袋裡探出。他先看向屍體，再看向芮妮。在思考這件事她是否有份。他看上去還有點震驚。她感覺到他的目光落在她身上，試著解讀她，希望從她的反應判斷出發生了什麼事。她在假裝嗎？她是真心的嗎？她感覺鬆了口氣嗎？幸災樂禍嗎？

他應該向她致哀，還是要逮捕她？

「他飛走了。」她語氣平淡地說。

她的腦袋當機。她滿腦子只想著他們當天的下一個行程是什麼。她父親是帶他們來這裡找受害者的墓地。她在警界待得夠久，知道自己現在是怎麼回事：創傷受害者常常會繼續執著在當天被打亂的行程上，哪怕是平凡到好比開車去雜貨店買某個小東西。就算眼前已經沒有下一步，大腦也無法接受。現在還無法。

丹尼爾露出憂慮的表情，但他彷彿抓到自己做出不適當的反應，於是那份憂慮馬上轉作猜疑。

「我不應該來這裡的。」她說。

「我看得出來。」

「不曉得他是否從頭到尾都是這樣盤算的。」她開始消化剛才發生的事。

「也許他沒打算要帶我們去找屍體。這就像他生命中的所有事一樣，全都繞著他轉。他的計畫就是和我說再見，然後自我了斷。」

「真是沒心沒肺的王八。」

她對於父親最後搞的這一齣，還沒辦法做什麼合理反應。這件事剛才真的發生了。不是她的幻想。

接著她猛地想到他有可能還活著。

「我們在這裡站了多久？」幾分鐘？

「大概四十五秒吧。」

獄警也到了現場，他們努力保持鎮靜，卻仍難掩震驚，另外可能還有點雀躍。監獄裡大概沒這麼刺激。

「不要過來，」丹尼爾告訴他們。「這裡可能是犯罪現場。」

他們意會過來之後猛然轉過頭。其中一位獄警也許自覺這樣很體貼，小聲說了些什麼這也怪不得她之類的話。

芮妮不在乎他們是不是都覺得她把人推下去了。她父親死了。

不管他是誰、或是他做過什麼，她的父親就是死了。她的一部分也隨之而逝。她想要大叫，想要倒在地上。但相反地，她轉移注意力，檢視這一片灌木叢，想辦法下去找班傑明。她發現右邊有一條小徑，看起來很像被動物踩出來的。她滑步前進，讓小石子滾來滾去，開始往下移動，丹尼爾跟在後邊。

她不止一次把靴子鞋跟往下卡，以免滑超過或超速，鵝卵石和碎石子往外飛散，有些成堆自空中灑落。急什麼呢？她問自己。他都死了。

那樣跳下去，誰都活不成的。但她還是加緊腳步，有幾次自己差點都要失足，好不容易才穩住，同時丹尼爾則警告她走慢點。

她沒聽他的。

等他們抵達沙漠底部，再辛苦折返回班落地的位置時，可能已經過了十分鐘。

她父親的屍體面朝下，血在他腦袋底下流了一灘。這場景讓她想起另一次——有一次他把一名年輕女子的頭往地面猛捶，捶到她停止尖叫。那天的他沒有一絲仁慈或哀傷，她現在又憑什麼要產生任何感受？她謹記那段回憶許久，想讓自己對他的恨意能從百分之八十增加到百分之百。

時間凝滯，風無情地將她的頭髮往臉上吹，像小小的雷射刀一樣帶來刺痛感。她身體平穩而緩慢地往下，直到她蹲在他身旁。

丹尼爾叫她別碰他。

她碰了他。

她父親的皮膚在她指尖下散發著溫度。一具還擁有生命假象的屍體。她稍微抬起他一隻手，高度恰能讓她確認他的手腕脈搏。碎骨頭在他皮膚底下移動，好像袋子裡的石頭。

沒有脈搏。

脖子也沒有。

一個人影遮住她。她瞇眼看向丹尼爾。「他死了。」她麻木地說。他的祕密也全跟著陪葬。這才是她在意的事，她試著告訴自己，因為她父親，她以為自己認識的那個父親，早在好久以前就死了。事實上，那個男人甚至從來都不存在。但她還是為了那些再也找不到的屍體忍下一聲啜泣，也為了她的父親，那個扭曲了她、將她變成他自己的微小陰影的父親。她在一陣模糊的淚水和激動情緒之中，看見丹尼爾比了個動作要她退回來。犯罪現場。

她站起來，即使天氣酷熱，她還是渾身發抖。她解開腰上的灰色帽T穿上，把帽子拉到頭上遮一點風。

她無處得去，亦無處可去。這裡就只有風和天空和她父親所愛的沙漠。她也沒和丹尼爾提到這件事。她父親會想在這裡結束生命完全不意外。如果她沒有把精神都放在控制自己的情緒上，搞不好就會猜到他的計畫了。

丹尼爾完全切換到警探身分，向她伸出手。「讓我看妳的手。」

一開始她還不懂，接著才意識到他是在工作。

她掌心朝下伸出雙手。他把它們握在手裡，像個認真細心的警探該有的樣子檢查她的手指，看有沒有皮膚細屑埋在裂開的指甲間，說明兩人有發生肢體衝突。

他把她的手翻過來，檢查她的掌心。上面血淋淋的。他沒說話，繼續記下那些讓她顯得有罪的資訊。

「那是他頭上的。」她說。她有碰過屍體，但看到血還是讓她很意外。她的腦袋又在作怪了，不知為何，她想到她的狗的骨灰，就擺在她小屋裡的壁爐上。不過才幾天她就面目全非，當時的她心懷使命，全神貫注，慢慢在復原。

她父親的屍體會怎麼處理？送去火化嗎？誰會想要骨灰？

她應該把它埋起來？撒在這裡？還是他們應該就把他留著，讓野生動物吃了？那至少會讓他的生命有點正面價值，感覺也挺適切。讓一個殺人凶手餵養沙漠動物的生命。

丹尼爾拿出手機，拍了幾張屍體的照片。他錄影記錄墜落的位置，還有他們原本所在的峭壁。

他把手機塞回去之後，她說：「我沒有推他。」

她對此有把握嗎？特別考量到她最近的表現？即使在最完美的狀況下，在任何一個案件中，記憶都是最不可靠的環節之一。這也是為什麼實際證據如此重要，以及為什麼芮妮不喜歡讓人排一排給受害者指認凶嫌的原因。虛假的記憶讓她不信任目擊者的證詞，就算是正確的記憶也可能隨時間變化。虛假記憶也可能在真相太過沉痛時，成為保護當事人的疤痕。

「我沒說妳有。希望鑑識人員有辦法釐清這部分。在他皮膚和衣服上撒指紋粉，看有沒有妳的。過程比較繁瑣，但有其必要。」

「我抱了他。」

他和她四目相接，她看得出來情況急轉直下。「什麼？」

「我抱了他一下。」

「妳知道這樣別人會怎麼想，對吧？」

這不足以讓她被逮捕，但會讓他們從真正該做的事情上分心：找到那些被班・費雪殺死的女人。

她想起父親想要她拿去的紙張。「檢查他胸前口袋。他試圖給我什麼東西。也許是遺書。」

丹尼爾走去屍體那兒，把它翻到能碰到口袋的高度。他拿出那張紙，一邊攤開一邊站直身子，讀完後翻面給她看。他一臉謹慎的滿意神情。

她看著丹尼爾手中那張紙。那是附近沙漠的地圖，還有好幾個用紅色X標記的地點。或許，班・費雪並沒有帶著他所有的祕密一起陪葬。

10

回到高地後，丹尼爾在芮妮身旁用衛星電話和重案組聯繫，告訴對方他們的所在位置，以及一串要聯絡的人。搜救小組、副驗屍調查官，還有他們的犯罪現場專家。之所以要搜救小組，是因為他判斷會需要他們的技術和裝備，才能把屍體從峭壁弄上來。

聯絡完後，他目視檢查班．費雪在跳崖之前──或可能是被推下崖之前──所站的區域。地上大多是石頭，但有一些散沙。他蹲得近一些，可以看出沒有打鬥痕跡。地面沒有鑿孔，少數像是石炭酸灌木之類的植物也沒斷枝。他把整個地方拍照記錄。真希望他的休旅車在，他在車子後面放了犯罪現場調查所需的裝備。

他記下所有人的非正式證詞，包括芮妮的。較詳盡的正式錄影筆錄會在明天早上，於聖貝納迪諾縣治安官部門進行。記憶很不可靠，又可能迅速變動，所以能得到現場的目擊證詞是最好，就算因此要訊問身心受創的人亦然。他的經驗教會他永遠別拖延訊問時機。

除了非正式證詞外，他還記下時間，並繪製了現場布局。

完成後，獄警開了一台監獄廂型車離開。他們留著也沒用。丹尼爾會開另一台車回聖貝納迪諾，稍後在那裡讓人把車接走，並且送芮妮回她的卡車。他早上會再跟她碰面做正式筆錄。或者可以的話，派別的警探去。

他試著說服她跟獄警一起回去，但她不想走。他應該強硬一點，即使只是出於他想獨處這樣自私的理由。他努力對抗自己對事情發展的失望，雖然那張地圖給了他希望，相信目前沒有走到絕境。

隨著廂型車駛離，沙塵在空中飄舞，待塵埃落定後，芮妮表示：「我要回去下面。」

「必須有人看著屍體。避免動物靠近。」

他看向天空。有幾隻火雞禿鷹在上空盤旋，看著他們。所有死屍都是食物。他不能留她跟屍體獨處，以免汙染證據，於是他跟著她下去。

幾個小時過去，丹尼爾和芮妮背靠著一塊巨石坐在陰影下，還在等待搜救小組和驗屍官過來。班・費雪的屍體在他們幾碼之外，但沒在視線範圍之內。這感覺很怪，像在守靈一樣，這個地點讓他們的行為幾乎有種宗教的氛圍。

儘管高溫逼近華氏九十度（攝氏三十二度），一臉蒼白的芮妮仍不停把T恤穿了又脫，脫了又穿。每隔一會兒，她就會一陣發抖，然後她會相應地發出一個小小的聲音，也許是肇因於她無法控制自己的身體。

不管在高地上發生了什麼事，她的父親死了，她要承受的太多了；她的沉默和顫抖就足以佐證。丹尼爾得控制好自己的情緒，同時說服自己還有希望。他們有那張地圖，上面有十個地標。但那張地圖有可能就只是費雪進了棺材也要作弄他們的把戲。讓他們忙得團團轉，然後空手而回。至於這趟沙漠之旅，只是費雪在自殺前見女兒一面的方法。監獄不是什麼好玩的地方。這點丹尼爾無法反駁。也許班．費雪單純計畫出一個再也不必回去的方法。精神病態者的腦袋跟一般人的腦袋運作方式不一樣，因此實在很難判斷他的意圖是什麼。

如果她沒有推他（拜託老天不要是她推的），那就代表班．費雪在他自己的女兒面前跳崖，那可真不是普通的殘忍。但這當然不是這男人幹過最差勁的事。而如果是她推了他，他真的能怪她嗎？

換作是他，他難道不會做出同樣的事嗎？

他覺得不會。

他是個實事求是的傢伙，對直覺這東西的態度相當謹慎。面對純然邪惡的對手，直覺能把你害得措手不及。班．費雪這種人把本性藏得很好，因為有的精神病態者是有同理心的——這也是最棘手的一點，讓他們握有特別的優勢，因為他們能理解他們的受害者，以及他們操縱的對象。這就是他們成功的方法。

不過，丹尼爾還是要對發生的事負起全責，他晚上寫報告的時候也會表明這一點。這也許會讓他被迫停職一陣子。他沒想找藉口，但重案組組長和他自己的父親說得沒錯：他跟這個案子關係太近了。

他試著開啟過幾次話題，但都沒成功，他們陷入一片沉默，直到他開口和芮妮說：「妳不需要留下來。」他不習慣這麼多的天空和土地和空無和沉默。光是這點就能讓人坐立難安。

「我知道，」她說。「但我這輩子有太多未完的故事、我不記得的事，還有我記錯的事。我需要親眼看這件事結束，這樣它在我腦袋裡就會清清楚楚。為了我自己的精神著想。」

她的坦言讓他很意外。在他的經驗裡，大部分人都不喜歡談論自己的心理健康狀態。但在創傷事件後，人們有可能暫時對自己的故事和情緒鬆口。昨天，芮妮的母親打來把他罵得體無完膚，讓他知道她女兒狀態有多麼脆弱。這完全不意外。一般人不會沒事就辭掉她在調查局的那種工作，搬去沙漠裡住，特別是在像她這麼輕的年紀。但也許他沒有搞清楚她受的傷有多深。他太專注在自己，還有把事情解決的渴求上，忽略了這可能對她產生多大的衝擊。此刻他評估情勢，試著判斷他是要挖出更多答案，還是別打擾她。

「你坐在那邊思考要跟我說什麼，」她說。「你該表示同情嗎？畢竟他是我的父親。但接著你又想，是不是我推他下去的？我從一開始就這麼計畫嗎？你在想回去之後要跟獄方確認我們有沒有過任何聯繫。信件、通話、訪視。我們任何一方都可能沒說實話。」

完全沒錯。她的反應也跟通靈完全無關。她自己當過警探，她也仍保有那種思路。而且他很肯定她的能力比他更出色。

「我們沒有，」她說。「任何聯繫。但我相信你很稱職，會去確認清楚。」

「妳大有可能在我和妳初次聯繫之後才想出這個計畫。」他說。

「或可能是事前沒有多想的臨時起意。就只是受害者對長年受暴經驗的反應。就只是推了一下。」她站起來，走到另一顆巨石的陰影下，離丹尼爾稍遠一些，但和他面對面。

「或是他跳崖，」她重新坐下來說道。「你是那種喜歡推測的警探嗎？是的話，你覺得最有可能的看法是什麼？你對實際情況有任何概念嗎？」

他很高興他們這樣談了起來。像這樣質疑所有事情，像警察一樣思考，對他們兩個都有好處。而且談論發生的事情，這個行為本身似乎就讓她恢復了神智。「如果妳是我，妳會怎麼想？」他問。

「我會保持懷疑態度。」

她氣色好多了。

「而老實說，我也在想同一件事。我有推他嗎？我承認，在我意識到他不在我身邊之後，腦中第一個想法就是這個。因為我會質疑我身上已經發生並持續發生的事。記憶很脆弱。所以說，對，我會想，一想再想。但我認為，如果這是我的計畫，我現在應該在對自己歡呼才是。我也沒理由要否認。他先對我做了這一切，這算他罪有應得，而我也不怕坐牢。在我看來，我的人生已經就是在坐牢了。我不覺得監獄會比外面糟多少。對我來說啦。而且，要是我們發現地圖是假的，我就不會忍不住一直去找那些被他殺害的女性，把日子花在跑去沙漠上挖洞上。如果我被關起來的話。」

丹尼爾不喜歡聽到她對地圖有相同的懷疑。「所以妳不覺得那是真的？」

「我不確定。」她從一個背包裡拿出一瓶水，轉開瓶蓋，喝了一大口。「除非埋屍地有可辨識的地標，否則我不曉得有誰有可能在這片廣大又千變萬化的莫哈維沙漠裡，記下一個確切的地點。記個一兩年都沒辦法，更別提三十年了。我父親非常聰明，但就我所知他的記憶力沒什麼過於常人之處。」

丹尼爾再次望向那張攤開的紙，試圖定位自己，但沒辦法。那是一張圖，要說像什麼，最多就是張簡陋的藏寶圖。他預期班．費雪應該會畫得精確一些，但這八成是他的遊戲的一環。看起來就是這樣。某種尋寶遊戲裡的道具。

他來到芮妮那側陰影底下，將那張紙交給她。「妳認得任何東西嗎？」

她把水遞給他。他邊喝，她邊檢視那張圖，然後指向一個潦草的地標。「我覺得這些應該是我們上面那些巨石。」

「所以那個X在這附近，對吧？」

「不遠。」

他把水遞回去。

「如果你跟搜救小組要再回來，希望你準備得充足些。」她從那神奇背包裡拿出一袋裝了綜合堅果果乾的密封袋，撈了一手水果和堅果，再把袋子拿給他。那大概是她自己準備的。

「謝了。」

她手肘撐在膝蓋上，置身於這怪異的地景之中，咬了一口鳳梨乾。

「這感覺很怪。就連現在，就算我知道我們都知道的一切，我還是很難接受這個男人殺了人，」她說。「儘管我自己可是親眼目睹過，雖然當時我不曉得情況是那樣。他完全不符合我們愛用的那些剖繪特徵。」

他回答得很謹慎。他不想擺出審訊者的表現嚇到她。

「比方說？」

「比方說，我們以前會在感恩節的時候到食物銀行服務。是我爸的主意，但我媽也支持。而且他總是會給無家可歸的人錢。他在開車途中看到有需要的人，就會停車下去給他們錢。我記得有一次我們從熟食店裡走出來，他把我們剛買的東西全部送給街角的一名男子。他的死留下好多好多未解之謎。我沒想過這會困擾我。」

殺手對某個人或物特別珍愛並不奇怪，但她描述的這種廣泛的善意就不尋常了。「也許他在經營他的公眾形象，」丹尼爾說。「或也許他真心感到某種懊悔，然後試著在用他的方式去彌補。」

「也或許這件事跟殺人帶給他同樣的愉悅。也許那刺激的是腦袋的同一個區塊，給人一種類似的滿足感。」

「這想法不錯。」

他們等了好久，但現在丹尼爾聽到車輛靠近的聲音反而很失望。現在她比較放開來和他坦露心聲了，他想讓對話繼續下去。

他們聽見上面高地傳來車門甩上的聲音。丹尼爾跳起身來呼喊。幾秒後，幾張臉從邊緣往下看。幾分鐘內，就有一組人馬帶著擔架緩緩地從峭壁滑下來。

他們一到，事情便快速進展。

所有的自殺或疑似自殺案件都會被當犯罪現場來處理。驗屍官是個看上去五十幾歲的男子，他正式宣告班．費雪死亡。犯罪現場小組由兩男一女組成，身上散發防曬乳的味道，頭戴深色墨鏡和米色棒球帽，他們記下筆記和拍照。有個人問屍體是否被移動過，另一人則將雙手包起來，待稍後檢查有沒有皮膚殘留和掙扎打鬥的證據。屍體被裝進一個黑色袋子裡，附上證物鍊標籤。如今其他人來到現場，芮妮便靜靜地看著，臉上的表情令人難以參透。

「驗屍的時候我想在場。」他們把屍體綁到橘色擔架上，準備離開時，丹尼爾說。

驗屍官點頭。「我會記得。」

那幾台車抵達一個小時後便離開，丹尼爾和芮妮鑽進監獄廂型車裡，太陽正沉入後方山脈，蝙蝠在豔紅的空中飛馳。

「我不太喜歡沙漠。」丹尼爾啟動車子時坦白地說，試圖重啟對話，任何對話都好，因為即使是不著邊際的談話，也通常能引出意料之外的發展。

「我一直都比較喜歡森林和大海。」

「要花一點時間喜歡，」芮妮告訴他。「不是每個人都會，但那是我生命中很重要的一部分。我祖父母在五〇年代搬來沙漠住。他們靠《宅地法》取得五英畝的地，蓋了一間小木屋。很難相信有人試圖在那裡種植作物。他們為了留住土地，證明他們有試著要耕種，必須真的把石炭酸灌木和約書亞樹挖出來。大部分的人沒留下來，但我祖父母辦到了。我最早的幾段回憶都是在我奶奶的小屋發生的。運水啊、沒電啊。我愛死了。」

「那就是妳爸爸的母親？」他問，雖然他已經知道答案。

「對。」

「她是個怎麼樣的人？」

「意思是她有沒有性格黑暗、精神病態的傾向嗎？」

「對。」

「我不記得她有任何黑暗的地方，雖然她普遍來說不太喜歡男性。但話說回來，我也沒看出我父親殘暴的那一面。相信我，我有想過，在腦中搜尋過，但她在我看來很完美，只要有她什麼事情都會沒事。」

父親很重要，但有時候丹尼爾認為，來自女性的大量影響和學習榜樣——母親、阿姨、祖母——可能對孩童的成長來說更為重要。

他們回到高速公路上，往約書亞樹開去時，丹尼爾的電話響了。他很驚訝手機又有訊號，並慢下車速看了看螢幕。他父親。不是生父，而是領養他、將他帶大的人。「我得接一下。」他切斷車子的藍芽連接，好讓對話維持一半的隱私性，然後接起來。

「都沒你的消息，」他父親說。「只是來關心一下今天狀況如何。」

「不太好。」丹尼爾說，他清楚意識到芮妮能聽見他那一側的發言。

「有任何成果嗎？」

「沒有。」

「我很遺憾，孩子。」

那份憐憫幾乎讓人難以承受。「我也是。」他瞥向芮妮的身影。她大概以為他在和伴侶通話。「我回家再跟你說發生了什麼事。」

「她在旁邊？」

「嗯。」

「好吧。自己小心。」

「我會的。」他掛斷後把手機塞回口袋裡，手指碰到他帶在身上的那塊布料。他本來期待能在今天拿去比對的那塊布料，如果班．費雪向他們說出實話就好了。

11

三十五年前

他不喜歡布料行。那地方讓他昏昏欲睡又無聊至極，根本沒事可做。此刻，他的雙腿終於累得撐不下去，無力地倒在地上。

他母親笑臉盈盈地彎腰看他。「我們才來這裡二十分鐘而已，丹尼。這樣好了——你何不來幫我挑我裙子要用的布料？我想辦法要挑一個顏色。」她比向其中幾匹布料——她是這樣說的。他不懂它們為什麼是用這個字來稱呼。「匹」讓他想到動物之類的，但這「匹」東西是用布料包起來的紙板。

「挑這區的，」她說。「這裡最便宜。我付不起更好的材料。我們太窮了，我根本不該花錢買這個。」

他很清楚「付不起」這個詞的意思，也知道他不能每次都跟朋友玩一樣的玩具或穿一樣的衣服。她以裁縫為生，自己幫他做了很多東西。他知道他的穿著是大家覺得他很奇怪的原因之一，但他不明白為什麼別人會為了衣服嘲笑他。

他跳了起來，現在他有事可做就不覺得累了。有那麼多顏色，那麼多排布料。「我喜歡這個。」他碰了一款亮黃色帶白點的布。她微微搖頭，挑起眉毛，暗示那不是她要的。

他再看了幾款。「藍色這個？」

她再次微笑但沒回應。她最棒了。她從來不會凶人，從來不會像別的媽媽罵小孩那樣罵他。

他穿過走道。綠色，更多的藍色、紅色。很多的紅色。她喜歡紅色。「這個。我喜歡這個。」他指向一款帶粉紅碎花的紅色布料。她再度揚起笑容，他看得出來她喜歡他選的款式。

每匹布都像書一樣被塞在櫃子上，她得使勁才能把他選的那款扯出來。終於拿出來以後，她稍微捲開那款布，彎身靠向他讓他看清楚一些，她的手同時摸著那款布。「我覺得這款很完美，你不覺得嗎？混紡棉也沒什麼不好的。」

他碰了碰。觸感怪怪的，但他想起她說過錢的事情，於是點頭。「很漂亮。」

「好，所以我們現在得來找搭配的線和拉鍊。」

那部分他也有幫忙，布料行感覺沒那麼無聊了。

回到他們帕薩迪納的小套房家裡，她把布料攤在地上，給他看要怎麼擺薄薄的棕色紙型，才能有足夠的布料做整條裙子。這很不容易，但他們想辦法把一些紙型顛倒過來，再把其他幾塊貼著折線擺，終於還是成功了。他甚至還幫她把所有東西釘上去，他們從來沒有一起做過這件事。

那天晚上晚餐後，他們用又大又重的剪刀裁出裙子。他很喜歡金屬切在布和紙上的聲音。隔天放學回家後，他們把紙型拆下來，把裁好的布料亮的那面相貼，用別針固定住，然後他幫忙把它縫起來。

她讓他坐在椅子上，另外墊了個枕頭讓他碰得到裁縫機。

「接縫的長度永遠是五分之八英寸，」她告訴他。他雙腳懸空，於是她用她搽了紅指甲油的赤腳邊踩地上的踏板，控制縫針的速度，幫他縫出一條直線，同時對他的技巧嘖嘖稱奇。

「老天，原來你一直偷藏一手啊，小傢伙。」她把縫好的布拿出縫紉機，將線切斷，然後把布攤開貼在她的腹部上，擋住她的牛仔褲和襯衫。它看起來還不像一件裙子，但也不單純只是一塊布。

這不重要。重要的是她很開心。她很久沒這麼開心了，自從她前男友「為了別人」離開她之後就一直如此。他喜歡她那個男朋友，他會帶他到海邊玩，還跟他說想當他的爸爸。丹尼爾不懂怎麼有人可以上一秒想當你爸，下一秒就不見了。不是像樓上女士的先生一樣死了。就只是不見了。

他試著想像之前那位男友住在別的地方，和其他人生活，在餐桌邊大笑，也許在跟另一個小孩——不是他——玩飛高高，把他拋到空中，叫他小夥子。

但他媽媽現在很開心。也許能開心個一陣子，或是更久。

她熬夜製作那件裙子，到早上他在廚房流理台吃早餐的時候，她試穿給他看。

「你覺得你挑的料子怎麼樣？」她問。「你喜歡嗎？」

他愛死了。

「我還需要收邊，但很快就會好了。我今天晚上就可以穿出去，去約會。」

約會是個很奇怪的詞。有些高中女生也會說，比如偶爾來顧他的那個女生。她會講約會，跟男生出去玩的事。然後她會臉紅，雙眼發亮，就像他母親的眼睛現在那樣。

那天晚上，他看著她化妝、梳頭。

「去拿你的相機來，」她笑臉盈盈地對他說。「這樣你就會有我穿我們一起做的裙子的相片。」

他聖誕節拿到一台傻瓜相機。他跑到他房間拿過來。相機本身是藍色的，上面有一個能拍四張照片的立方閃光燈。她穿著裙子站在客廳門前，而且看起來好漂亮。不太一樣，像是電視上的人。

他把相機舉到臉前，按下快門。閃光燈一亮。

「我們再拍一張。這次我們一起，我們母子兩個人。把相機給珍妮。」

他把相機交給保姆。他母親背對著門，丹尼爾在她前面，她的手擺在他肩膀上。「笑一個。」

相機閃光燈一閃，保姆把它還給他。「我想那應該是這捲的最後一張了。」

「我們再拿底片去雜貨店給人沖洗，」他母親說。「你最棒了。」她蹲下來，緊抱住他，用力到他感覺自己要被折斷了。接著她親吻他臉頰，離開時她的紅衣一陣飛舞，把門在身後帶上。

他跪在沙發上，從窗戶往外看她開車遠離。

珍妮坐在他旁邊。「我媽說，不管怎樣，妳約會的對象都應該要來接妳。」

「為什麼？」

她聳聳肩。「因為禮貌啊。讓人知道這傢伙是用心的。」

「也許大人的狀況不一樣。」

「也許吧，但我覺得不去人家門口接人很沒教養。」

他母親都說珍妮是個萬事通，所以也許她對教養的看法是對的。

他已經吃過了飯，吃了炸魚條和起司通心粉。「有錢人的晚餐」，稍早他母親笑著這麼說，拿了他一根油膩膩的炸魚條來吃。

珍妮帶了一些電影來。他們弄了爆米花，坐在電視前的沙發上。

他努力保持清醒。他想要在母親回家時醒著，但他沒辦法讓自己睜著眼睛。每次都這樣，他隔天早上通常會在床上醒來，完全不記得珍妮把他放來這裡。

這次也是。他突然聽見有人在哭，並且驚覺已經早上了。他不記得母親有回家。他得去上學。

他下了床，不大情願地來到客廳。珍妮還在他們家，而且門邊站了兩位警察，就在他和他母親昨晚站的位置。

他不知道他們為什麼在那裡。他跑過走廊要跟母親說。她不在她房間裡，她的床也沒動過。他不懂。他趕忙到浴室，一邊喊她的名字，然後跑到廚房。也不在那兒。

其中一位警察手擺在腰帶上，正在和珍妮講話。「她可能只是昨晚在別處過夜了。」他看了丹尼爾一眼，表現變得有點不自在。「妳說她跟人去約會，對吧？」

「她不會，」珍妮說。「在外面過夜。」

「妳對她認識多深？」

「我幫她顧小孩兩年了。她每次說會回家就一定會回家。」

她望向牆上的時鐘。「我得去上學了。」

「那小孩怎麼辦？」警察問道。

「我媽會過來看著他。」

兩位警察似乎都鬆了口氣。「我們晚點會再調查看看。」

珍妮的母親過來帶丹尼爾到她家去。她幫他打包了一些他的東西。

離開前，他把相機和那件紅裙剩下的布頭也放進他的小行李箱裡，箱子上面寫著「出門旅行」。

他們等了好幾天。他沒去上學。

珍妮的母親幫他把底片洗出來，他花很多時間盯著他母親站在門口的照片。前一天她還在那兒，隔天她就不見了，就跟那個男朋友一樣。警方詢問他知不知道她那天晚上去了哪裡。

「她去見一個男人。」

「哪裡？」

「不曉得。」

他聽到他們竊竊私語，說她跑走了之類的。她永遠不會跑走的。

大家老愛講地震的事。也許她被地震帶走了。

12

現在

丹尼爾坐在他的辦公桌旁，看著芮妮．費雪幾個小時前，在樓下其中一間審訊室錄下的審訊影片。攝影機裝在牆上高處，給了他一個詭異的視角，好像他同時往下在看小房間裡的兩個人。

一位女警探背對攝影機，坐在芮妮對面。

芮妮的手伸出來拿水杯的時候，看起來很沉穩。沒有像他昨天注意到的那種顫抖跡象。她很冷靜，說詞沒變，說的也都是他已經知道的資訊。這一點，加上她過往傑出的專業表現，也沒有證據顯示有推擠或打鬥，讓結論更往自殺的方向靠攏。驗屍會幫忙確認這一點。

影片結束後，他往後坐回去，想著芮妮的經歷——個人層面和專業上的。

她能提供很寶貴的資源。他尋找母親的下落已經這麼久了，任何方向或機會都不容錯過，更別說這人幾乎是從天上掉到他面前。他做好決定後，穿過忙碌的辦公區到凶案組唯一的私人辦公室，他敲門後，裡面的人叫他請進。

凶案組組長，艾妲．莫利斯警監在凶案組待了三十年，期間大多在聖貝納迪諾縣治安官部門底下服務，該執法機構負責管轄的是全國地理面積最大的縣。辦公室裡，一面牆上掛滿了孫兒孫女在不同年紀的裱框相片。

艾妲像是那種充滿母愛，讓每個人都感覺自在又重要的那種人。她眼睛周圍長了絲絲細紋，灰髮往後紮成包頭。他有看過幾次她放下頭髮的樣子，髮長幾乎垂至腰際。不過，那些因此輕視或忽略她的人可慘了。她深諳自己的專業，丹尼爾在她手下工作的三年間學到非常多。

她把椅子轉到桌邊坐下來。「你排定記者會時間了嗎？」

「今天下午晚一點。」目前為止，沙漠裡發生事情的消息還沒走漏，但他們必須比小道消息早一步。「我有個想法想和您討論。」他在她對面一個位子坐下。「您覺得我們如果讓芮妮・費雪加入調查怎麼樣？」

她縮了一下，隨即又恢復過來。「她目前不是她父親死亡事件中的嫌犯嗎？」

「我相信她是無辜的，而我預計驗屍結果會證實這點。她能幫助我們找到那些屍體。現在我們成功引起她的注意了，我很不想就這樣放她走。」這樣講不是很好——畢竟她父親死了——，但的確，她現在對情況很關注，也可能很快就改變態度。

「我甚至不確定我想不想讓你處理這個案子，」艾妲說。「可是你毫無疑問是我手下最優秀的警探。整棟大樓大概沒人比你更熟班・費雪。但我不曉得讓你參與對你健不健康。而且班・費雪已經死了，我們也就不需要她了。」

「她熟悉沙漠。她是犯罪剖繪員。她過去是位優秀的探員，」也是他景仰且敬重的對象。「她也許知道她父親沒被公開過的內部資訊。我指的不是要找她來做搭檔，而是顧問。像我們偶爾跟私家偵探合作那樣。一個全心專注在她父親的案子、還有那些失蹤女性上的人。」

「你現在談的這筆支出，我們實在只能供應一小段時間。你明白嗎？」

「明白。」

「她知道你母親的事嗎？」

「不知道。」

「班．費雪呢？他知道嗎？」

「我一開始不覺得，但我現在不確定。」費雪在會談上問的幾個問題，現在看來要不是顯得過度貼近案情，要不就是刻意誤導。

她往後靠回椅子上，一臉沉思的表情。「人跟人生命交會的方式真奇妙，不是嗎？感覺沒有線性可言，我們實際上都在一個個圈圈裡交會。你母親，你得到這份工作，班．費雪要求見你，現在換芮妮。」

丹尼爾沒有說這份工作並非全是巧合。他一直在留意當初逮捕並定罪班．費雪的部門有沒有職缺。

「宇宙都這麼努力促成這樁緣分，不看看結果會怎麼發展也是很遺憾，」艾姮繼續說。「但我要你最少每隔幾天就回報一次。還有記得，這合作持續不了多久，所以你從她那邊能挖多少就挖多少。」

他收到一則簡訊通知，於是從口袋裡拿出手機。訊息是副驗屍調查官傳來的，跟他說他預計一小時後開始班・費雪的驗屍手續。

另外，我還有些沒那麼重要的資訊，你可能會感興趣。訊息寫道。

驗屍官。總愛吊人胃口。

他站起身。「有什麼進展我會讓您知道。」

「而我隨時都會準備好喊停。」

「我也是。」

去見驗屍官的路上，他打電話跟芮妮提他的想法，另外讓她知道有了班・費雪的地圖後，他計畫很快就會展開搜索。他知道現在就提有點言之過早，但想到和她共事就令他興奮不已。「這項申請通過與否還要依驗屍結果而定，但我想給妳一點時間考慮，同時讓妳知道我說的不是單純找妳來幫個一天的忙而已。我說的是整個搜索的過程。」他見過她的生活。他猜這筆錢對她會有幫助。她會拿到他們一般付給自由接案調查員的薪水。不是多大的收入，但還不差。他希望這足以誘使她點頭。

「沒興趣。我已經在開我的卡車回家了，但如果有什麼新消息，能跟我說一聲的話，我會很感激。」

他改打悲情牌。「妳對沙漠很熟。妳知道怎麼在外頭生存。妳已經不止一次點出我的無知。」

「我相信你能找到別人當你的沙漠嚮導。」

驗屍官的辦公室離縣治安官部門才兩英里遠。在他跟芮妮講話的同時，目的地幾乎都要到了。「聽著，妳找那些女人找了好幾年。」他離開利納路，開進停車場。「要說有誰有權參與這案子，那肯定就是妳了。至少考慮考慮吧。」

在接下來的沉默中，答案不言自明。終於，她低聲咒罵了一下，他則暗自竊喜。

「我得走了。」他關掉引擎。「我要去參加驗屍。」

「哪裡？縣驗屍官辦公室嗎？」

「嗯……」他不情願地說。

「叫他們等等。我想過去。」

這不是他想要的那種參與。「這不可能。妳不能參與妳父親的驗屍。」這還不只是因為他不曾允許任何近親旁觀這種事——不管當事人覺得自己多能承受——而是他有可能會想問驗屍官一些他不想讓她聽到的敏感問題。再加上格斯傳給他的那則不明所以的訊息。

「我會盡快過去。」她說。

「他們不會准妳進來的。」他交代好不准讓她通過前台。

「那我就在外面等。對了，丹尼爾？關於那些女人，你說得對。我一直在找她們，沒有在現實中找的時候，就是在夢裡找。我會跟你合作。」

13

副驗屍調查官格斯・華特司是全縣最受信賴、業務量最高的驗屍官之一，因此，丹尼爾收到他的訊息時很驚訝，後來發現是他本人要執刀驗屍，就更驚訝了。像費雪這種只需要判斷是自己跳下去還是遭人推落的案子，不會有什麼太出人意料的發展，格斯・華特司則是越棘手的案子他越愛，這一點是出了名的。丹尼爾還以為他現在已經幾乎沒在親自執刀，轉而投身在監督其他驗屍官或鑑識人員。但這案子名聲響亮，這或許是他感興趣的原因。內陸帝國殺手是這一帶最有名的罪犯之一，在輿論熱度和大眾的著迷程度上，跟黑色大理花是同個等級。數十年來，班傑明・費雪都成功在加州的犯罪文化現象中保有一席之地。一個樣貌正常、舉止正常，在小圈子裡又吃得開的殺手，總令人備受吸引又備感恐懼。

他走下便衣警車，視線掃過停車場和馬路。沒看到芮妮的卡車。他溜進大樓，告訴櫃檯的女子不准讓芮妮過安檢門。

「她出現的話我該報警嗎？」

「不用。」費雪的死訊還沒傳出去，他不想透漏任何資訊。

「就只是個哀慟的女兒而已，裡面沒她的事。」他們經常遇到這種事。

女子點點頭。「明白。華特司醫生在二號驗屍間。」

因為這次是新鮮的屍體，丹尼爾換上裝備，注意到原本淺藍色的長袍被換成黃色的。黃色是多麼明亮又愉快的顏色，但同時也代表著警示。手套則是紫色的。他感覺自己像個球隊吉祥物。

格斯．華特司頂著他標誌性的灰色爆炸頭，笑著歡迎他進到驗屍間，同時轉向一張附輪子的小桌和筆電。整個驗屍間只有他們，裡面甚至沒別的屍體。這也很不尋常。丹尼爾每次到驗屍間，裡面至少都有幾個人在幫忙，或在別的驗屍區工作。

格斯在筆電上打開X光片，不斷嘖嘖稱奇。「這麼多碎掉的骨頭。」

有些驗屍官出於對死者的尊敬，會把屍體蓋著，直到要動刀為止。格斯似乎不覺得有其必要，或他可能單純覺得這男人不值得額外的尊重。無論如何，班．費雪的裸體毫無遮掩地擱在格斯兩呎外的不鏽鋼輪床上，底下墊了軀幹枕，讓胸部伸展開來，為尚未執行的Y字形切口做準備。室內氣溫偏低，牆上的儀表顯示是華式六十度（攝氏十六度）。

格斯的手指懸在觸控板上，兩眼看著螢幕，在一張前臂的影像上打轉。「我甚至沒辦法數有幾處斷裂。骨頭碎得跟灰塵似的。」他拉出另一組頭部的圖片。頭骨也碎了。「這種程度的外傷，應該幾乎是當場斃命。」

「那他落地的方式呢？」丹尼爾想到找任何能為芮妮的清白背書的證據。「有任何方法判斷是哪邊先著地嗎？」

「手臂和頭部承受非常多的初步撞擊。如果人是往下跳的話，應該會是腿先著地。這比較像他縱身一躍，或是飛，或說試圖要飛。」

這符合芮妮對事發過程的描述。她跟他說他幾乎是飛出去的時候，丹尼爾想過那是不是象徵性的說法，考慮到當時的狀況，她會想認為她父親有某種正面的經驗。但聽起來他似乎真的張開了雙臂。

喜迎死亡，擁抱死亡。換句話說，就是刻意為之。

「這些都還算意料之內，」格斯說。「但這不是我想跟你說的事。」他邊說邊把圖片檔關掉，打開更多檔案。「你八成不曉得班傑明．費雪學生時期，還在念心理學的時候，申請參與了一個大學醫學中心的研究。」

這件事肯定被藏得很深，因為丹尼爾以為他對費雪的一切已經瞭若指掌。「我從沒聽過。」但他知道有一堆研究能供經濟拮据的學生參加，給他們賺點小錢；他只是很難想像班傑明．費雪申請去當實驗室白老鼠。但話說回來，也許費雪對他自己和他的陰暗本性感到好奇。也許這也是他鑽研心理學的原因。

格斯坐到一張凳子上，用手勢比了比房間另一頭的另一張椅凳。「大部分都是這樣，參與者的身分會受到保護，研究結果也永遠不會公開。」

丹尼爾抓來那張凳子，把它滑過地板，坐到格斯附近。

驗屍官喬了一下厚重的黑框眼鏡，打開一個檔案。「那位連環殺手大腦專家在加州這邊做的那項研究，你了解多少？」

「幾年前過世的那位神經科學家？」丹尼爾讀過關於他的東西。他的研究專注在基因和大腦結構，不是那種人盡皆知、連你家舅舅都耳熟能詳的套路，像是虐待動物和尿床什麼的。「我知道個大概。」他把研究對象要成為連環殺手的三個必要條件理論化。一、一個他稱作「戰士基因」的攻擊性基因。二、額葉和顳葉失能或受損或失常。三、出生不久後的早年受暴經驗。

「我曾在他手下工作，」格斯說。「我當時也是他研究團隊的成員之一。費雪申請參加研究，也被接受了。我得承認我們當時樂得要命，所有你預期連環殺手會有的特徵他都有。」

「我以為那種研究都會匿名。」

「應該要是，但如果你得到像我們這樣驚人的結果，消息就會走漏，至少在團隊內部裡。費雪樣樣都中。戰士基因、前額葉皮質區對刺激沒有反應……」他按了幾個鍵，叫出幾張五顏六色的大腦圖片。「控制道德的區塊完全沒有動靜。」

「一片空白。」

「是我們見過最嚴重的案例之一。你對照看看，這是正常的大腦。」他拉來一張圖片。「在那個期間，我們研究了連環殺手的系譜學，最早的案例可以追溯到十九世紀。我們現在知道——或我們自認為知道，因為還需要做更多研究——的另一件事情是，這種行為會在家族中群聚出現。」

「遺傳下來。」丹尼爾昨天談到芮妮的祖母時，才迂迴打探過這件事。精神病態人格有可能代代相傳。精神病態的程度越嚴重，就越有可能被遺傳下去。近期一項研究指出，該基因受母親的遺傳影響較強，不過丹尼爾還不太買單就是了。

「我想要這份資料的副本。」丹尼爾說。他想要盡可能補全他自己對班傑明・費雪的研究。

「我會想辦法，但要他們交出這種研究資料可能會非常困難。否則就沒人要報名了。」

啊，所以才只有他們在這裡。

接下來幾個小時，丹尼爾努力讓自己在驗屍間保持冷靜，想著格斯和他說的事，也想著芮妮是否就在外面。格斯在某一刻打開費雪的頭顱，將大腦取出。他雙手捧著滑溜溜的器官，小心地擺到磅秤上。

「整個驗屍過程裡，我最感興趣的就是這裡了，」他雙眼盯著電子數據說道。

「重量正常。」他把大腦放到檢驗桌上，全面檢查一遍，他看上去著迷不已，然後是一臉失望。「我沒看到任何明顯有可能導致功能失常的東西，像是腫瘤或傷口。」

檢查還沒結束，但丹尼爾告訴格斯要是得到任何可疑或有趣的發現再聯絡他。他把拋棄式罩袍和手套丟進感染性廢棄物垃圾桶，在飲水器吞了幾顆鎮痛藥之後，他離開大樓進到明亮的陽光下。

芮妮背靠灰泥大樓坐在人行道的陰影處，身穿帆布鞋、牛仔褲和白T恤。她閉著眼睛，等著聽他在裡面得到的資訊。他絕不會提起格斯分享的那項腦部研究的內容。

14

一看見丹尼爾走出驗屍官辦公室，芮妮便心跳猛烈地站起身。明知道父親的屍體在裡面被開膛剖肚，她卻不得不坐在外頭，這並不容易。她真心認為能旁觀而非想像對她會有幫助。

「他的傷勢符合妳『刻意縱身一躍』的描述。」他告訴她。

她鬆了一口氣。她打從心底不覺得自己有推他，但她也知道自己不完全可信。「可是你看起來卻好像有什麼壞消息似的。」她說。

他戴上墨鏡。「只是很累。」

「屍體會被怎麼處理？」

「如果妳或妳母親沒在十天內認領，就會被捐去做科學研究。我想妳應該是會選後者吧。」

一部分的她想要確保他一點也不剩，她會去認領屍體，然後火化。不是因為他終究是家人，而是因為她想確保他真的消失了。不是漂在某個盆子裡，不是被切片或切碎。她要確保沒有任何一部分的他存放在櫥櫃上的瓶罐裡。

她自己肯定是不想要骨灰，但她還是得拿走，以免有人開始在eBay上一小瓶一小瓶地賣。很多人都想和連環殺手有個連結。

一台側邊有地方電視台標誌的白色多用途車開進停車場裡。

丹尼爾繃緊身子，芮妮則控制自己不要躲起來跑走。她父親被捕後，媒體團隊開始停在她們家外頭。她和她母親變成籠中鳥，甚至連雜貨店都去不了。日子一成不變了好一陣子，某天莫里斯想出一個計畫，將她倆偷渡到他位於愛德華的小屋去。

在黑夜的掩護下，她們從自家溜到他的房子。日出時，莫里斯駕著他的凱迪拉克帶她們開往自由——芮妮和她母親在後座地板上，被毯子遮住。莫里斯迷人得很，他開出自家車道時，還大膽地搖下車窗，和駐紮在馬路上緊追不放的狗仔隊說哈囉。

但她們早該知道自己無路可逃。除非整形易容。終究有人認出芮妮和她母親。媒體再度大批湧入，這回是跑到她們藏身的山林小鎮上。於是她們採取新的策略：不管她們丟出多汙辱人的問題，都不要視線接觸。情況大約一年後才穩定下來，而芮妮進入青春期後，就不再有人認出她。然而，她一直相信自己犯了什麼滔天大錯，就因為自己做得不夠。要是她有跟她母親和莫里斯以外的人說，或許就能阻止憾事繼續發生。但或許也不能。那實在讓人太難以置信了。

「他們肯定聽到什麼風聲了。」丹尼爾動起腳步。

雖然她的卡車停在另一頭，她還是跟在他旁邊走，希望他能多講些停屍間裡發生的事。

廂型車的車門打開，工作人員一一湧出，在驗屍官辦公室大門前方架起一台攝影機。其中一人喊了丹尼爾的名字並跑了過來。他脖子上有一條附相片和識別證的掛繩。喬許．柏金斯。

丹尼爾瞥向媒體車。「你聽到什麼？」

「沒太多。」喬許看向芮妮，然後當她不重要似地晾在一旁。

真有趣。

「謠傳是跟內陸帝國殺手有關的事。你能證實或否認嗎？」

「我什麼都不能說。我們兩小時後會舉行記者會。」

「所以是內陸帝國殺手沒錯。他終於吐出那些失蹤女性的地點了？」

「你知道我不能多談。別拿我們老婆的交情當免死金牌。」

老婆？

「我只是想搶個獨家而已，」喬許說。「現在競爭可激烈的。」

「我很想幫你，但沒辦法。這次不行。」

他接下他的拒絕。「不要緊。兩小時後見啦。」他轉身離開往團隊走去，同時搖搖頭。

「老婆？」他一走遠後芮妮便問道。

「其實是前妻。」

離婚了。這不意外。這一行對婚姻很傷。

「回家去吧，」他說。「去睡覺。我猜妳昨晚睡得沒比我多多少，也就是零。」

「確實。」她整晚大多坐在屋外的椅子上，裹著厚厚的毯子，攝取過多的咖啡，望著星空。太陽一出來，她就進到小屋裡試著吃點東西，但光是想到燕麥都讓她想吐。但至少，昨天跟她父親在外頭發生的事情開始有了真實感。她在消化，開始接受這件事。

然而，加入丹尼爾一同調查的這個念頭，對她的心理也仍有風險。她昨天還很冷靜，但人在面對死亡時內心的那層保護網正逐步消去。她需要回到她沙漠的家裡躲起來。也許甚至吃個什麼藥，讓自己失去意識一陣子。

「我們明天見嗎？」他問。

「我開始猶豫了。」

「我不知道這對妳來說有沒有差，但直到我們有所發現之前，就只會有我們兩個人。我獲准讓妳加入，但我弄不到搜救小組。沒那個資金。我明天早上六點會到妳那裡。如果妳決定了不想加入，就在門上留個紙條，我會自己開車去沙漠裡。」

「你不該自己跑去。」想到他一個人在沙漠裡，要不是太危險，不然真會讓人笑出來。她能想像他除了一瓶水之外什麼也沒帶。換作她呢，則會花上好幾個小時做準備。她會需要買袋裝食物，裝好幾加侖的水壺，還有電池、手電筒、防曬用品。她意識到自己心裡列的物資清單恰恰證實了她有意加入他，於是她轉身走向她的卡車，路上經過那個新聞團隊。還是沒人注意她，但記者會播出後，很可能就不會是這樣了。

15

蓋比．薩頓躺在沙發上，將筆電擺在肚子滑臉書。這是她個人的自我療癒方式。她的丈夫坐在附近又軟又厚的椅子上，蹺起雙腳，手拿遙控器，努力找個什麼給他們看。這是他們晚上的習慣。

她被一支可愛狗狗的影片給逗笑，將它分享給臉友，按了兒子的貼文讚，再往下滑，然後停在地方電視台的新聞直播上。

她不確定自己對臉書上出現新聞有何感想。臉書是她逃離世上那些壞東西的管道。她不想讓新聞掃她的興。她想看小狗和小貓和小鳥，也許偶爾來隻駱馬。任何有趣、讓人分心的東西。但有個東西讓她的手指停住了。

才看了幾秒線上新聞直播，她就無意識地發出一聲微弱的嗚咽，並伸手用力按住嘴巴，堵住那個聲音。

「我們可以再看一集昨晚那個節目，」她丈夫說。「那部科幻劇。它節奏有點慢，但也許之後會變快。」

蓋比繼續盯著她的筆電螢幕。

「我討厭節奏慢的科幻片。」他說。

一名警探站在聖貝納迪諾治安官部門前面，面前放著麥克風。是記者會。他的名字出現在畫面底下的跑馬燈上。丹尼爾．艾利斯警探。她的頭腦當機後重新啟動，只聽到他說的一部分內容。但有件事特別引起她的注意。班傑明．費雪，那個內陸帝國殺手，他死了。

這是真的嗎？一定是吧。

「怎麼回事？」

她的視線從螢幕上挪開。她丈夫等著她回答，一臉半是不耐、半是擔心的樣子坐在那兒。

「他死了。」她不敢相信地說。

他坐起來，現在臉上只剩擔心了。「誰？」

幾年前，在他們結婚之前，她和他說了班傑明．費雪的事。關於那次遇襲，以及她如何逃走。她想說這件事應該讓他知道。他們就只談了那麼一次。不真的算「談」，因為他沒有回應。就只是從餐桌對面盯著她看了大約整整一分鐘，然後慢條斯理地繼續吃他的魚，表現得好像她一個字也沒說。

三十年過去，她依舊在等他的回應。

她大多時候都希望自己當時沒有分享她的痛苦遭遇。他冷酷的反應讓她感到羞恥，彷彿重新變回一名受害者。在那之後，她就發誓不再告訴別人自己曾經遇襲。

但她總是期待這一天的到來。她等著聽費雪的死訊等了好幾年。

她已經放棄注射死刑，轉而期盼他自然死亡的消息。

只要能知道他們不再共存於同一顆星球上，什麼都好。死了就是死了，不管是如何發生的。

她只想要他消失。現在，她出於震驚，以及不吐不快的心情，將新聞脫口唸出。

「班傑明．韋恩．費雪。」

她丈夫的肩膀鬆下來，她才意識到他肯定以為是家裡有誰死了。

她回去看新聞播報。「他在沙漠裡，」她說。「自殺了。」

「妳覺得怎麼樣？」她丈夫問。

終於，他想談了。「我不曉得。」她難以消化這資訊。自殺。在沙漠裡。怎麼有可能發生這種事？

「我投科幻一票。」他還在談他們打算看的管他是哪部該死的劇。

幾年前她會幫他的行為找藉口。說他還年輕，衝擊太大。說他尷尬，不曉得該如何回應如此私人、親密的故事。所以他才沒說話。但他現在是個成人了。她需要他，而他坐在那邊盯著電視，手拿遙控器瀏覽螢幕上的選單。與此同時，她的痛苦填滿了整個房間，整個人就在他幾呎之外分崩離析。他的冷漠傷之入骨。

怪物首先出擊，冷漠隨後而至。

也許是她的錯。她把它藏得太深了。當然也不曾硬要開啟這個話題。

別責怪妳自己。

但她就是責怪自己。

他們整個婚姻就是長年的孤寂，他們過的日子只是佯裝正常生活，她自己錯在沒去分享她的感受，或嘗試多談幾次那件事。她反過來將它埋在心裡，絕不讓它再逃出來，省得又被人隨便對待。就連她已成年的孩子都不知道那晚遇襲的嚴重性，不知道她本來差那麼一點就會沒命了，不知道那種襲擊帶給人的恐懼。他們只覺得真酷，自己的母親是讓內陸帝國殺手落網的人。他們不曉得他的面孔一直糾纏著她，在她生命中的所有時刻——結婚、懷孕、生產。現在她兩個子女都已長大，從大學畢業了，她則在這裡，躺在沙發上心碎一地，渴望有人能理解她的感受，同時她的丈夫——她人生的伴侶——就坐在幾呎之外，故意——沒錯，就是故意——對她的痛苦視而不見。

她緩緩闔上筆電，把它放在一邊，然後站起來。她必須離開他身邊。她離開客廳的同時，看都沒看他一眼，她沒辦法去看。她只能說：「你自己瞧瞧吧。」

到了房間，她進到浴室鎖上門，打開蓮蓬頭，把馬桶蓋蓋上並坐下來。

死了。他死了。

而她完全沒有感覺比較好。

因為他沒有消失。他永遠都不會。也許等她老了，腦袋失智才會。但就算那樣，最早的記憶也是最晚被遺忘的。她見過自己母親的狀況。多可怕的念頭啊。什麼都沒有，就只剩班傑明·費雪。

她喉嚨緊繃疼痛，彷彿要炸開似的，她發出一聲啜泣，但願有被淋浴和電視的聲音給蓋過。他愚蠢的科幻劇。她從未感到如此孤獨，就連遇襲後的當下也沒有。現在，她幾乎感覺自己在這趟旅程裡唯一的旅伴，就只有已故的殺手，班傑明·費雪。

16

芮妮在外頭等丹尼爾抵達。太陽才要升起，氣溫落在華氏四十幾快五十度（攝氏九度）。晚點就會會逼近九十度（攝氏三十二度）。加州好笑的地方，就是這裡「一日見四季」，人們會穿很多層衣服，隨時間過去再一一脫掉，等太陽下山，氣溫轉涼之後再把衣服穿回去。芮妮一早穿著牛仔褲、皮靴，灰色帽T外加一件牛仔夾克。她家門邊和卡車後面堆滿了補給物資。她在最後一刻決定帶上帳篷，以免他們車子拋錨，或他們當天來回的搜查行程延長成數日。

看到他把西裝留在家裡，換上比較合適的牛仔褲和法蘭絨襯衫讓她鬆了口氣。也許是有點努力過頭了，但至少他有心嘗試。穿慣西裝的人穿起便服總是一副滿不自在的樣子。

「帳篷？」他問。

「我祖母教給我父親，他再教給我的知識。除非你能提供自己幾天的生活需求，否則別去沙漠。」

他拿起帳篷的同時，她從她的卡車後面拿出一根鏟子、一條用來探勘地面的長鐵條，和一個金屬探測器。「我有一次車子故障，必須徒步走四十幾英里。裝備齊全的話就沒什麼困難。」

「我以為應該是要留在車子旁邊。」

「那是一般最理想的方案。我等了二十四個小時才出發的。要是沒裝備，我就算等到那時候也不會離開。」

他們把她的裝備裝進他的休旅車，加上他帶來的少少幾樣東西，像是鏟子和水。她甩上她卡車後門，回到小屋裡拿最後一樣東西。她牆上的地圖。所幸外頭沒什麼風，她把地圖攤在卡車的引擎蓋上。

「你那邊有我父親畫的圖嗎？」她問。「來看看我們能不能把它跟真正的地圖對在一起。」

丹尼爾把班的圖放在牆上那張地圖的一角。

對不熟悉這一帶的人來說，要搞懂這張圖可能不容易，但她能認得地標，並在地圖上指出來。現在她對於罪案本身，以及它們之所以能發生的周邊條件已經不感震驚，她才發覺父親的手法其實相當精細。

「我們在這裡，約書亞樹外面。而這裡，」她指向一個紅X。「滿近的。應該不用三小時就能到。」

「這個地方呢？」他比向一個小方格，離這裡大約一個小時。

「那是我外婆家。大概只是畫來判斷方向的，就跟那些山脈和其他地標一樣。我在那一區找得比其他地方還勤，但都沒結果。」但她的失敗也不能證明什麼；沙漠自有辦法將事物抹去，有時甚至只在一夕之間。

無論如何，她父親可能也不想把屍體埋在離家這麼近的地方。

丹尼爾坐上駕駛座，兩人沿著六十二號高速公路，穿過二十九棕櫚村，往東駛離約書亞樹。

接著是一連串狹窄的水泥彎道，最後變成泥土地和一片由豚草、牧豆樹、黑灌木、晴空和遠方幾百英里外的山脈綿延構成的地景。

「五〇年代，人們來這一帶開墾的時候，每條路都長這樣，」芮妮說，她緊抓著車門上的把手，準備迎接下一次的撞擊，同時思考要等多久再跟丹尼爾說他必須開慢點。都市來的駕駛容易在沙漠路上開得太快。他們的大腦無法調適必須開到這麼慢。「我希望你有帶你的衛星電話，因為你車軸壞掉的時候可能會需要跟人聯絡。」

他迅速停下車，讓塵土揚起。「要換妳開嗎？」他語氣不帶煩躁或惱怒。就只是一個明白自己能力有限的人而已。

「感覺是比較實際的選項。」

她邊開，他邊拿她的地圖指路。她偶爾會停下來，兩人靠在一塊頭碰著頭，確認過他們的位置再繼續前進。途中他們會吃點小東西，補充水分，還有聽音樂。他們的品味略有重疊。芮妮想像了一個有三成重疊的文氏圖。這不要緊；現在很難要她在乎任何目標以外的東西。她不像他，她不是很在乎嘴裡吃什麼或耳朵聽什麼。

「妳會想聊聊妳為什麼離開調查局嗎？」旅途中的某一刻他問了。

她對這個問題有所準備，但她不確定自己想跟一個她幾乎不認識的人分享多少。「我那時候，開始對某些和我共事的人有偏執的妄想，」她跟他說了個輕描淡寫的版本。「我想，我父親的事情讓我無法信任他人。」她猶豫了一下，然後補上：「特別是我的搭檔。」

「妳確定是妳誤判了他？」

「我認為他是個正直的傢伙。事情是這樣的，而這部分除了我的醫生和我母親之外沒人知道。」全盤托出。她思考過後，也認為這是他應當留心的事。「有一次他看起來像另一個人。我說的不是五官相似。有天晚上情況很緊張，槍都拔了出來，非常危險，他的臉變成我爸的臉，而我差點朝他開槍。」

他僵住。「哇。」

那一個字所夾帶的同情讓她使勁眨眼，讓沙漠清楚回到眼簾。「當天晚上，我把自己送進精神病院，在那裡待了一個星期才打給我母親。她飛過來接我，開車帶我回加州。那是三年前的事了。所以你現在知道自己在跟什麼樣的人打交道啦。如果你想反悔不讓我幫忙，我能理解。」

「妳有搞混過其他人嗎？」

好問題。很合理的問題。「從沒到那種程度。我在那之前或之後都沒出現過幻覺。」

「聽起來是滿典型的創傷後壓力症候群。」那股同情又冒出來了，那份理解。好多警察為此症狀所苦，卻沒得到治療。他自己可能就是。要是找個沒有任何心理包袱的警察給她看，她要嘛會判定對方是菜鳥，要嘛就是認為這人不該來當警察。

「他們診斷是慢性創傷。」她打開空調，把出風口調向她的臉。「我一直在努力壓下我偏執的狀況，讓自己放鬆，人家說什麼就相信什麼，或直接避免跟人接觸。試著不要往下挖掘或窺探。多專注在事實上。事實能讓我們不戴有色眼鏡，明明白白看到我們需要的資訊。」

「我自己是試著多照事實來判斷，」丹尼爾說。「我們凶案組這邊正在轉型，從調查局以往的作風——人人為之瘋狂的犯罪剖繪——跳脫開來。」

「雖然我是教剖繪的，要說它太極端我也會第一個站出來承認，」芮妮說。話題轉到她熟悉的主題上讓她放鬆下來。「它太強調直覺感受了。不是說那不重要，但你從中會學到很危險的一個概念，就是要你無視邏輯，相信直覺。你永遠都不該忽視邏輯，而直覺是會因人而異的。假設今天有一名罪犯，他相貌英俊、言談圓滑得體，也許假裝成維修工人，站在你家門口，魅力滿點，一邊掃視你家看有沒有其他人在家。你有看到他眼神掃過，但你因為他笑容迷人就沒作他想。噢，他只是好奇罷了。如果你要看他的證件，他會甜甜一笑，可能甚至跟你說如果擔心可以打給他的公司。他可能甚至會把號碼給你，而你不會打，因為他表現得如此圓滑熟稔，看上去又那麼真誠。人本性就渴望相信他人。但邏輯呢，在那個情境下，邏輯就會是你的好朋友。看看我父親引人上鉤的手法。邏輯會告訴受害者情況不對勁。但他玩弄受害者的情感。他拿情感和同理心當他的優勢。」

「妳真的該考慮回去教書，」丹尼爾說。「我是指自由授課，跟調查局或政府機構無關。我認為全國的警察機關對妳的經驗都會很有興趣，也能從中受益。不是基於妳跟妳父親的經驗，而是妳整體的知識。」

「我喜歡玩我的土。」

她的用字讓他大笑，然後冷靜下來。「也許哪天吧。只是讓妳放心裡想想。」他的注意力回到地圖上，讓紙沙沙作響。「我們應該要找一顆巨石。括弧裡寫說『不是那個巨石』。妳懂這什麼意思嗎？」

「『那個巨石』位在約書亞樹西北方。就是一個喬治．凡．塔賽爾的東西。」

「凡．塔賽爾？」

「你真的很不熟加州歷史，對不對？凡．塔賽爾住在一個七層樓高的石頭底下，在裡面和外星人聯絡。想起來沒？」她跟他多介紹了一些。「它們叫他蓋一個叫做『Integratron』的建築，理論上是會讓人返老還童。你對這些有任何印象嗎？」

「學校沒在教邊緣人的歷史。」

「他花了二十四年建造這間木製圓頂屋，完全沒用半根釘子，但他在建成之前就死了，始終沒能讓自己回春。」

「真遺憾。」

「而現在我們再也沒機會知道那是不是真的有用了。」她言詞間暗藏了當地人的打趣口吻。

「加州還真怪。」

他這樣說真稀奇。加州人通常很愛他們所屬的這一州，樂於為之辯護，擁抱它的一切，地震和大火等等。「你不是在這裡長大的嗎？」

「我是，但我知道什麼東西怪、什麼不怪。」

「但不管那有多邊緣，它依舊是歷史。歷史就是歷史。」

「妳該不會要開始聊能量漩渦了吧？」

「隨你怎麼笑，但我在沙漠經歷過過一些我無法解釋的感受。」

「那通常都跟致幻物質有關。」

「有時候不是。當你置身於一片超現實又不宜人居的地景，你必須學著用別種方式來感受事物。你得把目光聚焦在遠處，而非眼前，像是打開一台相機的景深一樣。你得往天上看，而不是地面。等你的腦袋終於調整過來，你就會看見——真的看見——並明白這世界是由各種各樣的美所構成，就連乍看粗獷不堪的地方都一樣。那種沒有樹木和陰影和任何鄰近物體的地方，能讓心智擴展開來，用全新不同的方式去觀看。」

「妳真是加州到不行。」

「我不是在講什麼抽象的東西。」

「是，妳就是。」

「好吧。算了。」

「妳剛剛講的其實就是要我去擁抱沙漠。」

「我沒有。」

「好吧，抱歉。我會把妳說的話聽進去，試著讓心胸更開放些。我會再努力一點。我可能因為一些原因才討厭它吧。」

出現了。他的陰暗祕密。「虐待之類的？」

「不是，比較像是跌在一棵仙人掌上、被它的刺戳進身體那樣。那可是有幾百根喔。我整個嚇到不行，因為那時候我相信仙人掌刺能流過血管，通到人的心臟。」

「小孩有辦法這樣徹底誤解大人跟他們說的話，這點真有趣。你八成聽到有人說——而且說得沒錯——仙人掌能導致非常嚴重的感染，進而引發心臟問題或甚至喪命。」

「看。」他一指，讓他們的閒聊被他們之所以來到此地的原因給打斷。

好幾顆巨石，其中一顆特別大，高聳又詭異地豎立在地面。

她讓車子往陡坡開上去。地面一平緩下來，她便停車，關掉引擎，瞇眼望過灰撲撲的擋風玻璃。她沒意識到自己屏住了氣息，直到他開口。

「怎麼了？」他問。

她繼續盯著這片景色說：「這看起來很眼熟。」

「也許妳被傳送到這裡過。」他大笑。「抱歉。我忍不住。」

她專注著努力捕捉任何微弱的記憶。「我小時候可能來過這裡。」

她下了車，走向那顆巨石，然後在幾呎外停下來，雙手撐在腰臀上。

車門在後面甩上，她聽見丹尼爾鞋跟摩擦碎石和擾動散沙的聲音。他停在她身邊，同時她的目光還停在那顆巨石上。

他終於開口：「我想妳確實來過。」

石頭上有一幅畫。一隻鳥。不是隨便一隻。它看起來就跟她落款在陶器上的鳥一模一樣。

17

三十三年前

沙漠。

芮妮坐在他們家那輛福特千里馬的後座，她父親開著車，已經開了好久。不管目的地是何處，途中都先經過了好多約書亞樹。約書亞樹長得很像人，而她只有在他們去奶奶的小屋，或是很偶爾地像她爸現在載她來沙漠時，才會看到它們。

「我們是要去貝莉爾奶奶家嗎？」她看著父親的後腦勺問。他戴著一頂鬆垮垮的帽子來遮陽。

「今天不行，小鳥兒，」他瞥向後照鏡看她說。「我們只是兜個風而已。」

「拜託嘛？我們能不能去奶奶家？」她求道。

「不行。」他厲聲說。「我說了今天不行。」

她交叉雙臂抱住膝蓋，縮起下巴。她不懂他們為什麼不能去奶奶家。她奶奶是全世界她最喜歡的人了，私下說來，也許比她最喜歡爹地的程度還高，跟媽咪相比肯定是高多了。她當時年紀太小不記得，但她聽說自己出生後是給祖母照顧的。她母親生病了，無法照顧小寶寶，於是芮妮父親幫她打包行李，帶她到沙漠跟她的貝莉爾奶奶同住，直到芮妮的母親好起來。芮妮回家住之後，還是經常去拜訪她祖母。人們說她祖母很強悍，是個拓荒者。她的房子沒有電力，是靠一台大卡車上面的水箱來運水。芮妮喜歡聽人家說自己生命的頭幾個月是在那裡過的：跟一位強悍的拓荒者在一起。她對沙漠的了解，有好多都是後來跟她學到的。

「全世界其他地方都沒有約書亞樹，寶貝小鳥，」她祖母和她說過。她叫她小鳥的時候都會加個寶貝。「它們就是這麼獨一無二。永遠都不要爬上去或拉扯樹枝。妳可以坐在它們的樹蔭下，但別傷害它們。它們一年只長不到一吋而已，所以它們都非常古老又非常有智慧。而唯一能讓約書亞樹長更多的方式，就是靠絲蘭蛾幫忙。」

她想像那些蛾拍著粉粉的翅膀，鼓勵樹寶寶從地面蹦出來的模樣。「它們喜歡書嗎？」她祖母從某個叫「東部外邊」的神祕地方搬過來之前，曾經是一位圖書館員。她在沙漠裡沒有電視，但有一疊疊的書，她成天都會唸書給芮妮聽，包括大人讀的那種沒有圖片的書。

「約書亞樹很愛書喔，」她祖母說。「而且很愛別人唸書給它們聽。」

芮妮曾盤腿坐在沙漠上唸自己的書給約書亞樹聽，一旁還有蜥蜴滑行而過，讓乾燥的灌木沙沙作響。她跟它們說狗啊、貓啊，和家庭的故事，有時還會自己看圖說話。她喜歡認為那些樹喜歡她的聲音，即使它們就只是靜靜地站在那兒，以警醒的姿態向天空伸出大大的手臂。

她爸爸把車子停在一個有好多平滑巨石的地方，其中幾塊岩石比房子還要大。他們停車的地方沒有樹，就只有大大的石頭和大大的天空。

「來吧。」他打開後座。「車子太熱了，不能讓妳在裡面等。」她父親牽著她的手，兩人一同走到其中一顆巨石旁邊的陰影底下。「在這裡等，看有沒有野生動物，特別是鳥類。」他給她一小本書。

她現在會讀書了，不是全部都讀得懂，但足以曉得這本書說的是《沙漠中的鳥類》。她知道沙漠這個字，因為它出現在很多東西上面。就連沙漠溫泉這種城市都有。還有加油站跟吃東西的地方，以及你想要的話，可以買到巨型仙人掌的地方。

她在家裡看過這本書。它跟很多大人看的書一樣無趣，但至少這本還有圖片。

「妳看到一隻鳥，就在書裡找出來。如果有哪些字妳不會讀，我回來再告訴妳它們是什麼意思。妳可以嗎？」

「可以，爹地。」

「待在這裡。別跑走，不然妳會迷路。在沙漠迷路的人被找到的時候，都只剩一堆像被漂白似的骨頭了。」

她想像有人往骨頭上倒一罐漂白水。

喪命這一點是真的。她在新聞裡看過。一名女子跌倒骨折後死在沙漠裡。一天到頭都有登山客的死訊傳出。

死亡很神祕。一個人本來還在那裡，接著就不在了。那種事似乎不該發生在任何人身上，就連蟲都不行。那樣不公平。她從不傷害蟲子，也從不傷害樹木，她不想要它們離開，而且再也回不來。

他留她站在石頭邊，要她待在陰影下，旋即開車離開，引起一片塵土飛揚。汽車排氣管哐啷哐啷地響，直到逐漸減弱到她再也聽不見。

一開始她不覺得怕，因為她知道父親會回來。他每次都會回來，也從不食言。這次出遊跟他們在公園裡玩的遊戲有關。她不知道是怎麼有關，只知道在公園的遊戲之後，他們有時會來沙漠一趟。

她按照吩咐，坐在沙地上看著天空。

沙漠裡有很多的鳥。還有動物。她祖母和她說過郊狼會叼走貓狗。

「郊狼也能把我叼走嗎？」某天她們坐在門廊吃早餐的時候，她問道。早餐是用木頭燒的火爐上煮的。

她祖母瞇起專注的藍眼睛，望向遠處泛著粉色光輝的山谷。

「有可能。牠們之前有把寶寶叼走過。我認識有一個人的寶寶就是這樣沒了。她在曬衣服，把小孩留在外面不過一分鐘而已。出來只聽到哭聲，看到一隻郊狼嘴裡咬著寶寶急忙離開。」

芮妮希望郊狼和寶寶的故事跟糖果屋的故事一樣——不是真實故事，但聽起來又可怕又好玩。有點像她跟她爸爸玩的遊戲。

她祖母似乎不特別喜歡男人，雖然她自己穿著和舉止比起女人更像個男人。她的衣服大多是牛仔褲和工作衫。一件裙子都沒有。貝莉爾奶奶不像芮妮的母親，她沒有任何化妝品，頭髮也跟男人一樣短。

但芮妮看過一張她留長髮，穿裙子，臉蛋甜美可人的照片。

其中有一次，在她們共度的神奇早晨裡，她祖母告訴她世上所有問題都是男人造成的，還說女性應該要互相照顧彼此。

「但爹地是好人，不是嗎？」芮妮問。

「比大多數好，但他跟妳母親都很難搞。班不像妳祖父，妳祖父是個脾氣差的死王八。」

「他欺負妳。」

「沒錯。」

「還打斷妳的手。」她祖母跟她說過。

「對極了。而且不止一次。還有男人都用什麼思考？」

「他們兩腿間的那條蟲。」

她祖母笑了。「沒錯。」她望向遠方，然後幾乎是對著自己說：「有時候妳就是不得不把壞人弄走。」

「妳把爺爺弄走了嗎？」

貝莉爾奶奶竊笑。「那就是我的小祕密了。還有妳父親的。」

芮妮在石頭那兒坐好，等父親回來的同時，看見一隻胸口長了毛茸茸白色羽毛的鳥。她翻過書頁，直到她找到正確的圖片，還有一個她唸出來的詞：獵——鷹。晚一些，她看見一隻比較小的鳥，這次是黑色的，還有閃閃發亮的翅膀，在一顆石頭頂端對她嚎叫。

但大部分時候都沒事發生。

她覺得又熱又渴，而且無聊到眼睛一直要閉起來。她看著鳥的圖片看了好久，最後扔下書本，腳跟貼地蹲著，膝蓋貼在胸前，找起漂亮的石頭。她找到幾顆，然後拿一顆比較尖的在地上畫圖。再晚一點，等陰影只剩下一小片後，她用那顆石頭在其中一顆圓形巨石上刮著畫圖。

一開始還算好玩，但她後來也畫累了，開始想爹地到底會不會回來。也許發生了什麼事。也許車子發不動了。也許郊狼叼走他了。那感覺不太可能，因為他長得很大。

也許他忘掉她了。

她努力不去擔心。

等他終於回來的時候，天色已經轉紅，空氣也帶著寒意。他臉上掛著她不喜歡的那種凶惡表情，格紋襯衫的衣襬露在外面，髒兮兮的，他滿頭是汗，聞起來也很奇怪，很像動物死在路邊，你開車經過時會聞到的氣味。

「這是什麼？」他走到那顆巨石前面，雙手擺在臀部看著她的作品。「這個之前就在這裡嗎？」

「我畫的。是一隻鳥。」她等著被他稱讚，告訴她幹得好極了。

「我看得出來是一隻鳥，但這樣很不好。這是在損毀大自然。妳不可以那樣做，芮妮。我們必須保護自然。」

她不明白損毀的意思，但從他生氣的語調和他一臉不對勁的表情，她知道大事不妙。「像我們保護樹木那樣？」她問。

「沒錯。」

「我可以把它擦掉。」

「妳沒辦法擦掉。它被刻在石頭上了。它永遠都會在那裡。」

她將那本鳥類的書緊抓在肚子上，心臟噗通噗通地跳。「我們能用顏料蓋過去嗎？」

「不行，我們不能拿顏料塗石頭。那會讓事情更糟。」

她不想當個小寶寶，但她忍不住。她哭了起來。

「嘿，嘿，嘿。」

他抱起她，而她努力無視他聞起來的味道。

「別哭。別再做任何像那樣的事就好了，好嗎？」他用她喜歡的語氣說道。

他抱著她走到車子，把她安頓在副駕駛座而不是後座。

她幾乎從沒坐過前座。

「我們回家吧。妳母親會以為我們發生什麼事了。」

「我們可以停下來買冰淇淋嗎？」

「應該可以喔。」

離開時，他緩緩開過她的作品。感覺好像他在悄悄地懲罰她，要她看看自己做的好事。她往窗外看著那個鳥的圖畫，看它隨車子顛簸著開下泥土路的同時，變得越來越小。

18

丹尼爾站在芮妮旁邊，她盯著石頭上簡陋的小鳥圖。沒錯，這跟她的落款標誌一模一樣。發現自己竟神遊回過去的某一天，也令人很是不安，她原本把那天忘得一乾二淨，直到剛剛才想起來。她能感覺到她畫那隻鳥的時候，抓在手裡的那顆石頭有多銳利。她也記得那天的酷熱，還有她父親開走時，她如何試著控制自己的恐懼。記得講沙漠鳥類的那本書。

它後來去哪了？

「他把我留在這裡，然後開車走掉，」她告訴丹尼爾。「距離遠到我看不見也聽不見車子。」她聚精會神，試圖召喚出更多記憶，但縱使有些事歷歷在目，其他的仍是令人費解而模糊。

「他留妳一個人？在沙漠裡？」

「對。」

「妳當時多大？」

「我不知道。可能五歲？六歲？」

「是只有你們兩個人，還是有別人跟他同行？或是跟妳？」

「我不記得有其他人。」她感到一陣暈眩。「我得坐下來。」她沉重地跌坐到地面一道陰影上，也許她多年前的那天就是坐在同一個位置。

丹尼爾離開，過一下子拿著給兩個人喝的水回來。他遞給她一瓶，然後坐到她旁邊。「他很常帶妳來沙漠嗎？還有，為什麼留妳一個人？我不懂。」

「他八成在負責帶我。他常常那樣。我母親跟小孩處不來，待在我旁邊讓她很有壓力。」她喝了一大口水。「關於那天的回憶現在變清楚了。我看到的鳥、那天有多熱、我撿來的小石頭。」她把瓶蓋轉回去，在腦中將回憶重播一次，試圖理清她父親行為背後的邏輯。「我滿確定他當時是在棄屍。」

他嗆到水，然後恢復過來。「那太有病了吧。」他的聲音聽起來很懷疑，但他需要考慮一下他們在討論的人是誰。

「就連現在，我發誓我都能聞到他回來找我的時候，身上那股腐敗的屍臭味。像路殺動物那樣。」

「我也聞得到。」

他們驚訝地互看，旋即跳起身來搜尋起該區。

芮妮覺得最有可能的結果是找到動物屍體，但她同樣留意看地面是否有近期可能被翻動過的地方。

「小心蛇。」她警告說。

他瞪大眼睛但沒說什麼。

「他們這時候會在陰影裡睡覺。我有一次在卡車裡發現一條，在儀表板底下。」

「喔，真他媽的。」

一旦他們知道要找什麼，要發現被翻動過的可疑地點就沒有那麼困難。芮妮找到了——就在巨石後面有一塊土壤特別鬆的凹處。

他們從休旅車拿來鏟子開挖，動作謹慎，以免他們處理的地方是犯罪現場。他們兩個時不時都會往後站，以便深呼吸幾次再回頭挖，完全沒辦法對話。

兩呎深的時候，出現了衣服。

他們四目相接。兩人沉默地扔下鏟子，開始用雙手輕輕地挖，直到挖出的土夠多，露出底下深色的長髮，和一具身穿牛仔褲及黑T恤，面朝下躺著，雙手擺在背後的女屍。

肯定不是三十年前的屍體。

強烈的惡臭讓兩人都感到反胃，連忙逃到能讓他們大口呼吸個幾下並順利交談的遠處。

「你覺得她在這多久了？」芮妮問，同時試圖搞懂她父親怎麼會知道這個人。他畫了這個地點的地圖。還有更多的屍體，更久的屍體嗎？這裡是個屠殺場嗎？

丹尼爾一隻手臂按著鼻子說：「可能幾週吧？這氣溫很難說，但不超過一個月。」

這起犯行發生時，她父親人在獄中。他們是純粹碰巧發現某人近期的埋屍地點嗎？似乎不太可能。她父親在外面有共犯嗎？他是否故意引他們到這裡，好發現這具屍體？

那麼他在那天——她記憶裡的那天——丟棄的屍體呢？如果他當時真的是在棄屍的話？

「犯人有可能是以前幫過他的人，」她說。「或者，可能是他在監獄裡分享來歷的對象。」

有時會發生這種事。人們在如此孤立的環境裡，關係會變得緊密。他們會分享自己的故事。她父親有可能給自己找了個信徒，並在出獄後接手他的未竟之事。

芮妮此刻沒辦法去想那個念頭——有人繼承了她父親衣缽的這個念頭。她得把這個想法推開，壓制到深處。因為這種致敬如果真有其事，就等於會讓班傑明・費雪又重新獲得了生命。她父親死了，有人卻還在對年輕女性下手。

19

發現一具屍體，就能讓大家全部動起來，這也實在是夠神奇的。兩天前，丹尼爾還無法獲准找團隊去做個簡單的網格搜索——這可以理解。凶殺案在聖貝納迪諾縣佔超過四成，執法機關因為暴力犯罪增加、以及轄區地域太廣而分身乏術。單是距離本身就讓警察在聖貝納迪諾夠難做事了。你要是呼叫後援，可能要等上好幾個小時才會有人抵達。警察大多都知道他們得靠自己。一些工作量會落到公園巡查員身上，但他們能做的也有限。他們全都在跟高溫、跟廣大而偏遠的搜尋範圍纏鬥。

所以丹尼爾的要求遭拒也是當然。內陸帝國殺手只是一大堆冷凍懸案裡的一則故事，莫哈維沙漠又是國內最大的屠殺場。艾妲・莫利斯警監老愛說那裡比大部分的墓園還擁擠。但今天，他們在沙漠過了一夜——丹尼爾在休旅車裡，芮妮在她的帳篷——之後，整個地方都擠滿了人。這不再是一樁冷案了。

團隊成員當天一大早就抵達現場，搭起許多遮陽帳，提供眾人迫切的遮蔭需求。發電機紛紛在運轉，現場也有幾組移動式廁所。現場界線已經劃出，一隊犯罪現場小組正在把屍體挖出。他們用繩子設好網格，好幾個人正小心翼翼地檢查過去，尋找任何可能和犯罪現場有關的物品。黃色旗子從勘查人員身上的後背包露出來，但目前為止，還沒有任何證物被編碼，什麼東西都沒找到。

他們還在等一個傢伙出現，他有個人稱尋屍器的東西。它看起來有點像嬰兒推車，會滑過地面，用透地雷達來找出骨骸。

聖貝納迪諾總部那頭，同樣為了檢查失蹤人口回報而忙得人仰馬翻。光是本縣一個月就有近兩百名成人失蹤，全州一年則超過四萬名。就算只侷限在成人，要整理出一份可能的受害者名單也得花時間。

丹尼爾和芮妮站在挖掘現場不遠處，頭戴棒球帽和太陽眼鏡，他的帽子上有部門標誌，她的帽子則褪色磨破，還有一家美髮店的廣告。在沙漠過夜看起來對她沒什麼影響。另一方面，他則是頭痛欲裂，全身發疼。然後還有屍體的味道。現在它就是今天的主角，因為到哪都躲不了那股惡臭。

就在他以為不可能更臭的時候，它還真的變臭了，泥土每攪動一次、溫度每升高一度，都讓那臭味更加難聞。有些團隊成員戴上活性碳口罩，但天氣熱到幾乎戴不住。隔著二十碼也不夠靠，他估計人在下風處一哩外都還能聞到一點臭味。芮妮似乎已經習慣了，因為她口罩往下拉到脖子，一邊喝她從餐飲桌拿來的冰咖啡，一邊看他們挖的過程。或許她內心緊閉到完全沒發現。

她對整件事的反應很難判定。目前為止，他只看到聯邦探員一貫的面無表情。他昨晚有看到她帳篷的燈打開，有幾次他想要下車試著跟她聊聊，但他同時感覺她似乎需要獨處。環境實在有太多種方式能擾亂一個人的心神，而要她回到一個她深埋在內心許久的地方，想必是近乎殘忍。

針對這一點，他該負責，他也開始思考，當初施壓她加入自己盲目的尋母之旅，是不是明智的決定。芮妮甚至不認識他母親。他太專注在自己的意圖上，以至於沒有考慮到這對她來說可能有多深的意涵，又可能產生怎樣的影響。是啊，她現在狀態很正常。

光這點就夠他擔心了。

但他倆都曉得不能留屍體在這裡，以免有野生動物摧毀證據。夜裡他甚至數度聽見一群郊狼發出狼嚎，並慶幸自己是待在休旅車裡，不管車上有多不舒服。芮妮則真的是有備而來：充氣床墊、睡袋、枕頭，還有那該死的——昨天早上看起來可笑至極的——帳篷。

現在，四位配有裝備、手戴層層乳膠手套的人員——在她和丹尼爾的旁觀下——就定位，要將屍體抬到攤在空墓穴旁邊的白色屍袋上。他們已經討論過高溫的影響，該區過去一個月的降雨量，乾旱地區人體農場❸的屍體一般花多久時間分解等等為了判定大概的死亡日期所需考慮的因素。目前猜測的時間比丹尼爾原先預料的還短。

兩個身穿泰維克防護衣的人把一面沉甸甸的塑膠布弄到屍體下方。擺定位後，團隊便將分解中的殘骸從墳裡拿出來，擺到打開的屍袋上，接著把屍體翻到面朝上。該女子還戴著兩只金色的圓圈耳環，也許有助於確認她的身分。

一顆子彈從頭骨掉出來，落在塑膠布上。

❸ 指模擬實際情形，觀察屍體腐敗進程的鑑識科學研究機構。

所有人都僵住了。一位調查員小心地撿起那顆子彈，將它丟進證物袋裡。「前面沒有射出口。」他說。

「行刑式槍殺。」芮妮說。

多麼殘忍的死法。被大老遠載到不宜人居的沙漠裡，八成一邊哀求對方饒命，一邊得決定是要反抗對方還是聽話照做。這向來都不好選，也依情境和攻擊者的心理狀態而異。丹尼爾通常會建議反抗。大多數人不會這樣建議，因為反抗可能讓狀況激化，但他始終這麼建議，或許因為他同樣看過太多沒有反抗的人的下場為何。

周邊證物存放進證物袋後，丹尼爾套上一雙手套，在屍體旁邊蹲下，並將手指伸進牛仔褲口袋，看有沒有錢包之類的東西。都沒有。

他們把屍體小心挪上驗屍官的廂型車，丹尼爾則和芮妮說他打算回聖貝納迪諾。「我不想錯過驗屍。」他沒說自己不想在車裡多待一晚，以及他也需要點時間獨處。

一切都在控制之中，現有團隊大多打算駐紮在原地，繼續搜索工作。調查局大概明天就會介入，他們甚至可能會想主導這個案子。「要是有人發現什麼，他們會打電話給我。妳如果想待的話，可以留下來，再看搭誰的車回去。」

「我跟你一起走。我想進去看驗屍。」

沒得擺脫她了。沒辦法，她這是直接往火坑裡跳。他可能盯著她看得太久了一些，他希望她沒察覺到他的罪惡感，他沒跟她說他自己的過去。在某些人看來，這或許算刻意欺瞞。她如果繼續待著，他的個人背景終究得見光。但不是現在。他還沒準備好。

20

屍體從沙漠搜索出來後的隔天，芮妮把外套扔在卡車上，大步穿過停車場前往聖貝納迪諾法醫辦公室，無名女屍的驗屍即排定於該處進行。清晨時分，她能聽見遠處傳來尖峰時間的車流聲。天氣很冷，但氣溫正迅速往上攀升。

她一邊走一邊用手機貼著耳朵，繼續跟她母親講話，告訴她最新的情況。無名女屍的新聞已經傳出，新聞台忙著來回報導班傑明．費雪之死和沙漠裡找到的神祕女子。

對於參與這起案件，芮妮依舊感覺很複雜，但她覺得自己無法坐在家裡，揣測著情況怎麼樣、還有她父親是否牽涉其中。她需要答案。答案也許不會減輕她的罪惡感和痛苦，但協助受害者家屬了結一樁心事，能讓她多少做些彌補。至少她心裡是這樣想的。但她還是很確定，她到死都會覺得自己是共犯。那也沒關係。她的確是共犯。

昨天很不容易，她老實承認。她有幾次差點就在沙漠那裡失控，但她成功撐過一晚沒有崩潰，這讓她重燃決心。說來有趣，但有幾次，丹尼爾看起來竟比她還對昨天的發現感到煩憂。

「我沒辦法離開我家，」她母親說。「而妳不管怎樣，都別嘗試過來這裡。」

一如預期，記者和採訪車已經成群湧入羅瑟琳家門口那條街。

「我現在沒辦法給妳任何資訊，」她告訴她母親。「我們所知不多。我得閃了。要是情況太失控，就打給莫里斯。我晚點跟妳聊。」她掛斷電話。

媒體同樣出現在法醫辦公室大門口。地方媒體、洛杉磯來的團隊，甚至有幾個全國性媒體都試著想找到一個角度，報導這則仍在開展中的故事。報導團隊在主出入口架好機器，希望能錄到隻字片語。

芮妮避免從他們旁邊經過或直接穿越，而是躲在車子後面，希望能偷偷溜過去。有個動作引起了她的注意，接著她看到丹尼爾站在靠近建築物後面的地方，揮手叫她過去。她改變方向，然後兩個人一起溜進去，金屬門發出扎實的喀一聲，在他們身後鎖上。她沒有告訴她母親，因為她知道羅瑟琳會堅持她們不要跟停屍間聯絡領取遺骸，但芮妮計畫趁她來這裡的時候，領回父親的屍體並安排火化。

負責執行驗屍的法醫和他們在準備室碰面。她很年輕，一頭紅褐色直髮往後綁成馬尾，擁有看起來完美無瑕的黝黑膚色，時尚的鏡框後面是一雙綠色的眼睛。

芮妮認得她。伊凡潔琳・佛萊。她最近有上過新聞。在加州和其他地方小有名氣。芮妮很高興看到一位年輕女性在過往由男性主導的領域裡有如此成就。伊凡潔琳名列全國最優秀的法醫之一。原因主要是她參與偵破一樁令警探們一籌莫展的大規模謀殺案。

也許是丹尼爾指名找她。如果讓芮妮作主，她也會這麼決定。

「聽說妳在探索頻道要有自己的節目了。」丹尼爾說，同時和芮妮鑽進黃色的紙袍子裡。

伊凡潔琳笑了。「很扯，對吧？我們還在討論階段，等節目真的拍成我才會相信。你們會需要戴這個。」她遞來活性碳口罩——讓人想起昨天的惡臭。「排氣系統已經調到很強了，但還是無法將氣味百分之百排出。嘿，你們兩個應該要來拍個一集。製片們會很愛。」

芮妮表情尷尬地笑了笑，一邊想著「想都別想」。另一方面，丹尼爾似乎挺樂見其成。

他們跟隨伊凡潔琳進入解剖室，三人邊走邊發出沙沙聲。

他們一圍到不鏽鋼解剖桌上被布蓋著的屍體旁邊，伊凡潔琳隨性的舉止就變了。她既專業、自信、專注，又滿懷熱忱。

「老實說，我本來希望這會更難搞一點，」她坦言。「我們在你們來之前照了X光，死因看起來滿清楚明瞭，如你們所知，就是頭部中彈，但我還是希望解剖能起到一些幫助。」她將布從屍體上拉開。它臉上的沙被擦乾淨了，看起比在沙漠裡還要像一具木乃伊。

伊凡潔琳拿剪刀從Y字形切口開始，劃開那層硬化後結實的皮膚，剪切的聲音連在抽風機風扇的運轉下都很明顯。

「妳認為她陳屍在外多久了？」丹尼爾問。

「考慮到我們春天乾燥的狀況，我認為她大概是三週前死的。我把圖片寄給一位人體農場的專家，他也同意。等我們的法醫人類學家放假回來之後，我會再請他看看。沙漠裡一個月相當於東岸的一年。」

驗屍解剖的過程每次都會遵循相同的程序。芮妮參與過夠多次了，這過程對她已經不足為奇，但這次因為跟她父親有關，而有了更深一層含義。器官秤重、口述記錄一切的過程，全都感覺更加私人。

沒人知道驗屍過程中，何時會出現最後能對審判造成關鍵作用的東西。就在伊凡潔琳檢查胃內容物的時候，情況則變得有趣了一些。

「石榴籽。」

「我永遠搞不懂人幹嘛吃，還有怎麼吃那些東西。」丹尼爾說。

伊凡潔琳把幾顆籽丟進溶液中。「我喜歡它們在沙拉上當裝飾。」

「但妳會真的把籽吞下去嗎？」他問。

「有時候。」

「就算妳不會吞籽好了，吃起來也還是麻煩得要命，那東西就像給芭比娃娃吃的食物一樣。」

兩位女性都笑了，這幽默的一刻雖然短暫，但令人愉悅，讓芮妮緊繃的肌肉因而放鬆了些。

「沒什麼昆蟲活動的跡象，」伊凡潔琳回頭繼續檢查。「同樣因為她死於沙漠中。」

「那是隆乳假體嗎？」芮妮湊到屍體上面，用手指但沒去碰。不是所有假體都會有序號，但有些會。序號能讓他們查到名字。

「是的。」伊凡潔琳從屍體中拾起一顆假體，將它擺到一個不鏽鋼盤上，做更仔細的檢查。

「看起來有序號。應該很容易就能查出她的身分。」

「那有時候要花時間，」丹尼爾說。「我們會需要法院命令。我來處理。」

「在你跑走之前，讓我先暫停驗屍，跟你們說我留著沒講的好料。」

伊凡潔琳用布蓋住屍體，扯下手套，然後站到一台電腦前。她按了幾個鍵，打開並放大一系列註有編碼和日期的X光片。「我知道你們在現場有找到子彈。這邊我們看到頭部後方有射入口，沒有射出口。」她用滑鼠圈起來。

「不是內陸帝國殺手的犯案手法。」丹尼爾說。

芮妮同意。這其實和她父親無關嗎？

「再給你們看另一個東西。」伊凡潔琳叫出更多張圖片。她用滑鼠標出另一張X光上的一個區域。

「鼻子骨折。」丹尼爾說。

「沒錯。」

「跟我們猜的一樣，行刑式槍殺，」芮妮補充道。她在腦中拼湊出全貌，想像那名女子站在自己的墳墓前。這情境實在不需要一一解說，但丹尼爾把他們所有人的想法給講出來。「從身後開槍。她往前落入坑洞，弄斷鼻子。」

有些人像芮妮父親一樣對殺戮有所迷戀。有些人是一時激動殺人，再去掩蓋犯罪事實。但這種情況比較難理解，因為它計畫之縝密。「這種殺人方式很殘忍，所以有可能是為了滿足快感而下手。」她說。但由於犯罪手法的差異，她父親更不可能與此有關聯。

「或者是實務考量，」丹尼爾說。「這樣不需要移動屍體。車子裡不會有血，衣服上不會有血。」

「指紋跟資料庫沒比對出任何結果，」伊凡潔琳說。「但我想給你們看的不是這個。我把幾張臉部影像傳給一位專精臉部重建的同事。他正在測試某個新軟體，想找東西練練手。」她按了幾個鍵。「這是他得到的結果。請記得這款軟體尚未開放公用，且仍有可能相當不可靠。」

螢幕上的臉看起來像是真人和某種數位生成物的綜合體，但能看得出來是一個人。她是一名拉丁女子，頭髮及肩，顴骨高，下巴窄。年約三十。

芮妮再度變得緊繃。這女人好眼熟。

「把那傳給我，我拿去比對我們的失蹤人口資料庫。」丹尼爾說。

聖貝納迪諾每年有數百名成人在可疑情境下人間蒸發。若是擴大範圍把整個南加州都算進來，那數字會嚇死人。

若再將不明情境下的失蹤納入，人數則會升至三千。自願消失呢？那些人都可以住滿一個小城市了。不過，那些數字縱然嚇人，他們要鑑定這個人的身分並不難。

「我想你不必對資料。」芮妮小聲地說。

媒體在過去十年間沒有太打擾她，但好像她一鬆懈下來，就會有記者在最不合適的時間和地點跑出來。有一次，一名女子跟著她到洗手間內，芮妮人坐在馬桶上，對方就隔著門要求採訪。但直到一個月前，都不曾有人跑到她沙漠裡的避難所。當時有人敲門，她去應門，發現是一位記者站在那裡。一名有著亮黑色長髮、棕色眼眸，戴金色耳環的年輕女子。

她自我介紹並遞名片給芮妮。「我在處理一則有關您父親的報導。」

「我沒興趣，」芮妮告訴她。「還有再也別回來這裡。」

「您可能會想聽我要說的話。」

他們很多人都用這句話開場。芮妮中過幾次招，但再也不會了。

她站在停屍間裡，回想名片上的名字並拿出手機。很快在谷歌搜尋了一下，便找到她要找的人。她把螢幕轉向，讓丹尼爾和伊凡潔琳能看見那張大頭照。現在他們確定了該案和她父親有關——不管那關聯在當下顯得有多牽強。她很驚訝自己的手沒在顫抖。「她的名字是卡玫爾・柯泰茲。」

丹尼爾和伊凡潔琳湊上前。「看起來的確像她。」伊凡潔琳說。

「她是庫卡蒙格牧場來的調查記者，」芮妮把手機塞回去，解釋說。「她大概一個月前跑來我家，問說能不能採訪我。」

「然後？」丹尼爾問。

「我叫她離開。」

他沒有移開視線。「然後她現在死了。」

沒錯。

除了風扇以外鴉雀無聲。接著，丹尼爾終於說：「如果她試圖跟妳聯繫，合理推測她可能也有去找妳母親，或甚至是妳父親。」

芮妮同意。「我母親前陣子提到有人在騷擾她。我會去跟她確認。」

丹尼爾拿出自己的電話。「我去聯繫資料及研究部門的小珍。」他撥出電話。對方接起來的同時他等了一下。「妳有機會去查過班傑明．費雪的探監名單沒？」他問。「有嗎？抱歉，我人不在市區，沒法上網。幫我確認一下檔案，看上面有沒有叫卡玫爾．柯泰茲的人。沒有？」他望向伊凡潔琳和芮妮，跟她們搖頭示意。「過去兩個月還有其他訪客嗎？」

丹尼爾自制力很好，但芮妮看出他臉上的驚恐和困惑。伊凡潔琳也注意到了，因為她擔憂地看了芮妮一眼。

「謝了。」丹尼爾收回電話。「妳父親跟我說他很久都沒有訪客了，但他死前一個月內實際上有兩名訪客。其中一個叫做莫里斯．艾伯特．艾斯頓。」

莫里斯？這倒令人意外。芮妮不曉得他跟她父親有保持聯絡。「他是我母親的鄰居，也是我們家親近的朋友。」她解釋說。

「很有意思的是，艾斯頓拜訪妳父親後沒幾天，他就來跟我聯繫。」

「另一個人呢？」芮妮問，心想會不會是卡玫爾。

他停頓一下，看起來很不自在，接著說：「是妳。」

21

接下來幾分鐘發生的事一片模糊。芮妮道歉後離開脫下口罩和長袍，把它們扔進感染性廢棄物垃圾桶裡，隱約察覺到背後的門在丹尼爾進入準備室後關上。她沒往他的方向看，直接走到外頭，顫抖著站在那裡，一邊在酷熱的太陽下搓揉自己雙臂。某人硬是把麥克風湊到她面前。她忘了有媒體在。

丹尼爾現身，將麥克風推開。「我們去總部吧。」

記者們朝他大吼提問，大部分是想知道班・費雪的事，但有些也問了在沙漠找到的那具屍體。「你們確認身分了嗎？是女性嗎？」

「我們計畫很快就會召開記者會，到時候我們會讓各位知道全部細節。」

丹尼爾輕輕抓住芮妮的手肘，引導她走去他的車子。

「我開車過來的。」她喃喃說。

「我再帶妳回來。」

四周充斥明亮的陽光和聲音和臉孔和燈光和車流聲。副駕駛座。車門關上。他們駛出停車場，讓一票人紛紛讓開。「我不記得我有去見父親，」她說。「我覺得我沒有，但我也知道我不能信任自己，和自己的記憶。」她望著一個紅燈轉為綠燈。「你也不應該信任我。永遠別信任我。」

「我們去跟監獄要監視錄影帶，很簡單就能把這件事搞清楚。」

「還有那名記者。她要怎麼解釋？以及石頭上的鳥。我跟這些東西全都有關聯。這背後可能沒什麼，但這要是我在調查的案子，我猜是這樣沒錯，我就會把我自己看成嫌犯了。」

「別擔心。我不會讓妳從我眼前溜走的。」

到了聖貝納迪諾縣治安官辦公室，他護送她通過安檢。他們在X光機另一側拾起個人物品，並放棄電梯改走樓梯到二樓凶案組。他們走過陽光明媚的室內，人們從工作中抬頭看了看，但似乎沒人太過好奇。

丹尼爾的電話響了。他接起來，謝過對方。一樣是小珍。他到他的辦公桌，示意芮妮請坐，他則坐上一張有軟墊的辦公椅往螢幕滑過去，他才能開始打字，進入全神貫注的工作模式。

他的桌子亂七八糟的：一疊疊的文件，滿出來的收件匣，便利貼隨處可見。

時間流逝。可能有十五分鐘的時間，兩個人都沉默不語，他坐在那邊打字、收發信件，芮妮則咬起她從來不會咬的指甲。期間某一刻，她去茶水間拿了杯喝的，再坐回去。丹尼爾終於把螢幕轉過來，讓她看見一個暫停的影片畫面。

「監獄成功靠時間抽調出那兩次探監的錄影畫面。」他按下播放。他們看著她父親被帶到一個小房間裡。沒過多久，就在芮妮等著看自己出現在螢幕上的時候，一名年輕女子出現，在班・費雪對面坐下。

卡玫爾・柯泰茲。

這他媽是什麼鬼？芮妮內心在大惑不解和如釋重負——得知自己沒有發瘋——的感受間交戰。她從沒探訪過班。影片沒聲音，但她父親看起來又驚又怒。想也知道。他期待要見到女兒。卡玫爾在追查什麼。她是追得太深了嗎？是跟芮妮有關的事嗎？

「妳瞧瞧，」丹尼爾說。「她八成試過用本名去見他。他拒絕了，於是她偽造證件，假裝是妳。而他上鉤了。」

「她是在莫里斯之前去的嗎？」

「是。」

「有趣。不確定這是否代表什麼，但可能吧。」班是因為卡玫爾要詐見他，才被激得當真想見芮妮，還是其中另有隱情？她敢說這只是故事全貌的一小部分。

「我同意。」丹尼爾打開第二個檔案。一樣的場景和拍攝角度。這次的訪客是莫里斯。一樣沒有音訊，但這次會談看起來挺和睦的。他們點頭又微笑，莫里斯一臉同情的模樣。看到他們兩個在一塊的樣子，感覺很離奇。他們當了這麼多年的好友。昔日美好的回憶一湧而上，讓她喉嚨一緊。那段在變調之前都讓她以為很美好的日子。幾乎就像有兩個父親。而班一離開，莫里斯很快就上前遞補他的位置。

芮妮用力嚥了口水。「我不曉得莫里斯有去看過他。」她努力說出口。他為什麼要說謊？免得她母親生氣？

丹尼爾眼神憂慮地望向她。他注意到她的回應。「重點是我們排除了妳的嫌疑，」他說。

她意識到丹尼爾在她自己都沒有把握的時候，就不相信她有去探監，這異樣地令人感到安慰。

「等屍體身分確定無誤的同時，」他說，「我們溜去見莫里斯一面吧。」

和她想的完全一樣。

22

「我有好多年都是這樣生活的，」他們轉進她母親那條有一排棕櫚樹的馬路上時，芮妮說。她指的是那嘉年華般的氣氛。媒體廂型車就停在房子門口，有幾台還停到人行道上。院子裡擠滿了播報員，有些正在實況轉播，其他人則等著她母親從家裡出來。鄰居們站在自家門口草坪上，一邊喝咖啡，一邊交頭接耳，試著理解這是怎麼回事。

這一區隨著時光推移而改頭換面。有些住戶趁房價飆漲時出售；其他人呢單純就是過世了（因為棕櫚泉是熱門退休社區）。這些變動表示，許多現有的住民根本不曉得三十年前發生的事。人口流動率高的城鎮就是這樣。人們來了又走，對隔壁鄰居一無所知也毫不關心——直到警察出現。羅瑟琳很高興整件事逐漸乏人問津，讓她能重新掌控自己的生活。如今，那些夢魘和騷擾又要重來一次。芮妮對此感到很抱歉。

他們無預警來訪。雖然說拜訪的是親友，他們也只是想挖一點資訊出來，丹尼爾還是決定不要事先打電話或傳簡訊告知。芮妮贊同，出其不意對他們有利。她並不是懷疑莫里斯殺人。他這個人太溫柔了，不會幹那種事。但他也許能提供一些有用的資訊。又或者無法。那就是排除他的嫌疑而已。

因為人潮的關係，他們在隔一條街的地方停車走過去。朝目標接近的同時，人行道變得越來越擁擠，有幾個人開始認出芮妮。大部分是衝來之前做過功課的媒體。有幾個人也認出了丹尼爾，並將兩者連結在一塊。

一名年輕男子闖到他們面前。沒有媒體證的他，高舉著智慧型手機倒著走。可能是YouTuber吧。這年頭彷彿每個人都有自己的YouTube頻道。「班傑明．費雪的死和沙漠裡找到的屍體是否有關？」他問。

還真快。

他的腳跟被凹凸不平的人行道給絆到。

「小心！」芮妮抓住他的手臂，讓他站穩，丹尼爾則在一旁叫他把手機關掉，然後搬出平常那套「等我們開記者會」的說詞。

那傢伙幾乎沒半點停頓便把注意轉到芮妮身上。「妳是那個女兒，對吧？」

她鬆手，微笑，不做回應。

他們來到通往莫里斯家的步道。「別跟上來。」丹尼爾告訴那位年輕人。

冒牌記者退回去，隨即把手機轉過來開始講話。「就在剛才，我和艾利斯警探及內陸帝國殺手的女兒芮妮．費雪談過話。他們目前無法證實任何資訊，但……」

隨著芮妮和丹尼爾跟他拉開距離，他對電話講的內容逐漸淡去。「妳對人太好了。」丹尼爾說。

「不總是。」她想著卡玫爾．柯泰茲，按下雕飾繁複的大門旁的按鈕。希望莫里斯會透過貓眼看見是他們，而不是媒體。如果他在家的話。「我要凶可以很凶，但我過去學到最好不要招惹媒體。這些年來，我被寫過一些很難聽的話。說我是我父親行徑的幕後推手。」

「那東西我看過。總是會有人幫殺人犯和精神病態者辯護。」

「我從不在乎媒體怎麼說我，但我知道那很困擾我母親。」

「妳當時還是小孩。」

「人變壞都有第一步。」

他發出驚愕的聲音，接著說：「所以妳認為嬰兒是可能天生就邪惡的？」他有點太過專注地望著她。

「我認為嬰兒在正確的引導下，有潛力如此。或者該說是錯誤的引導。」

「在基因學的層次上？」

「我們沒有足夠的數據。還需要做更多研究，而那想當然幾乎是不可能的事，因為研究需要大量的參與者。行為科學家要怎麼辦？發廣告徵求連環殺手，然後等電話響？」

「我在想像那個廣告詞。『徵連環殺手，無誠勿擾。』」

她再按了一次門鈴。「謝謝。」

「謝什麼？」

「沒有立刻就認為我參與了我父親最近的計畫。」

門打開一道小縫。莫里斯見到是誰之後，把門再打開一些，叫他們進來，在他們後頭把輔助鎖鎖上。芮妮介紹了丹尼爾一下。

「真有種既視感。」莫里斯說，指向門另一側的人群。

他穿著工裝褲、白色V領T恤，和皮革樂福鞋。她看習慣他鬍子刮得乾乾淨淨的模樣，但今天的他看起來有點灰敗。

「我今早醒來的時候他們就在那裡，人潮有增無減。我有叫妳母親過來，因為我不想讓她一個人面對這些。這喚起很多不好的回憶。」他對芮妮露出同情的表情。「她應該很快就來了。來吧。我給你們弄點咖啡。喜歡吐司的話，我從附近麵包店買到很棒的麵包。」他看了看手錶。「喔，搞什麼鬼。我以為現在還是早上。實在太多破事了。」

他們跟著莫里斯穿過有著四面白牆、深色家具和藝術品的客廳。她在他家總是感到很安全。像個避難所。如今她得知他在父親死前不久有去拜訪他，讓她不確定自己對這裡有何感想。「不管什麼時候，我都不介意來點吃的或喝的。」她說。他喜歡照顧人，而餵人吃東西讓他很開心。

他們在廚房裡坐下來，還有咖啡和剛烤好的吐司。農舍古董餐桌，世紀中期現代主義風格的椅子。磁磚地板和藍綠色的復古風爐台，和更多的藝術品跟植物。他超愛他的植物。

「你可能已經聽說了沙漠裡找到的那具屍體，」丹尼爾說。「我們有理由相信，該名受害者在失蹤前不久和班碰過面。」

「哇喔。」他一臉驚訝。「但我不懂這跟我有什麼關係。」

「我們恰好得知，你在這個人之後幾天去見過班。」

逮到了。

莫里斯尷尬地看了芮妮一眼。「的確。我偶爾會去看他。妳母親不知道。我不想惹她不開心。」他大概是因為想到自己讓她失望這點，變得激動起來。「她不需要知道對吧？」

丹尼爾沒回答他的問題，問道：「關於他的計畫，他有和你提到任何資訊嗎？關於那些屍體？還有去看他的那名女性？」

「沒有。」

「你們都聊什麼？」芮妮問。

「他會問妳跟妳母親的狀況。每次都是。就想知道妳們兩個過得如何。妳結婚了嗎？妳快樂嗎？他從來不問我的生活。」

可憐的莫里斯。他在他們生命中，幾乎就只是個積極參與的旁觀者。

「你聊天的對象在牢裡待了這麼久，共同話題也不多，」他接著說，為班的不體貼找藉口。「過去三十年，好多事情都變了。我一向待不久，但我不知道。我不太確定我幹嘛去。」

莫里斯嘴唇顫抖，眼泛淚光。

芮妮忍不住想給他安慰，就像他這麼多年來，好多次給她安慰一樣，於是她摁了摁他的手臂。她明白她父親對人能夠展現的吸引力。她也一直不確定莫里斯最癡迷的人是誰：她母親還是班。話雖如此，她不喜歡莫里斯一直跟她父親分享她的消息。他們從沒談過她想不想讓班知道她生活的任何細節，但發現莫里斯這些年都在跟他通風報信，讓她有點被背叛的感覺。

丹尼爾掏出手機，給莫里斯看卡玫爾．柯泰茲的大頭照。「你有見過這個女人嗎？」

莫里斯往前靠，端詳了一下圖片，然後搖頭。「沒有。抱歉。」

過了一會兒，他們聽見廚房門傳來動靜，接著羅瑟琳走進來。

芮妮和她更新了一下發生的事。丹尼爾給她看卡玫爾．柯泰茲的相片。她的反應和莫里斯不一樣。

「有。」她點頭。「我很確定，大概一個月前跑來我家的那個女人就是她。我跟妳提過的那位，芮妮。」

時間點對得上。

「她說她在寫一篇報導。你知道，他們全都是那個樣子。我叫她離開。我有幾次甚至還發現她在跟蹤我。有一次我跟朋友在咖啡廳喝咖啡，她就出現在店裡。我不覺得那是巧合。但那也太慘了。如果死者是她，我很遺憾。」她看起來快哭了。「我自己專門幫助年輕女性。我要是知道她可能有危險……但妳也曉得，芮妮。有人四處打探想找東西寫的時候，我們就會像膝反射那樣。」

「盡量別受這件事影響，」芮妮說。「我也是同樣反應。我當著她面把門甩上。」

和自己相比，她更能諒解她母親對卡玫爾的反應。

丹尼爾繼續下個話題，問道：「班傑明和我說，好幾個月都沒有人去探視他，妳曉得他為何這樣說嗎？」

「有可能他只是想要你可憐他，」芮妮說。「要是那樣的話，對一個冷血殺手來說還真荒謬。」

丹尼爾收到一則簡訊，拿出手機讀訊息。「不好意思。」他打字回應，等待，讀對方回覆，接著臉瞬間蒼白。「我們得走了，」他二話不說。

他們從前門離開。丹尼爾到外頭後解釋：「他們又找到一具屍體。我叫他們等我們到了之後再開始挖。」

✦

莫里斯在他們後頭把門關上，羅瑟琳則站在客廳大面窗戶側邊的陰影裡，以免被記者看到。她看著她女兒跟那位長相年輕到不像警探的警探走過人行道。芮妮身穿牛仔褲和白T恤，身材高挑纖細，還有一雙遺傳到羅瑟琳她家那邊的長腿。她的腳步充滿自信，既不閃躲也不企圖遮臉，昂首前進。

她的頭髮綁成一束粗辮垂到背上。真希望她那天有讓她幫忙剪掉頭髮。

她眼神不離那兩個人，看他們從容地穿過那些媒體，並且對在她身後某處的莫里斯說：「我不想要她跟一個警探合作，」她說。「結果現在。一切又重來一次。芮妮又被捲進這件事讓我很擔心。她這麼脆弱。」

他靠過來，跟她一起往外看。「她沒那麼脆弱。」

「我一直都只是想要她安全而已。」

「我知道。我們都是。但班現在死了。希望她能夠釋懷往前看。」

「他還活著。在這裡面。」她點了點她的頭。「不管我們想不想要，班都跟我們一起在這裡。我們永遠逃不了。」

她轉身看他。莫里斯。善良的莫里斯。

「我做的一切都是為了妳和芮妮。」他說。

「我知道。」

「妳有沒有想過，如果沒有認識他，我們會過著怎樣的生活？」莫里斯問。

「有。」她搖搖頭。

她跟莫里斯在大學認識班的時候曾是一對。他們都覺得他很有魅力，令人難以抗拒。他有辦法讓人覺得自己對他來說是唯一重要的人，在場唯一的重要人物。她也發現自己和班有很多相似之處。

她當時覺得自己找到了靈魂伴侶。

莫里斯一隻手擺到她肩膀上，她也伸手過去說：「但這樣就不會有芮妮了，所以那是連考慮都不可能考慮的事。」

他很安靜，太安靜了，然後終於說：「也許那樣最好，羅瑟琳。他們兩個加在一起是多麼有害的組合，一開始就不該存在。妳知道的。」

要維繫她跟芮妮的關係穩定已經很吃力了。她不需要他說這些話來減損她的努力。「永遠，永遠都別對我說那種話。」

要是得不到自己親生子女的喜歡，要是你的小孩在家像個陌生人似的，那是一件很難受的事。她在多年前和莫里斯坦言這一點，而他也深感同情。芮妮就只是很異於常人。羅瑟琳努力想當個好母親，但真的很困難。因為這樣，莫里斯一直以來對芮妮無條件的愛才會是這麼了不起的事，同時也大大彰顯出他的本質。他是其中一個不相信芮妮無辜的人，不過他把一切的責任和結果怪在班身上。他認為班扭曲她、控制她，把她變成他的翻版。可莫里斯還是保護她、為她說謊並愛護她。羅瑟琳鍾愛他這一點。

「要不是芮妮，那些年輕女孩可能到今天都還活著。」莫里斯輕柔地提醒她。

莫里斯對多年前發生的事或許有其誤解之處，但關於芮妮，他說得沒錯。她確實是班的繆思女神。他們也都有黑暗的一面。

23

聖貝納迪諾縣是全美境內幅員最廣的縣，這不只代表執法工作困難重重，從甲地到乙地也很花時間。丹尼爾在黑色廂型的便衣警車上用了警示燈，但沒開警笛。他們超速行駛，用快得要命的速度開過泥土路，成功用了兩個小時多一點的時間抵達現場。芮妮連在夢中都沒有以如此之快的速度橫跨這樣的距離。

他們抵達她自己開始在腦中稱呼的「鳥岩」所在的高原時，她發現這裡今天看起來更像是考古挖掘現場。他們搭了更多帳篷，發電機發出惱人的嗡嗡聲。來了更多台車子。區域內有更多地方用小黃旗標示出來，旗幟在強風下拍動。上次她太專注在那些巨石上，以至於沒發現有那麼多的約書亞樹，多得隨處可見。這具新的屍體呢？跟她父親有關嗎？會是又一起剛發生的殺人案嗎？

丹尼爾根本像是用跳的一樣，搶先衝下車。他沒多看她一眼，直接往聚集在遠處一面棕色帆布陰影下的一群人飛快前進。

昨天的那位犯罪現場專家見到他們後跟上來，跟他們走完剩下一段路到墓地。「我們等著要移送屍體。」他聽起來不太高興。「我不懂你們警探幹嘛什麼小事都非得在場。」

丹尼爾沒有回答。他專注在地面和長方形的墳墓上。坑洞的另一頭有一只拉上拉鍊的袋子。

屍體顯然已經裝在裡面。

「你們把她裝起來了，」丹尼爾說。「我跟你講過等我。」

「我看不出有什麼理由不該裝，」該專家說。「太陽要下山了。每個人都又熱又累，我們都努力想在天黑前收工。」他蹲下來將袋子打開。

人們湊上前。有的人拿出相機。另外有人在板子上寫字，大概是在記時間和地點，以及現場做了什麼和沒做什麼。

「就跟殭屍一樣。」有人低喃道。

對。帶骨的木乃伊。

人類。女性。頭骨上僅僅一層皮，看起來太大的黑色牙齒，棕色的長髮。

裸體。這名受害者在地底待了遠遠不止幾週。芮妮差點雙腿發軟。是因為找了這麼多年所以鬆了口氣嗎？還是因為害怕自己可能會認得屍體？

有人在哭。一名犯罪播客的女性製作人。八成是不習慣見到真槍實彈的場面。她可能是自願來協助搜索的。不，這行不是只有好玩刺激而已。芮妮不得不別過頭。

天空一片粉色，平滑巨大的岩石像它們在傍晚那樣投下長長的影子，約書亞樹的剪影宛如人影看顧著死去的女子。一隻鳥在他們上方盤旋又鳴叫，黑黑的翅膀襯著天空。

這片刻的優美令人平靜，芮妮立刻思考自己要怎樣才有辦法捕捉。在畫布上，在陶土中，在她此刻激動不已的心裡。人們幹嘛要那麼做？幹嘛渴望去重現就在他們眼前的美景？沒道理啊。

享受事物本然的模樣，別試圖重新創造它。那是她父親說過的話嗎？

她意識到這魔幻而令人屏息的景色和屍體之間的對比，並且，在她想起父親對這片沙漠和自然的熱愛時，她還感到自己對父親湧上一股突如其來且令人生厭的情感。

他帶屍體來這裡不是為了要藏起來。他帶屍體過來是想分享那股魔力，把它們留在一個特別的地方。至少在他自己扭曲的腦袋裡是這樣。因為，正如多年來的執法人員和最近的丹尼爾所說的，把屍體扔在離家更近的地方會容易許多。

「洋裝在哪？」丹尼爾聲音緊繃地問。「你提到有一件洋裝。」

「已經在證物袋裡了。」

「我要看。」

「已經密封了。」

「我要看。」

「你得把證物鍊標籤拆掉再重簽一次。」

「好。」

某人遞給他一雙手套和一個紙袋。他套上手套，撕下袋子的標籤並拿出一件洋裝。紅色帶小碎花紋。褪了色，還有顏色較深，八成是血跡的骯髒汙漬。丹尼爾高舉著它，讓裙子在夕陽下飄動，布料本身幾乎就像是景色的一部分。

裙子隨風飄揚的同時，泥土掉下來。「你可能會弄丟證物。」芮妮小聲地說。

毛髮。纖維。對一個警探來說這是個滿奇怪又草率的舉動。

丹尼爾猝然回神，把裙子放回證物袋，封上封口，簽完名交給負責處理證物的人。他木然地轉身離開，但晚了一步，芮妮聽見他發出一聲啜泣似的聲音。

她看向其他人，不確定自己剛剛看到的是怎麼回事。其中幾個人感覺也一樣困惑，但大部分人看起來都沒有注意到。他們看起來累壞了，大概只想要去吃頓飯，沖個澡然後上床睡覺。

丹尼爾是個警察。屍體對他來說是家常便飯，這具屍體的外觀看起來甚至也不像是會如此令人不安：沒有腐爛，質地比較像紙和皮革。也許他同樣感受到這一刻強大的能量，感受到沙漠的親吻和靜謐的魔力。可是……

她看著他跌跌撞撞地離開，消失在一座帳篷後面。

24

丹尼爾站在一座帳篷後面，彎著腰，雙手撐在膝蓋上，氣喘吁吁地設法別讓自己暈過去別崩潰，他告訴自己。那可能甚至不是她。

但那頭髮。那件洋裝。

他不可能知道它是不是同一款布料。他得要把他的那塊布交給鑑識人員，他們才能判斷出個結果。他到現在都瞞著不讓人知道，想到要跟他共事的人分享他的往事就讓他感到另一種方面的不適。一下子太多事發生在他身上了。

他還小的時候，會想像自己發現她住在哪裡的地下室，或是被鎖在閣樓裡，但還活著。永遠都是活著的。他會衝上樓後撞開門去拯救她。

但隨著年紀增長，他又當上了警探之後，他對失蹤人口的了解夠他明白她存活的機會不高，一點都不高。他改變期待，重設目標。年復一年，他逐漸從期待找到活著的她，轉為期待找到她的屍體。

跟內陸帝國殺手大數多受害者的家屬一樣，他想要為心中的懸念做個了結，但三十年過去，他開始接受那永遠都不會發生了。然後費雪來聯繫他，讓丹尼爾重燃希望。至少找到屍體也好。

但這新的希望在他腦袋裡，是挖掘後找到他母親穿著那件紅裙，臉上還有他看著她化上的妝容。在他的幻想裡，她看起來是安詳的。然後他就終於能放下。儘管他應該比其他人都還明白，一個死了數十年的人會長什麼樣子，他的腦袋永遠不讓他往那邊想。不論在他睡著的夢中和清醒的幻想裡，她都總是如此美麗動人。不是這副乾癟脫水的樣子，體內每一滴水分都被乾燥的環境和覆蓋她的沙土吸得一點不剩。他也未曾想像過那些圍在現場的人。還有她的裸體。她是裸體被埋葬，洋裝彷彿是後來才被人想起，草率又侮辱地跟著被丟進去，他完全喘不過氣，因為那畫面講出了一個他不想聽的故事。

他明白他現在的所思所想，有很大一部分並不是來自一個成年人的腦袋。那是過往殘留下來的，他整個人彷彿被塞回小時候的丹尼爾體內。當他想到他母親、還有她可能的遭遇時，他的感受永遠都會奠基於他的童年。儘管他現在長大成人、當了警察也一樣。他總會帶著年幼的心去想她。

他聽見輕輕的腳步聲，接著是芮妮安靜、憂慮的聲音。「你還好嗎？你需要什麼東西嗎？」

他還是感覺很暈，就沒試圖站直身子或是往她看，他撒謊說：「我只是曬太陽曬多了點，不知不覺就這樣了。」他不太想告訴她發生什麼事，特別是在這裡，附近還有二十個人在。很少人知道他的過去。那是被收養的好處之一。他改名的時候，也拋下了外顯的身分，縱使他內心依舊是同一個人。

芮妮鑽進帳篷裡，再回到他旁邊，轉開一瓶水後拿給他。「有些案子實在會對人產生很大的衝擊。」

他顫抖著手接過水瓶。灌下半瓶之後，他決定離挖掘現場遠一點。他需要坐下。他需要在物理上拉開距離。他到離馬路不遠的地方，爬到一堆巨石上，望著太陽消失的地方。芮妮過去加入他。

他沒說話，把水瓶遞給她。她喝了一口，再遞回去。

他們安靜地坐了一會兒。挖掘現場傳來交談聲，音量夠讓他聽懂他們今晚想收工了。

「我一直很難原諒我自己。」她說。

「原諒什麼？」

「幫了我父親。」

「妳和他殺的那些女生同樣都是受害者。」

「謝謝你。理智上我知道是那樣沒錯，但那不重要。我當時在那裡。如果那是他其中一個受害者，要不是有我幫忙設局騙她，她今天可能還活著。我想就是這個手法本身壓得我如此過意不去。這些通常對陌生人有所抗拒的女人，回應了我。回應了一個有難的小孩。我想我永遠都無法接受這一點，或用我理應有的態度去看待它。那定義了我，是我的身分。而我唯一能讓痛苦停下來，哪怕只停一下子的方式，就是持續不斷地去找那些女孩子，好帶她們回家。」她停頓。「我猜我想說的是，我懂你一部分的感受。你調查這個案子調查了這麼久，感覺就像你的一部分。當你真正找到一具屍體時，那感覺是非常強烈的。」

她已盡其所能為過往發生的事補上缺口，他也很感激她雖然不曉得故事的全貌，仍試圖去理解他的處境。

天色在他們聊天的同時變得更暗。他們從石頭上爬下來，回到挖掘處。屍袋在那頭已經被拉上拉鍊，標好標籤，正被抬上一台等著他們的廂型車，之後要被載去聖貝納迪諾縣法醫辦公室。他們團隊裡有一位法醫人類學家，專門研究在沙漠裡待上數月乃至數年的遺骸。

「我很感謝妳跟我分享這些。」丹尼爾說。那想必很不容易。她要不是誠心對他沒說出口的痛苦有所同感，就是真的如某些人想的那樣具有反社會人格。

25

「我不知道你怎麼樣，」芮妮在他們開回聖貝納迪諾的路上說，「但我需要吃點東西。」

其實不是。她忙一個案子的時候可以很長時間不吃東西，也經常忘記要吃。但在沙漠外頭和丹尼爾發生的事，還沉重地懸在空中。他們在黑暗中駕車同行，兩道車頭燈往前照在杳無人煙的公路上，他沒有開口。她希望吃點東西，也許喝個一杯會有幫助。他很痛苦，這點勾起了她的情緒反應。那反應在今天特別強烈。早在她年紀尚小時，就連她還以為他們是在玩遊戲的時候，記憶中第一次試著要救那個人的時候就有的反應——那個叫凱西．貝克的女人。雖然她是她父親的女兒，她知道那深層的共情反應就是他們的差異之處。在一片黯淡得好似無從照耀起的黑暗之中，那讓她感到安慰。

他們停在約書亞樹一家有名的路邊酒吧。時間晚了，整間店幾乎只有他們倆。他們坐在一處陰暗角落裡的卡座，點了塔可餅、咖啡和啤酒。

食物送達，丹尼爾吃了幾口然後臉色刷白，一把抓起他那杯啤酒，喝了好大一口。接著他就坐在桌子前，前臂靠在餐盤兩邊，緊握雙拳。

「妳有沒有聽過愛麗絲．瓦爾加斯這個名字？」他終於問出口。

她想了一下。「沒有吧。我應該要聽過嗎？」

「她在三十年前失蹤了。」

「而你覺得沙漠裡那個女的可能是她？」

「可能。」他身子往一邊傾，掏出他的皮夾，取出一張老相片遞給她。

上面是一名黑髮年輕女子站在一扇門前面。她身穿紅裙，布料和今天稍早那件裙子非常像。

「失蹤的那個女人？」她說。

「對。」

她一開始懷疑的沒錯，他跟這個案子的利害關係比他肯透漏的還要多。現在真相大白嘍。是他認識的人。但她不曉得故事的全貌。「我還是不明白。」

「我想說也許妳記得她。」

「愛麗絲．瓦爾加斯。」她大聲唸出名字，試著去回想。

他好像魔術師似的拿出另一樣東西，是一小塊布料。他把它放在他倆中間的桌上。紅底配粉色碎花。比他們在犯罪現場看到的織物更鮮豔，但非常像。

她能感覺到一陣黑霧緩緩遮上她的腦袋，把事物隔絕在外，藉此保護她。「你去哪弄來的？」她努力問出口，同時渴望著起身逃跑，遮住耳朵不去聽他說的話。

「這是愛麗絲的。我們始終不確定她是不是被妳父親綁走。當時在加州一帶犯案的不只有他一個人。我們知道還有其他連環殺手在綁架女人。她也可能是加州每年自願銷聲匿跡的眾多女性之一。」他嚥了嚥口水。他臉上的面具消失了，突然間，他看起來就像個孩子般脆弱。

那塊布、那件裙子、那個女人的臉看起來都有那麼點眼熟。他仔細地看著她，等待她的回應。他雙眼泛淚地祈求她能想通，他就不必再解釋更多。

芮妮有看過這個女人嗎？被她父親綁架的女人全糊成一團，好多張甜美的臉蛋在類似的情境裡。

這件洋裝我穿起來如何？

「你不該把證物帶在身上。」她說。

「這不是證據。」他重新挪動它，擺到相片旁邊。「再看一次。看看相片裡的女人。」

他跟她有什麼關係？他們姓氏不一樣。是家族好友？親戚？「我不知道……」

「我會有這張相片，還有這塊布，是因為她身上穿的洋裝是我幫忙縫的。」

他的話彷彿一拳打在她肚子上。

沒錯，一個女人，急急忙忙地走過公園步道，看起來心情很糟。她正在哭。但是配上那頭黑髮，真是漂亮。她是不是有蹲在芮妮前面，問她好不好？那件裙子的布料、搭著她手臂的那隻手、那盞街燈、芮妮指向的那片黑暗，她父親潛伏其中的一片黑暗。*來找我啊。*那名女子牽著芮妮的小手，兩人一同走進樹林。

這件洋裝我穿起來如何？

「照片裡的女人是我母親。」丹尼爾說。

她聽得出他話語隱含的悲痛，那些被她逼著說出口的話。因為她需要故事往別的方向發展。

現在換成芮妮感覺不適了。「姓氏不一樣。」芮妮堅持道，不想相信這一切。

「我在她失蹤後被領養了。」他聲音聽起來好遠好遠。

她雙耳裡傳來轟隆巨響，視野縮緊，芮妮把鈔票扔在桌上，然後走出酒吧。

她在外面倚著建築物側邊，兩手撐在膝蓋上，呼吸這一片夜景。她終於站挺，抬頭望向模糊的星空。

門被甩上，然後丹尼爾就在那裡，沉默不語，手插在口袋裡——大概正握著那塊布——等她開口說些什麼。

如果沙漠裡那具屍體是他母親怎麼辦？

這太過切身，太過真實了。這名失蹤女子直到不久前，幾乎都還只是謎樣虛幻的存在。模糊不清、遭逢不幸、沒有家庭的美麗女子。她自己在腦袋裡想像她們的時候，從來沒想像過她們小孩。現在，其中一個小孩就站在她旁邊，讓她要贖的罪又多了一條。這沒有將她擊倒，反而令她產生更強烈的決心，讓她更需要找出所有的屍體。

可是在那之下，有一段揮之不去、每當她試圖仔細檢視就消失無蹤的回憶。

這件洋裝我穿起來如何？

26

三十一年前

「你不可以再這樣。現在開始，」丹尼爾寄養家庭的母親說。「不要再說什麼有人要傷害我們的話。不會發生那種事。我們知道你母親過得很苦，我們也知道她容易有不理性的行為。」

她生氣了，因為他有時候會問他母親約會的對象會不會跑過來，把他寄養家庭的家人抓走。或可能是他們的狗。或是他寄養家庭的姊姊。那嚇到她了。「誰那樣說我母親？」他問。

「我忘了。」她聳肩。「就我以前讀過還聽過的事吧。」

「是鄰居嗎？還是警察？」

「別再提了。你讓其他小孩很害怕。學校甚至來跟我們抱怨。你姊姊也被你嚇死了。你搞得全家焦慮不安。我想要這裡有個安靜平和的環境，你這是在破壞它。你當時還很小，對很多事情有不符事實的想像。你母親非常有可能哪天就會出現，抱歉自己丟下你。她這麼做很差勁，但現在你有一個家，也有關心你的人。所以別再講你的過去，或是想要偵破你母親的案子。沒有什麼案子。我很抱歉，親愛的。」

他的寄養家庭關心他，也想要給他最好的照顧。他們是好人，像社工人員老是說的，但他們不像他母親那樣愛他。

丹尼爾用手在嘴巴前面做了個關上的動作。這是她需要他做的。承諾閉嘴。時光一點一滴過去，他在腦中重播她說的話，並思索是否她說得沒錯。他當時還很小，那時期的記憶會令人感到困惑，也會隨時間變得越發模糊。但有一天他自己一個人在家，躺在客廳的地板上，在電視前寫作業，他聽到新聞裡有人說了什麼關於「逮到一個人稱內陸帝國殺手的傢伙」的話。

「這個人專挑年輕女性下手，多年來成功躲避執法單位，直到其中一位受害者脫逃並報警，」電視上的人說。「他聲稱在幾年來殺害近二十名女性。但是到目前為止，只有兩具屍體被尋獲。」

丹尼爾盯著那名男子的黑白相片，他看起來不像個殺手。他很瘦，戴眼鏡，留短髮。還有領帶。他戴了一個領結。丹尼爾不曉得殺手會戴領結。

新聞切到下一則，丹尼爾丟下作業，去找他寄養父母常用來給壁爐生火的那幾疊舊報紙。他從報紙裡得知更多這名殺手的資訊。他有名字。班傑明．韋恩．費雪。警方相信他已犯案多年。

為什麼都沒人跟他說這件事？

他拿出電話簿，打給當地警局。他告訴他們他可能破了一個案子，但接電話的女子不肯把他轉接給警探。他掛上電話，回頭到電話簿找私家偵探。他選了一家，說是專門處理失蹤人口案子的。他把報紙包起來，塞進一只大信封裡，然後趕上公車前往他在電話簿裡找到的地址。

接待員是一位戴了許多大顆珠寶首飾的年長女性。她不像電話上那個人凶巴巴的。「當然，過來吧。」她帶他穿過走廊。她敲也沒敲便打開一扇門，然後把丹尼爾推進房內報告說：「波，這孩子覺得他破了一樁懸案。」

這位偵探和電視上那些傢伙不同，既不年輕也不帥氣。他朝笨重的米白色話筒說了聲再見，掛上電話，然後往後靠回他的椅子，雙手擺在頭後面。他比丹尼爾的寄養父親還老，幾乎要當爺爺的年紀，頭頂禿了一片，白襯衫被肚子撐得死緊。

「這樣啊？」他問。「你想當偵探是不？因為我手上有一堆懸案得破。」

他們在嘲弄他。

「我說我也許已經破了案。而且我不想當偵探。我想要找你當偵探。」

「我的費用是每小時一百五十美元，雜支另計。你覺得如何？」

「我在找願意無償接我案子的人。」他在電影裡看過那種事。

男人大笑。

「你一直說要請個實習生。」接待員說。他們還在嘲弄他。

「你多大了，孩子？」

「十一歲。」

「這比較像在當保姆。我敢說我從沒請過這麼年輕的助理。是吧，梅爾娜？」

「沒錯。從來沒有。」

那位警探比了一下丹尼爾夾在手臂底下的馬尼拉紙信封。「我們來看看你有什麼東西吧。」

丹尼爾拿出新聞剪報，把它們擺在桌上。梅爾娜指示他應該坐在一張厚重的木椅上。他坐下。過了一會兒，他從牛仔褲後面的口袋拿出母親消失當晚，他給她拍的相片。他將它放在剪報上面。他從另一個口袋裡掏出一塊有粉色碎花紋的紅布。「我認為我母親是被內陸帝國殺手綁架的，而我想要你找到她。」

27

相片裡的兩人看起來都很開心。丹尼爾一雙深邃的黑眼睛，稚嫩的臉孔帶著一份超齡的聰慧。這個案子似乎沒什麼深入調查。那就是失蹤案最典型的問題，特別是成人，特別是單身女性。鄰居有幫忙找愛麗絲找了一陣子，接著家裡的東西就被拍賣掉，然後是租來的房子被轉租。丹尼爾被送進寄養家庭。

芮妮投入幾枚二十五分硬幣到機器裡，附近一台影印機吐出那些文章的影本，和一張愛麗絲·瓦爾加斯的影像。她那晚失蹤如果跟芮妮有任何關係，也許這張相片終究會激起她的回憶。

她在圖書館趁機去了趟洗手間，用她在加油站買的牙刷和牙膏刷牙。她看了看鏡子裡的自己，注意到眼睛底下的黑眼圈，還有幾條她敢發誓一週前還沒出現的皺紋。她母親對她頭髮的看法也許沒錯。她看起來就是那種我他媽啥都不在乎的人。但她還是努力讓自己別一副像是在卡車裡過夜的樣子。她用手指梳過頭髮，重新綁了一次髮辮，然後洗完臉，再用粗糙得像是雜貨店紙袋的棕色廁紙擦乾。

外面是一片深藍色的天空，早晨的空氣有種加州特有的乾爽。其觸感讓她意識到自己在睡眠不足兩天後，皮膚有多緊繃又發癢。這同時也提醒她要多喝點在加油站買的水。你甚至還沒察覺，加州就能把你吸得一滴水也不剩。

縱使現在是如此，早晨的涼爽依舊預示了即將到來的改變。兩小時後，世界就不會是這個樣子。今天會演變成和現在感覺起來截然不同的樣貌。

時間還很早，她還沒聽到丹尼爾的消息，於是她找了一家看起來好像從六〇年代穿越來的咖啡店，是這一帶目前很流行的復古風格。外面有一個古董標誌，讓人預料到裡頭會有青綠色鋪墊卡座，結果也沒讓人失望。金色燈具照出一顆顆星星懸在天花板上。這麼早的時間點來，幾乎讓人有種頹廢的感覺。

懷舊之情被健康的菜單給終結。沒有一大盤肥滋滋的心臟病特餐。一切都是本地出產的有機食材。就連咖啡送上來的時候，喝起來都很健康。

健康。

肯定不是她會想到的事。

她一邊啜飲著現擠柳橙汁並享用一片溫熱的香蕉酪梨麵包，一邊讀過她在圖書館印的文章，尋找其中相似，或可能代表事情不對勁的相異之處。

看著丹尼爾和他母親的相片，搭上咖啡和早餐的香氣肯定是刺激到了什麼腦細胞。一條沉睡的神經甦醒、啟動。被遺忘的記憶悄悄地爬回來……

「這件洋裝我穿起來如何？」她母親問道，芮妮和她父親正坐在早餐桌邊，她還好小一隻，兩腳懸空碰不著地。

「漂亮。」芮妮說，手裡拿著吃早餐穀片的湯匙。

她父親臉色變得蒼白。「把它脫掉。」

「為什麼？」芮妮的母親在冰箱前面轉圈，接著像雜誌模特兒一樣頭往後仰，手在臀部擺了個姿勢。

「妳去哪弄來的？」他問。

「我在你辦公室找到的。我想說你可能是放在那要給我。」

「現在就去把它脫掉！」

「你真是很懂得掃別人興。」

芮妮坐在咖啡廳裡，努力不讓這段回憶溜走。她在腦中重播一次。那真的發生過嗎？她父親有把受害者的洋裝留在家裡？大家在他落網後都沒找到任何戰利品，就是因為這個原因嗎？這件事是否讓他行事更為謹慎？這全說不通。這件洋裝跟屍體是一起被找到的。

就在她陷入沉思之際，丹尼爾終於傳來她久候多時的訊息。

我要去驗屍官辦公室看昨天沙漠裡那具屍體的解剖。

她不可置信地盯著螢幕看了半晌，回想起她自己想去看她父親解剖時，他態度有多堅決。

她回應：不，你不能去。

他回了一個問號。

等我。我幾分鐘就到了。為了表明立場，她補上：這個人可能是你母親，你不能參與驗屍。

她留下小費，把文章塞進包包裡。她都要走出門了才回頭把剩下的麵包用餐巾紙打包，然後走去她的卡車，開到驗屍官辦公室。

往驗屍官辦公室的途中，她打給她母親問那件洋裝的事。

「我對那天早上，還有妳父親發脾氣有個微弱的印象。」

芮妮想到她祖父和他的暴力傾向，不得不問：「他有打過妳嗎？」

「妳父親？不！從來沒有！妳問那件洋裝要做什麼？」她聲音滿是困惑的擔憂。

「別跟莫里斯說，因為我們還沒公開這資訊。」

莫里斯有時八卦得不得了。「我們可能找到了妳那天早上在廚房裡穿的那件洋裝，它跟一具屍體埋在一起。關於屍體的細節，妳晚點就會知道。」

她母親倒抽了口氣。「妳的意思是，我有可能穿過班的其中一個受害者的洋裝？那真的是太嚇人了。我們還以為他不可能再更邪惡了。」

28

一般人如果在字典裡查「木乃伊」這個字，第一個出現的定義會是埃及人製作木乃伊的過程。可能甚至還會提到挖除內臟、雪松油和蜂蠟樹酯和香料和木屑的使用，以及稍後用布包裹的手續。但木乃伊這個字同時也可以指被自然乾燥保存的屍體，像是不鏽鋼解剖台上的這一具。解剖台的燈光之亮，暴露出一切，形成一幅幾乎沒有陰影存在的畫面。

幾分鐘前，芮妮成功說服丹尼爾不要靠近驗屍間。過程沒她預期的那麼困難。他答應讓她代替出席並回報結果，與此同時，他把時間花在大樓其他地方，試圖找到某個專精織品鑑定、名叫弗利茲的傢伙。

芮妮在驗屍間裡往解剖台走去，第一眼注意到的就是少了一隻手。

「屍體來的時候就這樣了嗎？」她問。

伊凡潔琳似乎很樂於解釋。「那隻手太乾燥了，目前狀態下無法採集指紋，但我們有很多種技術能用來活化肉體。我最喜歡的方式，也是我用下來成功率最高的一種，就是把手指泡在防腐劑裡。若妳對防腐劑有任何研究，妳就也會知道它們有非常多種。我試過大量不同的廠牌和配方，夠我找到自己最喜歡的一種。總之呢，今天早上我切了一隻手下來，現在就泡在那個溶劑裡。」她指向附近櫃子上一個貼上標籤的罐子。一隻暗沉乾皺的手漂在乳白色的溶劑裡面。

芮妮很慶幸丹尼爾沒在房間裡。「要等多久妳才能採集指紋？」

「只是**或許**能採集到。而且時間不一定。通常來說會花一到三天。要是等更久，皮膚會擴張過頭，我們什麼東西都採不到。不管怎樣，那都是有可能發生的情況，」她警告說。「但第一次失敗的話，我們還有另一隻手能用。」

嗯？「那受害者年齡呢？還有屍體在地底多久了？」

「X光結果是二十到四十歲之間。我是希望能再縮小範圍，但我想最好還是看我們能不能採到指紋，再進行下一步。」

「我同意。」

「我們還有一些了不起的新方法，能從各種地方採集DNA：皮膚，甚至是織品。其中一種是濕真空法。至於她在地底埋了多久，我會找我們的專家來協助判定。還是一樣，如果有指紋，我們可能根本也無須深究這部分。」

「死因呢？」

「這個我就能回答了。頭部直接受外力衝擊。我猜是撞在堅硬表面導致的。像是石頭或甚至是水泥地。人從很高的地方墜落時，有時候會出現這種傷勢。」

芮妮的童年閃現出來，帶著一個她寧願封鎖在記憶深處的場景。她父親揪著一名年輕女子的襯衫正面，把她的頭往地上猛捶。*這些都不是真的，小鳥兒。她是演員。血是假的。*

「我把資訊轉告給丹尼爾。」芮妮木然地說，一邊往門口去。

「還有一件事。」

芮妮逃跑到一半停下。

「關於妳父親和妳的遭遇，我很遺憾。」

這番話出於好意，芮妮內心卻縮了一下。「謝謝妳。」

「我得告訴妳，我之所以進入這一行，其中一個原因就是妳父親，還有小時候那堆跟他有關的報導。我爸媽整天看電視，我自己也有點看上癮。跟妳說這些感覺有點怪，因為我們在談的是妳的人生，但我想讓妳知道。」

「謝謝妳跟我說。」班．費雪曾經並持續造成多深遠的影響，實在有趣。伊凡潔琳知道丹尼爾的事嗎？感覺不太像。局裡有任何人知道嗎？

芮妮和丹尼爾都是成年人了，都帶著深深的傷痕，他的傷口就和她的一樣深刻。有些人可能會爭辯說她也有失去親人，她的父親，但那不一樣。無論他們對解剖台上這位女性查出多少資訊——無論她是不是他母親——他活著的每一天都無法擺脫這個念頭：她有可能是被一個邪惡的怪物殺死的。

「我們各有各自面對邪惡的方式。」芮妮說完悄悄離開驗屍間。

她到另一間光線明亮、由白牆和白色檯面和白色實驗袍構成的房間和丹尼爾會合。他找到弗利茲了，後者此刻正在拿沙漠裡那件洋裝的一小部分，和丹尼爾昨晚從口袋裡拿出來的那塊做比對。也許是因為她現在知道背後原委了，但她感覺他身上有種無聲的絕望。

「這種布料現在找不到了，」弗利茲說。「是棉和聚酯纖維的混紡織物。花紋會織過裡外兩面，讓人很難判斷原先是哪一邊被當作正面。但在顯微鏡底下看就很簡單了。想來看看嗎？」他留在椅子上，從桌邊滑開。

芮妮站上前，將一縷落下來的頭髮塞到耳後，一隻眼睛放到顯微鏡前，眨了幾下，對焦在樣本上。纖維變得明亮，而且單塊布料本身織線的差異很明顯。在她不專業的眼裡看來，兩塊布看起來並不相同，但很相似。

她站直。「它們在我看來不太一樣。」

弗利茲點頭。「那是因為它們的確不一樣。」

她注意到丹尼爾在她旁邊放鬆下來。如果布料比對不相符，他今天就不必去處理自己的情緒了。

「它們看起來不一樣，因為它們的遭遇不一樣，」弗利茲說。「一個被埋在地底好幾年。另一個嘛——這挺奇怪的——磨損痕跡較深，顏色卻更鮮明。」

芮妮昨晚沒多想，認為丹尼爾是因為調查才帶那塊布到沙漠的。

現在她好奇他是不是好多年都把它帶在口袋裡。

「所以是同一種布？」丹尼爾問。「還是不同一種？」

「你們知道布料是一匹匹在做印花處理吧？不知道？嗯，就是這樣。這兩塊不只是同一種布，我敢猜它們還是同一匹出來的。」

丹尼爾在她旁邊繃緊身子，小顆小顆的汗珠自他上唇冒出。他臉變得如此蒼白，她都能看見他鼻梁上的雀斑了。

她把他轉向門並輕輕推了他一下。「去喝杯水。」

他沒有吭聲，搖搖晃晃地走出去。她不想分享自己沒立場分享的資訊，便將他的舉止和突然離席一事輕輕帶過。「他今天不太舒服。」她告訴弗利茲。

「我信任肉眼比對的結果，」他說，人還沒從布料的話題出來。「但我會用X射線光電子能譜分析來取得兩塊布的化學特徵。」他在說的是一種能分析出纖維的化學元素組成的X光技術。「我拿到結果之後會跟丹尼爾聯絡。」

她說了句「幹得好」之類的話，然後和丹尼爾在走廊會合。他看起來已經好多了。

「所以就是了。」他說。

「還不算。」可以理解他現在無法好好思考。他們需要比布料相符更多的證據。「不到百分之百確定。」她沒多解釋泡在防腐劑裡的那隻手，說：「等等看伊凡潔琳會發現什麼。我們需要指紋或DNA才能確定。」

他的手機響起。他檢查螢幕並接起來，從他那側完全聽不出對話對話內容為何。他掛斷後，說：「第一具屍體的身分確認了。是卡玫爾．柯泰茲。」

不意外，但這更突顯了那個重要的問題：這跟她父親有何關係？「我們最好去聯絡她的最近親屬。」她意識到自己講話的方式很像是她在主導。她修正說法。「或任何你覺得我們下一步該做的事。」

他點頭。在得到剛剛那非正式的證實後，此刻的他看上去備受打擊。休息一兩天照顧精神狀態會比較好，但警探不總是有那種餘裕。

「還要再辦一場記者會，」他說，成功讓自己振作起來並保持專注。「那部分一搞定，我想去柯泰茲工作的地方一趟，看她失蹤當時在忙什麼題材。能讓我們對她的死有點線索。而且我盡可能迅速趕過去。新聞一旦播出去，就很難找人問話了。媒體的焦點會全部跑過來。」

「我會建議連她家也去一趟。」芮妮說。要了解凶手，就得先了解受害者。

29

丹尼爾和芮妮回到總部，他們得知卡玫爾是單身，且沒有親戚居住在當地。她父母住在德州艾爾帕索。丹尼爾一向盡量面對面通知死訊，聽到親友的死訊從來都不是輕鬆的事，但他感覺現場通知能在必要時提供支持性的互動。但像在這種案子，距離就成了問題，丹尼爾不得不選擇冷冰冰的電話告知。

他直截了當地告訴卡玫爾母親發生的事。她哀號一聲後聲音變得微弱。從他那頭聽起來，她似乎是把電話丟下了。他沒有掛電話。一名男子終於接起來，開口問這是在開什麼玩笑嗎。丹尼爾和他保證不是，並盡可能語帶同情地重述了整個狀況。

「我們好幾週沒她的消息了，」男子說。「但她有時候會搞失蹤。我們以前甚至有報案她失蹤過，而老天，她氣到一個不行。所以我們就學會不多置喙。她每次都會又跑出來。」他發出一聲來不及按捺的啜泣。

丹尼爾給他一點時間冷靜下來，然後說：「我會想問您一些問題，但您若需要點時間，我可以之後再來電。」

「不用。就談吧。因為我想知道對我小女兒下手的是誰。」

丹尼爾問起卡玫爾的朋友、交往對象、任何有可能想加害於她的人，任何她害怕的對象，但她父親沒提供任何明顯有問題的資訊。他已經呈現出有些疏離的父女關係，他所知甚少這點也與之相符。不過她的工作地點和住址倒是確定了。

「她有和您提過任何有關班傑明・費雪的事嗎？」

「那個內陸帝國殺手？沒有，為什麼要跟我提？」

「她去監獄探視他。」

「她是個記者，又很熱衷真實犯罪故事。播客啊、電視啊，全都愛。我想她真心希望有天能寫一本書，而她想要偵破一個案子。我女兒有她的問題，但她是個好女孩。不管她下定決心要做什麼，也都做得有聲有色。」

丹尼爾感謝他提供的資訊。「還是要再說，我很遺憾您痛失愛女。」

「把兇手抓出來。」

卡玫爾在一間名為「內陸帝國自由報」的小報社工作。它位於庫卡蒙格牧場市，離兇案組三十分鐘遠，還在聖貝納迪諾縣內。他和芮妮離開治安官辦公室，搭上他的休旅車，往西上二一〇號高速公路到六十六號公路。

庫卡蒙格牧場是那種偶爾會在「最適合居住的地方」榜上有名的小城市。撇開地震不提，這裡氣候宜人，環境優美，就坐落在聖蓋博山腳下。

進到磚造的兩層樓報社，穿過安檢和金屬探測器後，丹尼爾亮出警徽，要求要和卡玫爾的主管談談。辦公桌前的女生臉色刷白。兇案的消息肯定已經傳到他們這裡了。新聞媒體有些消息管道不是鬧著玩的，他們比警察更早得知消息並不稀奇。

他們被帶過一條走廊，進到私人辦公室裡，在結實的黑皮座椅上坐下。

「聽到卡玫爾的事我很遺憾。」桌子另一側的主編說。

「你們是為此而來的，對吧？」

「您能提供我們什麼關於她的資訊嗎？」丹尼爾問。

「她是個很棒的記者，但她待在這裡並不開心。她大概六週前辭職了。」

丹尼爾和芮妮一臉詫異地互望。「您能多講一點嗎？」丹尼爾問。

這名女子對卡玫爾的描述和死者父親所述相符。「她從洛杉磯過來。她在我們這裡實在太大才小用。她很想幹大事，」她說。「她真正想當的是調查記者。我們有談過，但我們根本也沒在搞這塊了。我跟她說，我們是一家小報社，我們沒有預算去做那種事。一年前有人在這裡被開槍之後，我們加裝安檢，幾乎讓我們的資金見底。她很清楚，所以我不懂她幹嘛這麼堅持。我說了，她是個非常優秀的記者，我也能理解她被派去報導地方活動和學校募款有多挫敗。我也很遺憾她死了。」

「您知道她是否有特別關注哪個題材嗎?她有沒有特別想調查什麼東西？」芮妮問。

「我連她提了什麼想法都記不起來，」主編表示。「我那天忙死了，要準備一場電話會議。應該是她講沒幾句我就要她打住了。」她寫下同事的電話給他們，然後他們回到丹尼爾車上。他打開空調，打了通電話，安排要卡玫爾住過的公寓大樓管理員跟他們碰面。「我們大概三十分鐘就會到。」丹尼爾告訴他。

✦

抵達時，芮妮注意到這棟建築是加州很典型的風格：兩排單層樓公寓，正門彼此相望，中間有一條人行道，加上灰泥矮牆將整塊地圍起來。如果是在別州租金會非常低廉，但在這裡大概比大部分單身人口可負擔的金額都還高——即使是在離洛杉磯四十英里的城市也一樣。搞得好像每個人就算只是想生存下去，都得做個副業才行。卡玫爾的副業可能就是內陸帝國殺手的報導。

公寓管理員在他位於住宅區一角的辦公室跟他們碰面。它有點像老式飯店大廳，讓芮妮好奇這地方是否曾經真的是一間飯店，牆上掛鑰匙的洞洞板讓它有種不經意的復古風格。

管理員是一位精瘦、矮小、留了黑色鬍鬚的男子，他活力充沛的程度高到肯定是有用什麼「提神藥」幫忙。

「您怎麼沒有報案她失蹤？」丹尼爾問。

「您開玩笑吧？要是每次有人不繳房租我就報案，這邊一半的人都得報了。她欠繳兩個月，我也已經發布驅逐通知。她就一直都沒回來。」他聳肩。「他們都嘛這樣。」

「您知道她曾經跟誰有過糾紛嗎？」芮妮問。重拾調查員一角對她來說感覺再自然不過。

「或是打鬥？或有可疑人士在附近徘徊？」

「我不太注意住戶的生活。我就管我自已的事。但我可以告訴你們，她從沒惹過任何麻煩。從沒有人報警要找她。她死了我很遺憾。」他搖搖頭。「我在這二十年了。生命來來去去。我們有人被殺死過，但從沒發生這種等級的事。我也說了，她看起來是個挺好的孩子。就只是日子難過，跟我們大部分人一樣。」

「我們能看看她的公寓嗎？」丹尼爾問。

「現在租給別人了。現任住戶不在家，而我需要她同意才能入內。但反正也沒東西可看。卡玫爾的東西都移出來了，公寓也有排定重新粉刷和換新地毯，我就在新住戶搬入前把那些都處理好了。我不確定你們會找到什麼。」

「她的所有物都去哪了？」丹尼爾問。

「老地方——離這邊幾個街區遠的一間自助倉庫。我在那邊存放一年，如果對方沒回來，我就賣掉。只有一個人回來過，而且我賣那些垃圾勉強賺來的錢永遠都打不平我被欠的款項。」

「那部分我們不擔心，」丹尼爾和他保證。「但我們想看看她的物品。」

「沒問題。」管理員抓起一組鑰匙，告訴他們地點。「結束後上鎖再把鑰匙拿回來。」

芮妮問他公寓的號碼。「離開前我想在附近看一下。」她說。

她和丹尼爾到外面，穿過人行道。六號公寓位在該住宅區其中一邊的最末端。某種花沿著爬藤架往上生長。一扇褪色的青綠色大門。芮妮拍了幾張相片，然後繞過建築物走到停車場。他們倆都拍了後門的相片。沒什麼特別出格的。門窗四周都沒有挖鑿的痕跡。

「新油漆和新地毯有點可疑。」丹尼爾說。

「我同意，但這在出租套房也很常見。」

自助倉庫很容易就找到了。又一個哀傷之地，一排又一排的矮金屬建築，每間都自有一扇像是車庫的大門。一大片的金屬和水泥，加上不可或缺的碎玻璃，被太陽照得發亮。他們找到他們在找的那間後打開鎖，把門上推到天花板。一股熱氣猛地直衝上來。

都是常見的家庭物品。成堆的家具、燈具、裱框藝術品，還有箱子。每一箱都標有所有人的姓名和公寓號碼。為了避暑，他們擺了兩張椅子在剛進倉庫的一小塊陰影上，開始檢查那些箱子。

「沒什麼比亂翻別人悲慘的人生更好玩了。」芮妮說。

她打開她找的第四箱。這箱看起來就有點料。幾分鐘後，她找到了他們在找的東西。一堆日期註記在三十年前、標有「內陸帝國殺手」的舊文件。她把一份文件遞給丹尼爾，兩個人一起翻過那一疊。「這不可能是她的，」芮妮說。「她太年輕了。」

丹尼爾在一份文件上找到一個名字，上網搜尋它。「這個記者曾在內陸帝國自由報工作。幾年前過世。卡玫爾肯定是找到他的研究資料。」

「然後也許決定自己來研究一下？」

「我猜啦。她試著跟老闆提這個點子，然後被拒絕。」

「但還是決定去調查。」

「可能。如果是這樣，她有可能發現了什麼。但會是什麼？」

「那又跟她的死有沒有任何關係？」

「這應該被列為證物，」他說。「我建議我們一起回總部，到那裡繼續。」

他們將那四箱各重約二十磅的箱子裝上車，丹尼爾從他車上的證據採集設備拿出證物鍊表格，分別給每箱標上並簽名。芮妮鎖上倉庫掛鎖，兩人將鑰匙和他們的聯絡方式一併交給管理員。

「你們走的時候我想到一件事，」管理員說。「我跟她說她要被驅逐的時候，她說不用擔心。說她會有辦法還我，甚至再預付好幾個月的錢。」

芮妮和丹尼爾互看一眼。錢經常是很重要的動機。「關於這筆錢的來源，她有跟您透漏任何線索嗎？」芮妮問。如果她正在追某條有關班・費雪的新線索，她可能期望把內陸帝國殺手這則報導賣給大型新聞媒體，或甚至拿到出書合約。

「也許是遺產，」他聳肩。「販毒的錢。誰知道。老樣子，我不會去問。不是我的事。」他想了一下，像是在努力決定要不要講另一件事。「還有一件事。你們不是第一個來這裡找她的人。幾週前，有個男的跑來。說他是聯邦探員。他跟你們一樣想要進去。但他沒有任何證件，看起來很可疑，我就什麼都沒跟他說。」

丹尼爾把太陽眼鏡挪到頭上，芮妮看得出來這則新資訊讓他們同樣吃驚。「名字是？」

「不記得了。他到底有沒有給我名字都不確定。」

「長什麼樣？」

「穿西裝的白人老兄。」他看向丹尼爾。「穿得跟你有點像，但比較老。」

「監視錄影機呢？」芮妮問。「你們是存雲端還是SD卡？」

「那東西我都不知道。我只是這裡的管理員。你們得去跟我老闆講。」

丹尼爾拿到那位老闆的電話號碼。到了外頭，他打給研究部的小珍，把資料給她。「就算他有辦法看到那麼久以前的錄影，他也有可能不會就這樣交出來，」他說。「我們可能需要申請傳票。」

回到總部那頭，整棟建築因為時間晚了而安靜得出奇，芮妮和丹尼爾把箱子扛進去，放到一間會議室的桌子上。他們坐在彼此對面，開始翻閱卡玫爾的文件。丹尼爾叫了食物和咖啡外送到大樓。他們一路忙到深夜，期間落入時而沉默、時而和彼此交換理論的節奏中，同時繼續他們的考古探勘。

失蹤女子的剪報。在公園發現屍體的文章。還有一些跟芮妮有關的東西，包括小學的照片，還有好久以前她被拍到在人行道上抓著她母親的手，匆忙要上車，試圖躲避媒體的相片。看著兒時的自己，身陷班・費雪害她們捲入的風波之中，這感覺真奇怪。她很驚訝自己既沒心臟狂跳，也沒全身顫抖。從很多方面感覺起來，都很像在看別人的人生。那似乎是個好跡象。或者她只是跟羅瑟琳一樣不肯認清現實？

到了某一刻，丹尼爾問：「妳狀況如何？今晚要先到此為止嗎？」

她看看時鐘。凌晨三點。她現在不可能開車回家，大概又會整晚待在她卡車上。還不如就待在這裡。

「我寧願處理完，」她告訴他。「還有一箱要處理。」但他看起來精疲力盡、雙眼凹陷，還需要刮個鬍子。領帶和西裝外套早脫下來了。過去二十四小時對他來說很不容易。「回家吧，」她同情地說。「剩下的我處理。」

「我就去休息室瞇個三十分鐘。」

他大概不想留她一個人處理證據。她不怪他。

也許是獨處的關係，又或者是時間已經晚到感覺比較像隔天早上的緣故，但芮妮自己也開始很難維持清醒。她坐到有鋪地毯的地板上，背靠牆，闔起眼睛。片刻過後，她猛地醒來，迷迷糊糊地想著自己是在哪裡。她需要咖啡因，便把她剩的咖啡喝光，也不在乎它已經冷掉了，接著動手處理最後一箱。

結果這箱比前面幾箱的資訊更多也更私人，她希望丹尼爾沒有離開，她就能跟他分享這一刻的大發現。

這些邊緣破舊又軟趴趴的文件，是那位已故男記者的私人筆記和訪談。裡面還有滿滿一小箱的迷你錄音帶，以前記者用來採訪的那種，每捲都有標籤和註記日期。那些打字機文稿是錄音帶的逐字稿。整個研究詳盡得令她佩服。在今日注意力稀缺的新世界裡，很少會看到這種深入調查。

卡玫爾偷走這些訪談，是希望能靠自己破案嗎？她更可能是覺得自己在搶救它們。因為從他們在報社那得到的資訊看來，內陸帝國自由報裡沒半個人在乎以前的研究。

訪談對象是失蹤人口的家屬，以及在那些女性失蹤當晚，可能有看到或沒看到什麼東西的人。芮妮伸手到底下，看到一個用黑色麥克筆寫在一只文件匣上的名字，讓她的手僵住。

蓋比・薩頓。

遭班・費雪襲擊的唯一倖存者。她不只活下來，還逃走並指認他。

芮妮在那裡坐了片刻，深吸一口氣，然後打開文件。

逐字稿上有非常多的手寫註記，很多都指向一個曾被來回討論過的理論。一個在發現卡玫爾・柯泰茲的屍體後，似乎更值得納入考慮的理論。

存在第二名殺手的可能性。

蓋比・薩頓的訪談中，確實提及有另一人在場的地方，被特別標出來。不是小孩，不是芮妮，而是一名成人。

這消息怎麼會從沒被追查或公開出來？

芮妮在手機上打開瀏覽器，搜尋蓋比的地址，發現她還住在加州。她打給丹尼爾叫他起來。

「我們得去跟蓋比・薩頓談談。」她告訴他。

30

蓋比把窗簾拉開一道小縫，恰足以讓她看見芮妮．費雪抵達，想到終於要和那天晚上在公園救她一命的人碰面，就令她心神不寧。她在腦中重播那起攻擊好多次，內容隨時間一年一年變化。她自己驚恐的尖叫，殺手掐著她喉嚨的手。那一刻，她認出對方是以前上課的一位講師，他同樣認出她時一臉吃驚。那些事她永遠也忘不了。他的猶豫，剛好讓她能掙扎著踹中他。她記得自己失去意識又回過神來。一個小孩在大叫。

「爹地，住手！你弄傷她了！」

同一個小孩穿著可愛的睡衣，跳到她父親背上，無所畏懼地拚命要把他拉離蓋比。就像一隻甩不掉的蟲子。

時至今日，蓋比不時都會聽到那個小孩的尖叫聲。通常是在睡夢裡，但她清醒的時候，某個類似的聲音偶爾會化作那聲尖叫，回放如巨響。比如一群海鳥飛起，還有在雜貨店停車場停好車，他們的叫喊變成高亢的尖叫。那種令人不安的情況一發生，幾乎每次都會毀了蓋比當天的計畫。她必須回家，吃顆安眠藥，然後縮到床上。

她遇害當晚，班．費雪有試著甩開那個小孩，但那個小女生緊抓著他，兩隻小手繞著他喉嚨，邊哭邊求他停下來。

蓋比聽過一些報導說什麼芮妮．費雪是共犯，說要不是她，她父親的犯行都不會發生。蓋比並不相信。那孩子救了她的命。而她從沒再見過她。至少沒親眼見過。她知道她後來當了聯邦調查局探員，也是頗有名氣的剖繪專家。她甚至也知道她近期從執法人員轉行當藝術家的部分。

她有次差點就要在她網站上買一個她做的陶碗，但她擔心芮妮會認出買家的名字。

她從沒感謝她救了她一命。

今天就會是她道謝的機會。

蓋比對班．費雪鬆手之後的記憶就比較模糊。也許是因為缺氧。她先是被掐到瀕死，然後他的重量消失，雙手不再死抓著她喉嚨不放，父女倆都不見蹤影。然後有人出現，問她需不需要幫忙。那小孩的叫聲引來其他人。一輛車子裡有人想知道需不需要載她去醫院，但蓋比慌忙逃走，瞎跑著穿過通往她宿舍的慢跑步道，一邊試圖要大叫。她張開嘴，但發不出半點聲音。她的聲帶受損了。

她在那當下就已經知道，自己剛從內陸帝國殺手的魔爪中逃過一劫。而且她知道他的模樣和姓名。這一切讓人好難承受。

此刻，她人在屋內看著兩個人從一輛休旅車出來。一名穿深色西裝的高挑男子，和一位有著深色直髮，身穿牛仔褲和黑夾克的女子。那天晚上在公園裡，她光滑發亮的頭髮同樣引起蓋比的注意。她記得那小孩拉扯她父親手臂的時候，頭髮往前傾落在她臉上。

那感覺好像是別人的回憶，這也是為什麼她起先說她沒辦法跟他們談。她幾十年來，一直努力把它推到一旁。即使經過長年的諮商也是一樣。

面對它……不行。那在她身上行不通。任何方法能起的幫助都跟她好好過生活差不多。這裡不歡迎這樣的提醒，她家想當然也不歡迎他們。但在公開場合和他們碰面，下場會同樣悽慘。

門鈴響起。

她沒跟任何人說他們要來。她沒打算告訴她的丈夫或小孩。現在他們人到了，她有點猶豫要不要應門，要不要跪下來爬過窗邊繞到房子後面。也許一路跑到三十哩外的海邊。海水總是很療癒人心。

但她選擇深呼吸，並打開家門。

兩位訪客就在那兒，站在加州的陽光下，空中飄著橙花的香氣，對街房子種的花變得重要至極，佔據了蓋比的視野，她只要看著它們就覺得冷靜多了。

她可能有微笑吧。她確實有邀他們進門。一路進到廚房裡，那裡有更多的陽光自天窗傾瀉而入，再從白磁磚地和白色櫥櫃上反射開來。如此地耀眼，和那天晚上的黑暗是如此地不同。

過了一會她才意識到那名男子說了什麼，她不曉得內容。他拿出一台小型數位錄音機，將它擺在桌上。

女子深色的頭髮又長又亮。不是黑色，沒那麼深，但仍舊讓蓋比想到黑鳥的翅膀。她有種出乎意料、幾乎是無心插柳的美貌。曬黑的皮膚，愛往外跑的人會有的那種真正的黝黑。是跑者或登山客或衝浪客。她看起來不像衝浪客。蓋比會去海裡游泳，但她再也不登山或慢跑了。她不碰步道或公園。

這女人的眼睛真的好藍。蓋比看那髮色，還以為對方眼睛會是棕色的。也許她戴了隱形眼鏡。不，感覺不太可能。她散發出一種對自己外表毫無意識的氣質。蓋比明白人是怎樣變成那個樣子的。

「您介意我錄下我們的對話嗎？」男子問說。他是不是有說他叫丹尼爾？應該是沒錯。

「不介意，」她笑容僵硬地答道。「我有問過你們需不需要喝點什麼了嗎？」她語調沉穩但心臟猛跳，她還在想那片海。海浪聲此刻在她耳裡咆哮。她想像自己奔向它，海水拍打著她的腰。

然後她會稍微往前一躍，開始游泳。

「我們不用。」男子說。

那女的有講過半句話了嗎？芮妮．費雪。蓋比腦袋裡有個念頭是她張開嘴巴就會尖叫說：「爹地，住手！你在弄傷她！」

結果女子反倒是轉向她的夥伴，以低沉但相當平常的語氣說：「你可以讓我們獨處一下嗎？」接著她望向露台門外——有隻綠色蜂鳥在靠近一個餵食器。「你也許能拿你的錄音機去外面待一下就好。」

他不喜歡她的提議。蓋比看得出來。但女子點頭和他使了個眼色，做了個沉默的交流，而他的回應是拿起錄音機並溜到門外。

蜂鳥被嚇得猛然飛走。

蓋比和那位女子同樣看著丹尼爾離開，他轉動肩膀，有點拖著腳步，彷彿在藉此表示自己從這個情境離開了。蓋比差點寧願他沒走，因為現在就剩她和這個頭髮黑如鳥羽的女子獨處一室。現在她別無選擇要看她，和她對話。

「您想要，也許，來點茶嗎？」蓋比問。她是不是已經問過了？「或是咖啡？」

「有水的話就好了。」

「喔。有。我能去倒水。」水很簡單。

女子甚至來幫她拿出水杯，從水壺倒水。她們各自喝了一大口。

「我在棕櫚泉一間古物店買到這些杯子的。」蓋比說。她喜歡明亮的東西，而杯子上頭有明亮討喜的花朵。

「它們很漂亮。」

她們放下水杯。

「這些年我好常想到妳。」蓋比終於說。她們倆都尷尬地站在水槽旁。也許芮妮在等她說請坐。

「我能抱妳一下嗎？」蓋比問。

這話來得出乎意料，兩人似乎都很驚訝。前一分鐘蓋比還想要跑走。接著莫名其妙的話就這樣溜出口。但她看得出來芮妮能理解。她們之間有種連結，雖然是從來不該有的。

芮妮敞開雙臂，而蓋比走進她懷裡。那雙手臂感覺結實而肯定，已經不是小孩子的手臂了。鳥羽似的頭髮就跟蓋比想像的一樣絲滑柔順。

她自己的手臂環抱著這個女人——她的新朋友——兩人緊抱對方，大概有整整一分鐘才放開。這次，當蓋比看向芮妮的雙眼，那雙藍眼睛泛著淚光。

蓋比終於說出那幾個字。「謝謝妳。」她看得出來這對芮妮來說一樣困難。也許更難。要不是她被自己的恐懼給淹沒，她可能立刻就會注意到。芮妮也想要跑走。也許不是跑去海邊，但或許是別個豔陽高照，能把她皮膚曬成深褐色的地方。

「不是指妳救了我一命，」蓋比說。「嗯，對，那也是，但我是要謝謝妳如此勇敢又堅強，謝謝妳即使自己也很害怕，還是做了對的事情。」

「我感覺自己認識妳。」芮妮一隻手擺在心上。「這裡。好像我大部分生命中，妳都住在這裡。自從那一晚。」

「我想我是。」

那個警探，丹尼爾，找到了一張躺椅，正安靜地坐著，安靜到蜂鳥都回到餵食器旁邊飛來飛去。這些人都是善良的人啊。

她實在不想破壞這美好的一刻，但她丈夫再兩個小時就要回家了，他們得進入正題。

「你們想跟我談。」她說。十分鐘前她還沒準備好，她以為自己永遠沒辦法，但現在她準備好了，焦急著想要開始。

丹尼爾回到屋內，眾人在餐桌邊坐下。廚房內依舊明亮炫目，但現在那份明亮感覺比起警告，更像是希望。

「我聽說了妳父親的事，」蓋比說。「他的遭遇。我很遺憾。」不是遺憾他死了。喔，見鬼了，才不是。

「謝謝。」芮妮說。她似乎能理解蓋比的意思。

她怎麼會愛他呢？蓋比心想。在這一切發生之後。而怪的是，蓋比也有點類似的感受。他曾是她的心理學教授。所有女生都喜歡他，都為他著迷。就是這樣。那時候就是這樣。

遇害之後，她跑回她的宿舍時，沒有人相信她。有人甚至指控整個情況是她挑起的。有人說她是為了找他麻煩所以說謊。但她接著給她們看她喉嚨上的瘀傷，恐懼的尖叫便傳過整棟建築物。她們都知道內陸帝國殺手。

幾個小時後，教授在家中落網。

蓋比總是會想到芮妮。蓋比跑走後她怎麼了？

她有惹上麻煩嗎？那種人會對自己的小孩做出怎樣的懲罰？警察來抓他的時候她在家嗎？

芮妮和丹尼爾問了她好多問題，全都是她過去就被問過的。但接著話鋒一轉，他們把話題帶到有另一人在場這件事。

「在我所有的調查中，」丹尼爾說，「我從沒聽過這個理論。但我們剛拿到一位調查記者的一些舊文件。他在註記裡宣稱和您談過，而且您有提到另一位成人。那部分您有任何印象嗎？」

那天晚上的事情，有些到今天都跟事發後幾個小時同樣清楚。

但其他有些就很模糊。有的記憶已經完全消失。只剩片段。像是她從公園到宿舍那段。完全沒有記憶。她猜想她的腦袋給那晚裹了一道疤痕，她可能永遠都想不起那些事了。「我不記得。」

「這很奇怪，」芮妮說。「特別是沒有任何人提過這點。我們讀過的任何報告裡都沒出現過。」

「那妳呢？」蓋比問。「妳記得有任何人嗎？」

「我不記得。但我沒有全程在場。」她看起來又不太自在了。蓋比手伸過桌面，摁了摁芮妮的手讓她放心。跟她肢體接觸感覺還真妙，一小時前她連跟她同處一室都不想要。

「我的任務是攔下妳然後離開，」芮妮語調緊繃地說。「我每次都會回到車上，他指示我要低頭並遮住耳朵。但我聽到妳在尖叫。」

「然後妳就下了車，跑來幫忙。」

「我不確定我有沒有跑。這我也從沒說過，但另外有幾次我聽到叫聲，沒有去幫忙。」

可憐的孩子。她也是飽受煎熬。

「沒事的。」丹尼爾說。蓋比看得出來他很擔心芮妮。

他們多聊了一些，但蓋比沒有什麼新資訊能告訴他們。她很想幫忙，也希望自己能夠幫忙。那會給她使命感。她明白目擊證人會有捏造事實的衝動，她不會那樣做。

「我想我們打擾您夠久了。」丹尼爾拿出一張名片放在桌上。

「您如果碰巧想到什麼就打過來。有時候像這樣談一談，能勾起以前的回憶。」

那就是她所擔心的。她沒有跟他說她記得芮妮有小鴨圖案的黃色睡衣。那部分她從沒忘記，但那不是他們需要知道的事。

以前她在考慮要不要生孩子的時候，想到那套睡衣，讓她差點決定不要生小孩。但她生了，一男一女，現在都長大成人，定居他鄉。母親在他們出生前的遭遇，對他們基本上沒半點影響。

芮妮找到一支筆，把名片翻過來，匆匆寫下一支號碼。「我的手機，」她說。「任何事都能打給我。完全不需要跟這件事有關。也許講講妳剛看的電影、妳讀的書都行。我們甚至能碰面喝杯咖啡或吃個午餐。」

她們建立了姊妹之情。「妳是指像朋友那樣？」蓋比幾乎沒半個朋友。

這是那場遇害改變她一生的其中一個例子。她曾經受人歡迎又有趣，是那種每個人都想跟她玩在一塊的女生。但那之後……再也不是了。

「對。」

丹尼爾在一旁沉默地看著，蓋比看得出這段對話讓他很意外。她拿起那張名片。她不想讓她丈夫見到芮妮。她不知道自己想不想再和芮妮或丹尼爾碰面或交談。她懷疑他們一離開，再過一段時間，她就會把一切重新埋進那空洞的墳墓裡。

「我發現創作對我幫助很大，」芮妮說。「我現在在做陶藝了。」

「我差點就在妳網路商店買了某個東西，」蓋比坦言。「但我接著想像妳填收件地址然後看到我的名字，我就沒有下單了。」

「我來做個東西給妳，專門為妳設計的。妳喜歡什麼顏色？」

「藍色。青色。像海水和天空那樣。也太謝謝妳了。」她已經能想像它被擺在客廳的櫃子上。她丈夫若是問起的話，她要說什麼？

說她從一家藝廊買的。不需要提到芮妮。在她發現班傑明．費雪死訊的那晚，他那樣子反應之後，他不配知道。

蓋比和他們道別，然後站在正門看他們上車開走。

三十分鐘後，她丈夫下班回家。他倒了兩杯酒，兩人坐在露台上。蜂鳥飛過來。他跟她聊他的一天，但她對自己的一天隻字未提。

31

搭丹尼爾的車回聖貝納迪納的路上，芮妮在腦中重播他們拜訪蓋比的畫面。她對自己面對她父親差點殺死的女子的反應，感到震驚的同時又有一點恐懼。她對這次碰面一直很提心吊膽，並預期自己會感到深深的羞恥。相反地，她強烈地被她所吸引。她感覺到的親密感令人難以抗拒。而這令人恐懼，因為有一刻她感覺自己脆弱的控制開始一點一點流失。

「我沒料到自己能和她產生共鳴。」芮妮說。見到蓋比也激起一些她自己對那天晚上的回憶。她父親沒有對她發火。事實上，她想不起來他有哪次對他發火，真的發火。是在石頭上畫圖那次，但就連那天他的反應都很溫和，他無所謂的態度也許是因為他無法感受任何一種強烈的情緒。他們回家後，他照常送她上床，給她晚安吻，並告訴她他愛她。

「在我看來很合理。」丹尼爾說。他們困在走走停停的車流裡，前方有一整條紅色的車尾燈，他看起來卻從容不迫。一般情況下，整趟車程只需要不到一小時。今晚偏偏不是一般情況。

「妳們都在同一人的魔爪底下受了苦，」他說。「只是方式不同而已。」

「我以前都覺得，我不記得一些事件和細節是因為我當時還小，而小孩容易把事情搞混，在記憶上出錯，」她說。「但我想蓋比跟我都把我們過去的很多事情給封鎖了起來。」

「她不記得有其他人，那妳對有第二位成人在場的假設有何看法？妳認為當時有其他人涉案嗎？」

「有個記者被殺了。就算那天晚上沒有別人，還是可能有人試圖想掩蓋什麼。要我說，我認為重要的是別讓媒體知道蓋比的名字，雖然都已經過去三十年了。我不覺得她有危險，但可能會有人開始擔心她手上有什麼資訊。」

「同意。」他手機響起。來電答鈴的旋律很耳熟，但她想不太起來。某首老歌。李歐納・柯恩，應該吧。

他接起來。只聽一方的對話，她也能輕易判斷出來電者想知道他何時要回家吃飯。她很佩服丹尼爾有辦法把發現他母親屍體這件事在心理上區隔開來，但她也知道那種事情在一天結束之後，能一次造成多大的衝擊。她很高興他今晚不會獨自一人。

「披薩，對嗎？」他問。停了一下，他跟來電者說他會盡快回家，然後掛上電話。「妳上次吃東西是什麼時候？」他問芮妮。

有點難想起來。是他們在查卡玫爾的箱子的時候，丹尼爾叫的食物嗎？

「跟我回家吃飯吧。」

「我沒事。」她只想回家。

「回局裡牽妳的車還要再花三十分鐘。我們就中途在我們家停下來吃飯。晚點路會比較順。感覺挺合理的。」

她不喜歡去別人家作客，然後邊吃晚餐邊閒聊這個念頭。他的伴侶已經打給他兩次講晚餐的事了。她腦中出現一個傳統家庭的模樣。她完全無法和那些人產生共鳴。一想到要忍受那種情境，還沒有車子可以讓她逃跑，就讓她覺得胃痛。

「讓我在哪個地方下車就好。我可以攔計程車或叫 Uber。」

「拜託嘛。我們在試一套照理來說超級健康的飲食法。我敢說妳需要吃點健康的食物。妳喜歡自製披薩嗎？」

「喜歡。」

「嗯，那我保證這個妳絕對不會喜歡。因為餅皮會不夠熟，上面的料會是球芽甘藍或豆腐之類的東西。」

「那聽起來爛透了。」

「確實。」

「而你想要我去幫你吃掉這爛透的食物？」

「沒錯。共患難嘛。」

現在她腦中出現的是一位年輕太太，沒有小孩，也許有隻精力旺盛的狗。

她是餓壞了。就連濕答答的餅皮和鬆軟的豆腐聽起來都還不錯。

結果，他家是一間普通的單層灰泥建築，位在二一〇號公路南邊一條溫馨的街道上，離機場不遠。他們轉進一道車棚，她從車頭燈看到他家門口有幾棵棕櫚樹，還有各種各樣的仙人掌，從側門進到屋內。兩人直接進到廚房，跳過能讓人喘口氣做心理準備的玄關。一位年紀較長的灰髮男子站在那兒，手拿鏟子，腰上繫著白色圍裙，餐桌擺了兩人份的餐具。眼前一個年輕太太也沒有。

「你沒跟我說要帶客人來。」男子的聲音粗啞，可能是老菸槍，雖然她沒聞到菸味能夠佐證。那應該是戒了。他冷淡的態度讓她恭喜自己原先對受邀用餐的反應沒錯。她不屬於這裡，把工作和現實生活混在一起也不是好事。但那是不是她的藉口，而非問題真正之所在？這地方的感覺，那種舒適、溫暖、歡迎又安全的氛圍，比她過去幾天的任何遭遇都來得更難受。她能夠撐住自己，準備好去面對熟悉的地點、熟悉的氣味、她父親受害者的犯罪現場照片、她兒時承受班的罪行的餘波時的快照。面對那些東西，對她來說意外地輕鬆。但像這種理應簡單了當的時刻，會讓她難以呼吸，幾乎動彈不得。

「我沒有要留下來吃飯，」芮妮說，讓那位男子放心，並準備轉身從同一扇門出去。「我去叫Uber。」

「留下來。」丹尼爾把筆電包放到檯面上，將外套扔到一張椅子上。「這位是芮妮·費雪，」他告訴那個脾氣不好的傢伙。他跟芮妮說：「這位是我父親，前私家調查員，波·艾利斯。」

32

原來，波其實只是表面上看起來脾氣差。他說服芮妮留下來吃飯，丹尼爾則在一旁擺另一份餐具，把兩碗沙拉分成三碗，再多拿來一個酒杯。

披薩本身遠不如丹尼爾預告的那般難吃。可能是她飲食習慣太糟了吧，任何健康的食物看起來都像佳餚。披薩上面有山羊起司和巴西里，還有新鮮番茄。她覺得很不錯。而且儘管波肯定知道她的身分，他們聊的話題所幸都還滿普通的。沒有人問起她父親，沒有人談到丹尼爾的母親。而奇怪的是，在一開始的恐慌退去後，她放鬆下來，發現自己竟從這個地方和這兩人的陪伴中感到平靜。

然後她思考自己這輩子是否有過這種感受，就算是在班．費雪遭捕之前。

他們三人同坐一桌時，不總是有某種暗流在底下湧動嗎？她渴望討好，她父親渴望娛樂她們，而她母親覺得他們兩個都很無聊。

他們吃完飯後，丹尼爾告辭說：「我要去確認警局資料庫，看有沒有任何新的進展。」

發生了這麼多事之後，她差點忘記他還在等實驗室結果出來，證明沙漠裡那具屍體是不是他母親。

芮妮幫波清理桌面。

「我一直想讓丹尼爾吃好一點，他才不會變得跟我一樣，」他說。「警探大多都吃得很差。」

「您看起來滿健康的。」

「我現在還行，但我不久前心臟病發作過。丹尼爾堅持要我搬來和他住。把我跟我的東西全部打包帶過來。他是個好傢伙，雖然性情有點古怪，有點激烈。我當時是個生意還不錯的私家調查員，有一天他走進來跟我說他需要我幫忙找他母親。他那時十一歲。」

「真有種。」

「是啊。我把他留在身邊看著，後來還收養他。我欸，一個從來都不想要孩子的單身漢。結果是我這輩子做過最棒的決定。他這幾年稍微穩定了點，但他很強悍，很忠誠。一旦他下定決心要做什麼，到死都不會放手。結果可好可壞。」

「他母親的事？」

「是啊。尋找她變成他一輩子的執念，我很討厭這樣。我真心認為他的婚姻是因為這樣才失敗。他一直都沒有完全投入進去。」

她想找到任何暗示她父親可能與之無關的線索。她不知道自己有沒有辦法承受那麼多的真相。「您認為那是內陸帝國殺手幹的嗎？」就算波知道她是誰，把她父親講得好像某種神話人物，或是她自己不實際認識的人，對她來說輕鬆許多。

「我不完全確定，而那正是可惜之處。丹尼爾把那麼多注意力放在妳父親的案子上，老實說，那有可能讓他分心，沒去調查更有可能的嫌犯。我說他到死都不會放手就是這個意思。」

波想必還不知道最新的那具屍體。她沒立場告訴他。

「所以他花了這麼多年找她？」她問。

「她的失蹤貫穿了他的一生。他因為她才成為警探。這樣他就能去找，不斷地找。」

他們收拾完廚房後，波宣告他要上床去了。「不是去睡覺，」他澄清說。「我喜歡在舒舒服服的地方，看撫慰人心的電視節目。」

「您最喜歡看什麼？」

「烹飪秀。」

真是可愛。

波離開後，芮妮開始思考丹尼爾還會不會回來。他離開好一段時間了。也許他睡著了。過去這幾天被搞成這樣，她能夠體諒。她正準備要叫Uber時，他就出現在廚房門口，臉色蒼白，滿頭是汗。他沒講話，示意要她跟過來。

穿過廚房外一條短短的走廊，到了一間陰暗的辦公室裡，他朝桌前一張椅子和發亮的螢幕比。她坐下來，認出螢幕角落治安官辦公室的標誌。丹尼爾登進他們的資料庫要看無名女屍最新的驗屍報告。他站在一邊，一隻手撐在她的椅背上，指向螢幕上特別一個區塊。

指紋比對。

伊凡潔琳用來幫木乃伊化的屍體修復指紋的技術，顯然是成功了。

文件裡有好幾張指紋圖片，新的和舊的。在第二頁近頁尾的地方有一名女子的大頭照。下方是她的名字。

令人大吃一驚的結果？無名女屍並非丹尼爾的母親。死者的名字是漢娜．柏奇。

「我在失蹤人口資料庫裡查了。」他音調緊繃。「她失蹤時間比我母親晚六個月。在同一帶。」

「我不懂。」芮妮抬頭看他。「那洋裝呢？布料鑑定相符啊。」

她跟丹尼爾同樣大惑不已，但其中還藏了點私心。她得到了緩刑。至少在此刻，他母親的遭遇跟她或許並無關係。

「我不知道，但有二十個指紋特徵點相符是不爭的事實。」

「確實。」她改變思路。為什麼這名受害者跟他母親的洋裝埋在一起？如果這是普通成衣，她還可能說服自己兩個人買了同一件。但這是手工縫製的。所以要不是有另一件洋裝用同款布製成——這是有可能——要不就是同一件洋裝。

「也許他們可以從布料採集DNA，」她說。「伊凡潔琳說有個新的濕真空法。」

「那也是我的第一個想法。機會很渺茫，老實說我都不知道資金下不下得來，但我會試試看。」

她對丹尼爾深感同情。他的懸念沒能結束，還不能。「我很抱歉。」

「我過去二十四個小時都在想辦法接受我母親的死，就算這本身並不意外。我自己是警探。我知道這種事通常是什麼結果。我猜好消息是她有可能還活著吧。」他聽起來自己都不相信。芮妮也是，但她出了個聲表示同意。

「波還不知道這一切，是嗎？」

「他知道最近在沙漠裡找到的屍體，但我還沒有機會跟他說洋裝的事，現在看來沒講也好。」

「你如果有人能聊這件事，還是會比較好。」

「我就在跟妳聊啊。」

那讓她感到既榮幸又不自在。她不知道自己能給人帶來多少安慰。「我們都知道，小孩有時候看不清楚事情，」她輕聲說。「我的現實，我童年的現實，絕大部分都是錯的。我的記憶並不正確。大人的記憶也不正確。身為警探，我們知道記憶在場域記憶和遠期記憶之間——情感記憶和邏輯記憶之間——可以產生多少變化。但我還是能感覺到自己當時對父親的愛，還有對他從來不真實的那個形象的愛。縱使我不願承認，那份愛都是真的。」

他母親已經消失了那麼久的時間。實際找起來可能很困難，但她會想查查看品格證詞和鄰居訪談。也許還有銀行紀錄。她有欠債嗎？新的行為模式。「你對你母親的愛，還有她對你的愛在那時候是真的。現在也是真的。而當我們把我們的年紀考慮進來，把它和天真的情感，以及當時在我們生命中宛如英雄的父母親混在一塊，情況就會變得非常混亂。」

他深吸了一口氣，點點頭。「我知道，但我無法停止追尋那個答案。結果是如此令人意外。」他一臉蒼白。「我一直想著那條洋裝。班傑明．費雪是把它留著給另一位受害者穿嗎？」

「我父親沒聽說有收藏戰利品的習慣。」這丹尼爾曉得。但他有可能有一堆戰利品，只是他們從沒發現。而這一切都還是假設丹尼爾的母親真的見過班傑明．費雪。她決定把她母親穿那件洋裝的回憶告訴他。「這回憶可能甚至不是真的。」她一講完就警告說。

「其實，這能解釋幾件事。他留下我母親的洋裝，妳母親穿上它，他嚇壞了，然後把它跟下一位受害者埋在一起。」

「那有可能。我很抱歉。」她還是想自己多深入調查一下。她也有此打算。

等他們把卡玫爾．柯泰茲的死因查清楚之後。

「假設妳的記憶有誤好了，」他說。「我母親的洋裝怎麼會跑到費雪其中一位受害者那裡去？」

「也許你母親認識這位受害者。也許她們是朋友。」

「我會調查那部分。看能不能找出一條連結。可以的話，跟她家人談談。現在調查局加入了，我預期他們會想做初步接觸。」他看起來都要倒在地上了。

「聽起來好像不可能，但你現在需要去睡一下，」她說。「我會自己叫計程車。」

他從口袋裡掏出一串鑰匙。他哐啷一聲把它放在她面前桌上。「開我的車吧。」

「你確定？」

「我明天搭計程車去總部，跟妳在那裡碰面。」

「我會開過來接你。」

她離開。

今天滿是令人愉快和不愉快的意外。

現在她拿著他的鑰匙，要進到他的休旅車，還打算早上要來接他。

這聽起來開始像是一段搭檔關係，而她沒想過自己這輩子會再想要這種東西。接下來，他就會轉化成班．費雪的形象，她則會試著把他給殺了。

33

一通電話把她叫醒。

芮妮已經回到她沙漠的家裡，沖過澡，並倒在床上。此刻，她半夢半醒地，閉著眼睛跟手機咕噥了一聲哈囉。

「我做了一個夢。」來電者說。

芮妮過了一下才認出蓋比．薩頓的聲音。她一認出來就坐起身，把檯燈打開。

「那個夢可能沒半點意義，但你們來訪讓我腦袋轉個不停。」

她壓低聲音，讓芮妮想像她躲在某處，也許是浴室或露台，以免家裡有人被她講話的聲音吵醒。

「我夢到那天晚上，」蓋比說。「遇害的那晚。夢裡面有妳。妳是成人的樣子，但其他東西都是一樣的。我記得我心想這不是真的，因為妳是大人不是小孩。妳知道夢都是那樣，半真半假的。但總之，裡面還有其他人。另一個人。那個人大喊叫妳回到車上。」

夢境不是記憶。夢境通常是種無意識的、想處理某件事的需求，而蓋比需要處理的事可多了。就在芮妮試著想要怎麼叫她回去睡覺的時候，她講出一項讓芮妮心跳加快的資訊。

「那個男的在哭。說什麼他太心疼了。他還叫妳小鳥兒。不對，是芮小鳥。沒錯。在夢裡我以為他叫的是芮妮，但也許那是妳的暱稱吧。」

作為一個非常重視邏輯的小孩，芮妮以前很討厭這個暱稱。她講了很多次她的名字裡沒有鳥這個字。

「我不確定這有什麼意義。」蓋比說著，還不曉得自己造成了怎樣的衝擊。

芮妮起床，在她睡覺穿的T恤外再套了一件帽T，一邊穿一邊尷尬地把手機從一隻手換到另一隻手上。

「還有，你們離開後，我開始在想我是否有危險，」蓋比說。「妳覺得我應該擔心嗎？我家人有危險嗎？我還沒跟我老公講你們來過，但也許我該跟他說。」

這透漏了不少蓋比和她丈夫的關係現況，芮妮很難過像這樣令人身心受創的一天沒有被好好談論。「跟他談一下應該會比較好。」她同時也明白想築一道牆保護自己的需求。

「我一直很努力不讓我的過去影響現在的生活。」

蓋比跟她講的故事是美化過的版本。暴力可以被包裝成各種形式，對伴侶的痛苦漠不關心就是其一。「它光是發生過就已經在影響妳現在的生活了，」芮妮溫柔地說。「而我認為妳家裡每個人都該保持警覺。我是說，就知道有這個狀況就好。除非有人認為妳知道什麼，妳才會有人身危險。這些年來也沒人盯上妳。這件事我們會保密，也不會讓媒體知道妳的名字，」她保證說。「當然，基本安全措施還是得做。設好警報系統。別在暗處停車。晚上不要一個人走。」

「那晚之後我就沒做過那些事了。」

芮妮稍微體會到蓋比自從遇襲之後就痛苦不堪的世界。她不確定換作是她會如何面對，雖然說她直到近期都盡力去正視她的恐懼，而不是轉身逃避。

「抱歉吵醒妳。」

「永遠都別擔心這點。」

她們掛斷後，芮妮赤腳走過屋內，腳底踩在冷冰冰的水泥地上——另一個令她安心的東西，冰冷的水泥。她經過她的陶器櫃，那些杯碗已經風乾好準備進窯。她上次製陶感覺是好幾個月前的事了，但實際上沒那麼久。她在廚房裡泡了杯茶，拿到外頭，坐在一張她從跳蚤市場挑來的金屬彈簧椅上。你想要的話可以推一下啟動它，讓坐椅輕輕彈跳。

她邊想著蓋比會不會不知從哪裡聽說這個暱稱——她把腳縮到身子底下，把帽T拉過她露出的膝蓋，雙手捧著她自己設計的一個馬克杯——同時努力回想蓋比遇害當晚的細節，這次還加上蓋比剛提供給她的資訊。沒有用。但她頭上有一條銀河，遠方還有一群郊狼在嚎叫。感覺更安心了。

光是在家就讓人平靜多了。她抿了口茶，考慮要不要打去跟丹尼爾說這項新資訊，但決定傳訊息給他，讓他能先放著不管繼續睡，要他醒來後回電。

他立刻就打過來。

「那是什麼郊狼白噪音應用程式嗎？」他問。「我喜歡下雨聲的，但那好像有點容易令人分心。」

「你真的該多花點時間待在沙漠。那是真的郊狼。」

「我相信我會很享受被一群聽起來就像地獄惡犬的東西給包圍。」

她大笑完告訴他蓋比來電的事。

「我很不想這樣講，」他說。「但夢境沒有任何意義。我覺得是妳們想多了。」

如果易地而處，她也會這樣想。

「沒人知道我們夢裡的東西是從哪來的，」他接著說。「她有可能上床之前在電視上看到什麼東西，或是我們去那一趟就足以產生新的敘事。我傾向認為，夢境主要是我們的潛意識試圖在理解我們剛經歷的一天。我從來沒有做過重現現實生活的夢。」

他基本上只是把芮妮稍早的想法換句話說。「一般來講，你說的我大部分都同意。但這輩子只有一個人叫過我芮小鳥。」莫里斯——陪伴他們家度過一切的人。生日、假日、任何時刻。也許班・費雪下手時，他也陪伴在他身邊。

34

隔天早上，丹尼爾和芮妮去見莫里斯的時候，還有一些人在馬路上晃來晃去。裡頭媒體、住戶都有，但整體感覺上跟看起來都很像派對已經結束並轉移陣地。記者不再像以前那樣待著不走，特別是又沒獨家新聞能搶。大夥兒滿腦子都是忙著搶頭條給那些滑手機的人看。

芮妮按下門鈴。

她發現她幾乎無法想像她深愛的家族密友兼鄰居，可能不知怎地涉入多年前發生的那些事件。但蓋比的話，加上發現莫里斯的暗中探監，讓他看起來頗為可疑。和她童年有關的一切也因此顯得更不可信。

她和丹尼爾已經決定由她來說明此次拜訪的原因。

他們希望莫里斯會對她比較有反應。等他們跟上次一樣進去，在廚房就座後，她便切入正題。「我們想要確認我父親被捕那天發生了哪些事情。」她從沒料到自己會對莫里斯講這些話，特別是現在這時候。案子的最新走向真是奇怪又令人不安。

始終講究待客之道的莫里斯擺了咖啡到他們面前。他手抖了一下。「在三十年後？」

「我們得到可能跟案子有關的新資訊，」丹尼爾解釋。「我們只是想再確認一下當初發生的事情，看是不是全部都還對得上。」

「我連上禮拜我在哪都不記得了，何況那麼久以前的事。」

「那是很特別的一晚，」丹尼爾提醒他。「您的鄰居被逮捕。我想那種事應該會讓人印象很深刻吧。就像我們回想歷史重大事件的時候一樣。」

莫里斯緩緩坐到一張椅子上。他頭髮濕濕的。他喜歡沖很多次澡，現在他聞起來有鬍後水的味道。那是她小時候就記得的味道。她父親身上也有。

「我們去一場藝術展的開幕，」他說。「我們三個。妳也有去，」他告訴芮妮。「藝術家是舊金山一個用毛氈做雕塑的傢伙。我們想說讓妳去沒關係，但我們到場才發現大部分的作品都是生殖器。」

「我記得有藝術展，但不記得毛氈雕塑。」

「至少還能慶幸妳忘了。妳母親啊，一直都是個領先時代又放蕩不羈的女性主義者，所以她認為讓妳在那裡沒關係，但那讓我跟妳父親很不舒服。我想妳跟我是待在一間有食物跟酒水的房間裡，而妳爸媽去展間逛。我大概喝多了一點。然後我們就都回家了。當時還算早。我老想說那天展出的如果是妳也能享受的作品，不知道那晚會變得如何。」

他可能沒有意識到，但責任又一次被丟到她身上。

「那麼說來，當晚的行程對你們來說結束得很早，」她說。「你們有去別的地方嗎？」

「那段日子我光一天就能塞一堆行程，」他承認說。「但我就只是回家了。我說了，我在藝術展上喝酒喝多了點。我那時候其實都喝太多了，當時我想說酒是我這人的一部分吧。但肝開始抗議之後，就不得不放棄了。」

芮妮記得。「我父親被抓走隔天早上，你有過來，」她說。她希望能慢慢套出他的話，同時也焦急著希望他有什麼她還沒想到的合理解釋。「我母親整個人都要瘋了，但你好冷靜，還幫助我們度過那一切。電話都是你在接，記者和那些同情的花束開始送來之後都是你在處理。」這段記憶就很清楚，真奇怪。

他雙眼泛淚。「我們共度了一些很辛苦的日子。」

「那攻擊應該是在你們從開幕展回來之後發生的，」丹尼爾把話題帶回來。「您回家路上有印象發生什麼特別的事情嗎？你們全部開同一台車回去？班有舉止怪異嗎？」

「班負責開車。我不記得他有任何奇怪之處。」

「他讓您在您家下車嗎？」

「他好像是把車停在車道，然後我直接穿過草坪，但我記憶很模糊。羅瑟琳好像有問我要不要進去喝一杯，但我應該是沒有。抱歉。我沒辦法再提供更多資訊了。」

丹尼爾在不危及蓋比的情況下，稍微扭曲了一下故事。不是撒謊，但是暗示當時有另一個人在公園裡。「我們有目擊證人現身說法。該證人說您有在犯罪現場。」

莫里斯臉色變得蒼白，無意識地抓住自己的喉嚨。「這太荒謬了。不是那樣。你們還相信這個人？那麼多年前他怎麼就沒出來？這全都說不通啊。」他轉向芮妮，看起來好受傷的樣子，她差點就重燃以前想讓他開心的渴望，她會想畫張圖給他、說句好笑的話。

「我們只是在跟進線索，」芮妮感覺有必要補充道。「但你那晚如果在場，現在說出來對你會比較容易。對你的案子會有幫助。根據涉入程度，你有可能甚至不會被視為共犯。」

「現在是妳在怪我嗎？」她企圖說服的行為不但沒安撫到他，反而讓他出言攻擊。「有時候我會想妳是不是單純想引人關注。我會想妳人會不會根本沒在那裡。就連妳說的那些幫忙妳父親的故事，都是在他落網後才說的。妳母親從沒聽過那些事。如果有她就會去處理了。」

芮妮縮回去。莫里斯不是會這樣攻擊她的人。他直接把她自己的懷疑揪到聚光燈底下打。

「但我懂，」他補充。「妳父親發生了那種事，可能會讓一個小孩變得有點瘋瘋癲癲的。」

她才剛和丹尼爾說小孩總是把事情混淆。是她太常聽到別人講的事，才讓她把自己編進那些犯行裡嗎？不對，蓋比有看到她。她救了蓋比一命。人是多麼容易陷入自我懷疑啊。她發現最不留情又無孔不入的，就是自我懷疑。每個人都需要答案。但一個人的盼望和實際真相之間的落差，有時可以是如此巨大。她想要莫里斯是無辜的，因為她難以承受再有一個她愛的人參與了如此糟糕的事情。於是她在邏輯和自己的渴望之間纏鬥出一個尚可接受的結果。

「這跟芮妮無關。」丹尼爾說。

她跟他認識不久，但能看出他努力在維持自己語氣平穩，不要動怒。在這麼黑暗的時刻之中，知道自己有他相挺，而且他剛剛又一次把她從片刻的自我懷疑裡拉出來，讓她對他的支持很是感激。

「她人在那裡，」丹尼爾說。「而如果您是她的朋友，您現在就不會在這邊轉移焦點，刻意操弄她的感受。」

莫里斯再度濕了眼眶。「我很抱歉。」

芮妮正準備放他一馬，因為她需要相信他沒有涉案太深，可是他接下來的話，冷冷地點出他們之所以在這裡的原因。

「我很抱歉，芮小鳥。」

他們也許還沒有錄影畫面或實體物證，但他有涉案這點是毫無疑問。至少他在蓋比逃走那晚，人就在公園。那芮妮為什麼不記得他？她對蓋比逃走後的事毫無印象。更重要的問題是：莫里斯跟卡玫爾．柯泰茲的死有關嗎？

到外面後，丹尼爾打去治安官辦公室，安排人來盯著莫里斯。接著他看向芮妮說：「我很抱歉。我知道他是妳朋友。」

「謝謝。」她很感激他能明白這對她來說有多困難。

「妳覺得他正在裡頭做什麼？」

「打給我母親。」

35

莫里斯目送他們離開。他們車子一走，他就沉重地坐到他最愛的那張椅子上。那是他從洛杉磯一家古董店挑來的，椅墊厚實、圖案花俏。

他一直都知道這一天總會到來。他其實很驚訝沒在三十年前就發生。但班・費雪這個人雖然有他的怪癖，卻是個忠心耿耿的朋友。他從沒和任何人提起莫里斯的名字。莫里斯不確定如果被抓的是他，自己會不會同樣大方。也許吧，如果要他保護對的人的話。他懂愛情，也懂它可以怎樣扭曲你，讓你做出在通常情況下你絕對不會做的事情。就只是為了愛，而不求任何回報。

這一刻在他腦中排演好幾次了。他要做什麼、他要說什麼。但他腦袋裡的那些排練都不包括芮妮。看到她坐在他房子裡，知道她經歷了什麼……他無法當她的面坦言。她如果不在場，他或許就能告訴那個傢伙，丹尼爾。但他連這一點都不敢肯定。

在這關鍵的一刻，他能承認他的一生就是由一連串的逃避所組成。

何不以同樣的方法離開？永遠不去談他做了什麼，當然也永遠不用再看到那些最信任他的人的臉孔，最最信任他的羅瑟琳和芮妮。

也包括他的兄弟和其他親戚。社區的朋友們。

他那天早上已經沖過一次澡了，但他在冒汗。那種原始且來自內心深層恐懼的汗水。

他再沖了一次澡。甚至還用了洗過的乾毛巾。很浪費，但管他去死。接著，他穿上他最愛的套裝——棕櫚泉一家小店手工縫製的，花了他一大筆錢，但非常值得。他打上領帶，穿上他最好的正裝皮鞋。他在辦公室裡打開保險箱，拿出一個盒子和他的遺囑。他把遺囑擺在桌子正中央，打開盒子，像在展示博物館展品那樣，把好幾樣東西一一擺出來。這些東西連看著都很難受，老實說。隨後他拿出保險箱裡最後一樣東西：一支手槍。他正準備坐下時想起一件事。

那些蜂鳥。

計畫暫停，他把槍放在一旁下樓，打開他存放糖水的冰箱。他補滿紅色的餵食器，趁他人在外面的同時，享受了一下太陽照在臉上的感覺。

美好的小事。

他回到廚房，打開一瓶異國精釀啤酒。他不是很愛喝啤酒。他喝了會放屁。但他喜歡家裡有很多不同飲品讓客人挑選。他回到樓上，坐在桌邊喝著那瓶冰涼的啤酒。接著他將子彈上膛。

羅瑟琳有把一模一樣的槍，跟他在同個時間、同一家店購買。他們態度認真，上了課，還一起去射擊場。結果羅瑟琳槍法爛得要命。他也沒好到哪去，人形靶紙上頭部或心臟的地方半個洞都沒有，讓兩個人笑到飆淚。想到他們當初買槍是為了自保就覺得好笑。他不曉得是什麼人會來攻擊他們，但任誰都會被四處徘徊的媒體搞得神經兮兮。

如今，這武器有了預料之外的新目的。感覺也很合適。

他必須承認，他比較偏好吞藥自殺的方法。就這樣睡著，再也不醒來。但他沒有計畫好。他沒先囤好一堆處方用止痛藥。

他坐在桌旁，目光越過房間，落在其中一幅他最喜歡的畫作上。那是當地一位年輕藝術家畫的。他熱愛支持有才華的孩子，他們也很愛他。他為社區貢獻了不少，人們聽到他死了會很驚訝。有些人可能甚至會想念他。

他的手機響起。他一驚，沒注意到自己把它放在口袋裡。考慮到眼前的情況，這時候把它帶在身上似乎很荒謬。但他拿出來，看到來電者是羅瑟琳。天啊，他真的好愛她。他嘆了口氣，讓手機安靜下來。接著，在片刻過後，也讓自己安靜下來。

36

有時候人就是會累到實在不得不睡的程度。

芮妮就是如此。離開莫里斯家幾個小時後，她回到沙漠裡，在走去房間時，她母親打電話來。

「我在擔心莫里斯。他車子停在車道上，但家裡一盞燈都沒亮。」

羅瑟琳肯定還沒聽說他們稍早去莫里斯家的事。那本身就挺奇怪的，因為莫里斯什麼事都跟羅瑟琳說。

「我有打給他過，」她接著說。「但他沒接。他看到是我打過去都一定會接。我有他家的鑰匙。妳覺得我該進去嗎？」

也許什麼事都沒有，也許他出門了，也許他逃走了。但他的車停在車道上。

「不要。打電話報警。」芮妮抓起一件夾克。「我現在過去。」她人在卡車上開往棕櫚泉的同時，打了丹尼爾的電話。

「我在那裡跟妳碰面。」他說。

莫里斯家有一台救護車和兩台警車。她看見丹尼爾的休旅車，裡面沒人。羅瑟琳人在莫里斯家的前院，整個人心慌意亂，穿著睡衣和白色長袍，頭髮亂七八糟，臉上也沒帶妝。因為擔心朋友，外表什麼的全都不重要了。

「很慘，」她哭著說。「慘到不行。他死了。死了！」

芮妮喘不過氣，雙膝發軟。她收到丹尼爾的訊息，再度證實她母親的說法。別進來。

一位鄰居出來試著要安慰羅瑟琳。芮妮忍住驚嚇，跟著人聲迅速朝屋子走去，通過客廳後上樓到主臥室和相連的辦公室。丹尼爾在那裡，還有急救人員——他們的藍色手套都是血。有人在拍照，一名警探正在繪製房間布局。

丹尼爾見到她，大步穿過房間，雙手搭在她肩膀企圖讓她轉頭，回去門外。她不發一語將他推開。然後停下來。

喔，莫里斯。

親愛的莫里斯啊。這是她的錯。

他一身西裝和領帶，坐在辦公椅上往前倒下，血在地上靠近他腳的地方流了一片。他穿的是他最喜歡的鞋子。

感覺一下這皮革的觸感！超級柔軟欸！

桌子中間有一份被血濺到的遺囑。但更耐人尋味的是，桌上還有好幾件物品，全都擺得整整齊齊。項鍊、內褲、耳環、胸罩，和一束用橡皮筋綁著，被剪下來的頭髮。

戰利品就在這裡。

37

負責掌管芮妮生理時鐘的神經細胞核完全失靈。在這一刻，莫里斯的自殺感覺已經過了好幾個月；下一刻，感覺則只像過了幾個小時。

她不再去想睡眠和進食的事。幾位善心朋友送食物到她母親家，但沒有進門。他們可能是害怕，或可能想給她們空間。丹尼爾會過來，有時就靜靜地跟她們坐在一起，有時則是問莫里斯的事。

她很遺憾他們還沒找到丹尼爾的母親，但調查局還在參與搜查，沙漠那邊也還有一組人在挖。還有可能。

她告訴丹尼爾她不幹了。她需要幫助她剛剛痛失摯友的母親，她也必須照顧好自己。而且反正她身上有那麼多爭議，最好還是退出調查。她很高興她在兇案組的工作——如果那稱得上是工作的話——結束了。從莫里斯自殺之後，她就決定待在城裡和母親同住，睡在她以前的房間裡面，半夜醒來時會一陣困惑，心痛地意識到莫里斯已不在隔壁的房子。但羅瑟琳似乎調適得還行，芮妮則打算在這天稍晚離開。待在這裡對她來說並不健康。

失去莫里斯的哀痛再度因為他參與了那些兇案而扭曲變形，很像她父親落網後帶給她的那些感受。他沒有留下遺言或任何文字解釋他涉案的程度，她則懷疑起他是否真有協助她父親殺人。

那感覺實在太不像莫里斯。但她能想像他幫忙埋屍體，以及也許幫班藏戰利品。

要是她問他的時候再更謹慎點就好了。要是她有留在那裡，也許跟他相處一個晚上，和他聊聊就好了。但她當時頭暈目眩，只想平靜個幾個小時。

他死後那幾天，她跟她母親都只是苟且度日。一分鐘結束到下一分鐘再到下一分鐘。在這段虛擲的時光裡，某刻她木然地打了通電話給蓋比．薩頓，心裡知道她應該已經聽說了。而有時，令人痛苦的對話就是能轉個方向，讓她們又提到陶藝，芮妮也再次承諾會做個什麼給她。

根據日曆，自從莫里斯被發現死在他桌邊，到現在只過了幾天。感覺像是幾週。芮妮和羅瑟琳在廚房裡，桌上擺著三個新買的蜂鳥餵食器。她們靠網路訂購，因為沒人想面對外面的世界，還有把馬路塞得滿滿滿的媒體。芮妮站在爐子旁邊，瓦斯已經關上，她用木杓攪動平底鍋裡的糖水。她赤腳踩在冰冷的磁磚上，一道微風從露台門口吹進來，捎上橙花的香氣，以及隱約藏在底下的髒空氣。芮妮在都市長大，從沒注意過城裡無論何時何地都有的那點霧霾。一直到她搬去沙漠才逐漸意識到，會讓她想起家的那個氣味，其實是空氣汙染。

她把湯杓放在一邊。「我覺得夠涼了。」

莫里斯家仍然是犯罪現場，被黃色膠條給隔離起來。調查員——包括丹尼爾——來來去去，同時羅瑟琳則執著於莫里斯家的蜂鳥。她們從自家後院發現那些餵食器空了，還看到在附近飛來飛去找蜜吃的蜂鳥。她們的注意力從她們可怕的生活，轉到該做的事情上。一件她們能做，且無疑會有正面結果的事。

她們沒買人家做好的花蜜，而是自己用白糖做。她們是跟專家學的。莫里斯和她父親非常堅持要自己做，他們經常在討論紅色色素和不乾淨的餵食器有多危險，為那些逐漸仰賴他們才能生存的鳥兒忙東忙西，擔憂個不停。

芮妮沒有錯過其中矛盾之處。他們獵殺人類，對這麼小的鳥兒卻是悉心照護。也許兩件事情彼此無關，也許知道就算他們奪人性命，同時也幫助小動物維持生命，能給他們兩人帶來慰藉。

她父親教了她所有和鳥兒有關的事情，也將她拉進鳥類學的世界裡。早在她上小學以前，他就告訴了她關於蜂鳥的所有知識。她一上小學就能驕傲又自大地講啊講，有時把人煩得要死，有時令人驚豔，這取決於聽眾是誰。她還記得牠們的翅膀每秒可拍動十二到八十下，因而發出人類聽到的那個嗡嗡聲響。她還知道牠們每分鐘心跳超過一千兩百下，同時也是新陳代謝速率最高的恆溫動物。牠們大部分只活三到五年，所以現在到莫里斯家用餵食器的那些鳥，都不可能被班．費雪餵過，但他可能餵過牠們的親戚，因為鳥類往往會回到牠們出生長大的地方。

把紅色餵食器補滿不需要兩個人才能完成，但管他的。就當是一種共同尋求慰藉的行為吧。羅瑟琳把餵食器拿在水槽上，芮妮慢慢將清透甜美的液體倒進去。她一邊倒，一邊想著大眾對莫里斯過世的反應。全城都陷在驚愕和哀傷的情緒裡。她也是。得花點時間才能搞懂這件事。她想要討厭他，但就是沒有那個感覺。這樣的她又是什麼人？她有人格缺陷嗎？

莫里斯受到許多人的敬愛和尊崇，人們會很想念他。有些人拒絕相信他和那些凶殺案有任何關係。就算他用來自殺的槍，被發現正是殺死卡玫爾．柯泰茲的凶器也一樣。她一定是發現了他跟那幾起犯行有關，然後被他殺人滅口。但班直接引他們到埋屍處又怎麼說？他一定知道啊。莫里斯肯定有和他說。難道班只是想報復莫里斯跟羅瑟琳的關係嗎？因為莫里斯幾乎直接頂替了他的位置？

愛戴莫里斯的人想要認為他是被人陷害。芮妮自己一度也有些類似的念頭，甚至還短暫想過他的死會不會不是自殺。但卡玫爾公寓社區的錄影帶拍到莫里斯往卡玫爾的公寓走去。辦公人員指認了莫里斯的相片。另外，犯罪學家透過彈道重建也得以證明莫里斯是死於自殺。

除了丹尼爾和芮妮之外，莫里斯家的監視攝影機沒拍到其他訪客。這消息一傳出去，芮妮再次成了頭號嫌疑犯。就算有丹尼爾當不在場證明，也不夠阻止人們為了保護一位深受愛戴的男子的名聲而自行腦補。她習慣被當壞人看了。她已經對此無感，但她討厭待在鎮上，身邊都是圍觀群眾和酸民和好奇的人。她不想要費雪家的慘劇成為任何人的消遣。

「該死的鳥。」羅瑟琳說著，把裝滿的餵食器放下，再拿起空的。

羅瑟琳不是真的在講蜂鳥，比較是牠們背後代表的那些意涵，讓人想到其他存在於世上，最平凡無趣又俯拾皆是的事物。

她們把三個餵食器都裝滿，拿到外面她們自己家的後院，將它們掛在她父親好久以前裝的鉤子上。她們打算把莫里斯的鳥引來她們家後院，這樣就能提供這些小傢伙賴以維生的食物了。

「妳陶藝作品的標誌該怎麼辦？」羅瑟琳問，兩人一邊打量剛掛上的餵食器，一邊思考那些鳥要花多久才會發現它們。

那個標誌很有知名度。現在開始，芮妮只要在杯底或碗底壓上標誌，就會想到父親帶上她一起去沙漠埋屍體的那天。

「我還沒決定。」

「我從沒懷疑過莫里斯，」她母親說，顯然無法不去想他。「現在我才意識到自己有多蠢。他跟妳父親是交情這麼深的朋友。我卻還是愛莫里斯。現在也一樣。」

「我也是。」

對大部分人來說，重新來過這種事並不存在。那想法是錯的。除非人的記憶能被抹去，否則沒有什麼重新開始，只有往前進步。就算你把發生過壞事的房子給燒了，房子依舊會存在於你的腦中，無論如何。

過去幾天，芮妮多次想像自己去沙漠，把她那天刮在石頭上的鳥重新漆掉。用某種完美相符的顏料，這樣就沒人知道它存在過了。

但她會知道那隻鳥在那裡，在顏料底下。

那感覺還更糟。就算看不到，還是知道它在那。那會是她生命的再現。兩位她深愛的男人，她父親和莫里斯，帶著這樣的黑暗和謊言生活，躲在雙眼和皮膚和服裝和微笑和他們的鳥類書籍後面。祕密實在太多太多。就像她和丹尼爾說的，小孩會編撰他們自己的真實。那是他們度過黑暗的方式。

「頒獎典禮我該怎麼辦？」她母親苦惱地說。

芮妮完全忘記她母親要接受表揚的那場活動。現在這個時間點要處理它，或甚至思考這件事，感覺都好怪。如果是芮妮，她會選直接不出席。「打給聯絡窗口，跟他們說妳不會出席。他們會理解的。」而且可能還會因為不用在此刻表揚她而鬆一口氣。羅瑟琳的摯友和丈夫都犯下了無比卑劣的罪刑。

「我覺得我想要去。我什麼也沒做。那是我應得的。但我想要妳跟我去。我不知道我一個人有沒有辦法。」

真是折磨。對她們兩個都是。「我會去。」她無法放她母親獨自面對。

「我昨晚有個想法，」羅瑟琳說。「妳覺得我們去哪邊待個一兩天怎麼樣？遠離這些媒體跟鄰居？」

這主意不錯。到城外去，就算只待個一晚。但芮妮一心想回去沙漠。「也許去奶奶家。」羅瑟琳露出痛苦的表情。「我不喜歡到沒水沒電又沒手機訊號的地方。我不喜歡讓人聯絡不上，以免有年輕女生需要地方落腳。」

再也不會有受暴婦女去她母親家尋求庇護了，這點芮妮非常肯定。

但就讓她覺得可能會有年輕女生打來吧，讓她覺得自己沒被慈善機構除名。隨著時間過去，都沒有人來，她母親就會停止等待了。也許她會把客房改作他用。培養個興趣？也許她會終於搬得遠遠的，越過層層山脈和一畝畝的風力渦輪機，到另一座城市去。

不太可能。

「我好久沒去小屋那了，」芮妮說。「我們該去看看它的狀況。妳上次去是什麼時候？」

「好幾年前了。但我得在週六晚上以前回來參加典禮。」

也許她們都會感到療癒。

「我真心想說就找間不錯的飯店，」羅瑟琳說。「在海邊的。我們可以坐在沙灘上，像以前一樣看日落。我敢打賭沙灘上會有手機訊號。」

「我們去沙漠吧，」芮妮說，越講越覺得這點子不錯，讓她也燃起一絲興趣。「那裡的日落會更漂亮。」祖母不在的小屋會讓人很難過，但她們可能也會從中得到一些平靜。芮妮突然很需要確定她跟她祖母的生活是真的。她腦中閃過一段回憶，是她母親在小屋裡，手上拿著一把剪刀。「帶妳的剪刀去，妳可以幫我剪頭髮，」她把隱隱不安的感受擱到一邊說。「隨妳剪什麼樣子。」

剪頭髮似乎讓她們達成共識。

「看。」芮妮指了指。有隻小傢伙已經發現餵食器了。她認得牠紫色的斑紋，感謝她父親，讓她知道那是麗羽蜂鳥，一年四季都會在棕櫚泉出沒。

過了一會兒，芮妮離開房子，緩緩地開過大片人潮。大部分人看起來都挺尊重，低垂著目光往旁邊站開。有些人瞪著她，還有一個女人咬牙切齒，朝芮妮比了個中指。

這些攻擊她全都不會往心裡去。那都只是行為而已。

38

隔天，芮妮身穿牛仔褲和一件褪色的T恤，捲起了袖子，把好幾加侖的水扛到她母親車子的後車廂裡，接著到她已經好幾天沒回去過夜的小屋裡拿她的背包。她把包包放進後車廂，重新檢查她的補給品。蛋白質營養棒、外套、牛肉乾、帽子、備用的太陽眼鏡、頭巾、防曬用品。

「妳準備得真齊全。」

羅瑟琳站在她後面，雙手擺在臀上，看起來像個明星似的，穿戴著灰白色的圍巾、大大的太陽眼鏡、白色牛仔褲，和一件青年布工作衫。她腳上穿的是皮革涼鞋，但芮妮看到後車廂裡有一雙運動鞋。

「我一定會確保自己能至少存活個幾天，才會去沙漠。」她說。

「度假應該是要讓人舒緩壓力，不是製造壓力。我們不應該還得擔心生存問題。但我會讓妳付出代價的。我要把妳的頭髮好好剪一剪。」

芮妮把頭髮撥到肩膀後面，用掌心撫平。她很訝異自己有點難過要跟這頭長髮說再見。她沒料到自己會在意。但她父親很喜歡長髮和馬尾。那就是她不安的原因。把它剪掉是好事。

她把後車廂門甩上，她曉得母親會樂得不必開車，於是說：「我來開。」

羅瑟琳的車子和很多新型車款一樣，有免鑰匙啟動系統。一繫好安全帶，芮妮就把遙控鑰匙扔進杯架，按下儀錶板上的啟動鈕，兩人於是出發上路。她們開著強勁的空調，聽著音樂，看約書亞樹在窗外呼嘯而過，讓風景時隱時現。她們在真的馬路上開了幾乎兩小時，接著在泥土地上開了四十分鐘，駛過幾乎要困住她們的深深沙地。這種地勢適合底盤高一點的車子。芮妮努力不讓車子打滑，她母親則緊抓著車門上的扶手，說什麼不記得這裡路況有這麼糟之類的話。確實。這邊已經年久失修，貝莉爾奶奶過世後，大概就沒人來維護過了。

她們抵達那個地方，小屋看起來荒廢淒涼，讓芮妮後悔自己沒有早點來。她們下車，甩上車門，朝那棟建築大步走去。氣溫大約華氏八十度（攝氏二十七度），寬敞門廊的屋椽上掛的風鈴被吹得叮噹作響。

「窗戶沒破。」芮妮說。在沙漠很常要提防這種事。小偷闖進來找古董，或有人擅自住進偏遠地區房屋之類的事情時有所聞。

她母親打開門鎖，用肩膀推開。「值得慶幸吧，我猜。」

裡面又悶又熱。這裡和大部分拓荒者的小屋一樣，有水泥地板、磚牆，和一座壁爐。大部分是開放空間，其中一側有間小臥房。起居空間有一張沙發和幾盞煤油燈。

難以想像芮妮生命中頭幾個月是在這裡過的。當然，她沒半點記憶，但她喜歡認為自己是因為這間樸素的小屋，才會如此深愛這片沙漠。

她們動身打開窗戶，用專為了拿來做支撐而切成一段一段的尺頂住木製窗框。新鮮空氣湧了進來。她們趁小屋降溫時把車上的東西卸下來，堆在門廊上，包括水和芮妮的背包。羅瑟琳拖著一個小行李箱到小屋裡，讓輪子在沙地上留下一條痕跡。她把行李箱靠在門附近。

芮妮進到屋內，打開廚房水龍頭，很驚訝竟然有水流出來。很多沒有汙水處理系統的偏僻地方，都會有一年補充幾次的戶外儲水槽。她不知道水槽裡的水能撐多久才蒸發。永遠嗎？夏天這麼熱不太可能。接著她發現一本棕櫚泉的免費娛樂週刊。「那個怎麼會跑到這來？」可能真有人擅自來小屋住過。

羅瑟琳驚訝地睜大眼睛，然後困惑地瞇起來。「我不知道。」

芮妮拿起那本雜誌，快速翻了翻。有些藝文活動被圈起來，其中一場是莫里斯贊助的。「莫里斯來過這裡嗎？」

「他是可能有鑰匙。」羅瑟琳說。

芮妮檢查雜誌上的日期。是莫里斯去探監那週。

「妳跟我來這裡是要丟下一切喘口氣的。」羅瑟琳甩動她雙臂，像在把水抖掉一樣。「我們別想他的事吧。我來幫妳剪頭髮，然後我們可以一起看日落。」

早點把這件事解決也好，剪掉也許會有如釋重負的感覺。芮妮從櫥櫃裡拿了一條毛巾，心想著她得讓丹尼爾知道莫里斯有來過小屋，然後彎腰在水槽上把頭髮弄濕，用毛巾包著頭，接著拿一張木椅到外面，擺在門廊上，讓她面朝山谷的方向。她拿下毛巾，把頭髮往後甩，然後在她母親從包包拉出一把剪刀的同時坐下來。

她就定位，站到芮妮後面，一邊梳著她打濕的頭髮。「我以前都在這裡剪妳的頭髮，」羅瑟琳說。「還有妳父親的。」

「我不記得了。」梳子梳過她頭皮。遠處再傳來一陣鈴聲。

羅瑟琳把芮妮的頭髮抓成馬尾並固定住。「沒道理把這當垃圾丟了，」她說。「我會把它送到專門幫癌症患者做假髮的地方。癌症病童假髮協會。」她沒有半點猶豫，也沒問芮妮是否準備好、確定要剪掉，她就貼著芮妮後腦勺剪了下去，距離近得嚇人，剪刀艱難地剪過粗厚的頭髮，發出一種特有的聲音……

「我每次都覺得很妙，馬尾怎麼會這麼難剪，」羅瑟琳剪下最後一刀的同時說，然後把頭髮用橡皮筋綁成一束，遞給芮妮。

芮妮望著手中的頭髮，就像是被小心擺在莫里斯桌上的那些戰利品。

這件洋裝我穿起來如何？

芮妮心臟猛跳，口乾舌燥。「妳這輩子剪過多少馬尾啊？」她成功讓自己語調平淡地問道，內心慶幸母親站在她身後，看不到她的表情。

「多到數不清。」

這件洋裝我穿起來如何？

數量多到數不清的馬尾。那熟悉的剪刀聲。

芮妮不曉得她母親過了多久才宣布頭髮剪好了，幾秒或幾分鐘或幾小時都有可能。她摸了摸她剩下的頭髮。長及下巴，突兀的一刀。她把馬尾交給她母親，羅瑟琳把它擺在她的行李箱上，頭髮還沒乾到能打包。實在好像莫里斯桌上那一束……

芮妮在腦中思索著，正常情況下應該要有什麼樣的對話。「我很高興我們過來這裡。」她彷彿人在遠處看著這個畫面，唸著令人尷尬的台詞。

「我也是。」羅瑟琳說。

頭髮。水。雜誌。都跟她母親無關，對吧？

鈴聲持續作響。

「我們該來玩拼字遊戲，」羅瑟琳說。「臥室衣櫃裡好像有一組。」

妳還有在玩拼字遊戲嗎？

他們以前會一家人在這裡玩。「我去看看。」芮妮說，拿找遊戲組當藉口離開，並平復自己的狀態。

她在裡面靠近門口的一面橢圓形鏡子看到自己的倒影。跟母親小時候幫她剪的是同個髮型。她哄騙可憐的蓋比·薩頓進到樹林裡時，留的就是這個髮型。不奇怪吧？侍童頭是她母親的招牌髮型。不知為何，也許是她太常拿芮妮練習了，她現在剪起來熟練得很。

芮妮在房間衣櫃高處的一層裡，發現拼字遊戲孤零零地擺在那。蓋子沒完全蓋上。她把盒子從架子上拿出來，擺到床上，然後打開。

《沙漠中的鳥類》

她心跳彷彿停機又重啟。她的手現在比較大了，不再是小孩的手，但她認得這本書的觸感。

柔軟彎曲的封面。不是紙，但也不是厚紙板。尺寸小到能讓大人塞進外套甚至是牛仔褲的口袋。

它幾乎是掉出來，攤開，向她飄來一陣氣息。某種特別只有這片沙漠才有的氣味，讓她差點哭出來。石炭酸灌木。一小根木條卡在書脊縫線的夾縫處，讓她直接翻到一頁她記得的頁面和圖片。

一隻獵鷹。她在好久以前的那天，把這個詞唸出來過。

書裡有幾張摺起來的大地圖，同樣連接在書脊上。紙張在莫哈維沙漠難以想像的酷暑中待了那麼多年，現在都變得好脆弱。

她小心翼翼地打開一張地圖。

那地圖原本是用來呈現特定鳥類棲息地的，但她懷疑它後來被拿去做完全不同的用途。她為了確定，又再檢查了兩張地圖。每一張都有同樣五顏六色的小圓點。她茫然地伸手撐在牆上。

妳還有在玩拼字遊戲嗎？

這是她父親記錄每個埋屍地點的方式。這肯定也是莫里斯來這裡的原因。來藏這本書。班可能在莫里斯最後一次去監獄看他的那天，指示他這樣做。可是它沒有真的被藏起來，沒藏得那麼好。

妳還有在玩拼字遊戲嗎？

班想要她找到它，也許因為他沒辦法記得所有墓地的位置。但那他何不在跳崖那天直接告訴她書在哪裡？因為書可能還在莫里斯或她母親手上？也許書是他的保險。也許他怕事情沒照計畫走，所以有所保留。但他同時也熱愛玩遊戲，想像這一刻應該給了他很大的樂趣。他給了她線索。她只是沒有留心。

「芮妮？」她母親從外頭喊道。「妳有找到遊戲嗎？」

那個遊戲。「有——有！」她視線停在那本書上，迅速再翻了一遍，然後看到她母親在書名頁上的字跡。

這是一份禮物。

給我親愛的班傑明，紀念我們的諸多探險。

底下是上色的圓點，外加一串女性的名字。芮妮認得其中幾個。

她很肯定自己正看著好幾張用顏色加密的地圖，用來指出每個女性被埋在哪裡。

給我親愛的班傑明，紀念我們的諸多探險。

那些失蹤女性的名字也是她母親的親筆字跡。

39

三十二年前

芮妮對鳥類著迷不已。各式各樣的鳥。大家都說她是被她爸影響的，確實如此。她滿腦子都是鳥，連做夢都會夢到。她喜歡翻他帶去沙漠的那本書，她也會用自己的方式畫她在上面找到的鳥。

她從來不會畫在牆上，都是畫在她的繪圖本裡。她有一大堆繪圖本，她父親也說她很有藝術家的樣子，好像當藝術家是件好事一樣。所以她畫得更勤。畫在她父母四散在家裡的紙張上。在信封背面上。

她很喜歡又白又光滑的信封紙。有格線或空白的本子她都畫。大本子。小本子。畫完之後，她會撕下來到處擺在屋內給爸媽欣賞。她也送了幾張她的畫給莫里斯收藏。他就是從那時開始叫她芮小鳥的。

從某個時間點起，她開始畫雙頭鳥。她不知道為什麼，但有一天她就是覺得非這樣畫不可。雙頭鳥成了家中閒談的話題。她父母會邊笑她的圖，邊讓她母親用磁鐵貼在冰箱上。

後來，不只是雙頭鳥，還出現了雙頭人。

「我們應該帶她去給兒童心理學家看看嗎？」一天晚上她母親問，他們三人正坐在鋪了木板的客廳裡。她父親邊抽菸邊改作業，母親邊喝調酒邊翻過一本漂亮的雜誌，偶爾舉起一頁問他們喜不喜歡這造型。上面通常是一位身材削瘦，身穿亮色裙子的女性。

「我就是心理學家。」她父親說。

「但你沒專攻兒童這領域。」

「開什麼玩笑。妳能想像她會講出什麼話嗎？」煙霧自他的菸往燈罩蜷縮進去，他轉頭問芮妮：「為什麼妳的鳥跟人都有兩顆頭？」

「不知道。」芮妮躺在地板上，用她的蠟筆畫著一整家的雙頭鳥。

「兩顆頭比一顆好。」她父親說。他跟羅瑟琳放聲大笑。芮妮聽不懂笑點在哪。

過了一會兒，她父親把菸摁熄，將那疊作業放到一邊。「要不要我幫妳畫一隻看起來真的像鳥的鳥？只有一顆頭，羽毛顏色也不是把盒子裡全部顏色都塗上去的那種鳥？」

她喜歡她的雙頭鳥，但她也喜歡他們一起畫圖，所以她說好，然後爬到他大腿上。

「蠟筆不是我個人的首選，」他說。「但將就將就也行啦。」

他首先畫了一個圓。然後加上一個鳥嘴，畫上幾條線，接著是羽毛和眼睛和腳。「來，在裡面上色，然後看妳能不能自己畫出來。」

他的鳥跟她的比起來好無聊，她也不想照抄他的畫。「我不想畫了。」

「至少試試看，」她父親說。「妳連試都沒試。」他沒生氣，但語氣裡的愛不見了。「妳如果想要擅長什麼事，就必須投入心力。」

羅瑟琳嘆了口氣。

芮妮滑下她父親大腿，躺在地板上，吃力地照他的方式畫。畫一隻一顆頭的鳥。

「那樣好多了，」她畫完時他說。「再一次。」

羅瑟琳又嘆了口氣，這次更大聲。班偷偷跟芮妮眨眼。他有時候會說羅瑟琳很像褲子裡有螞蟻一樣坐不住。芮妮很肯定她褲子裡要真的有螞蟻，就會在屋內跳來跳去了。

她這次更努力地再畫了一隻鳥。結果比第一隻還糟。「我不想再畫鳥了。」她把蠟筆推開。

「我喜歡我的鳥。」五顏六色、翅膀各種錯位的鳥。有兩顆頭的鳥。

她母親把雜誌扔到一邊。「今晚真夠無聊。你們知道你們兩個有多無聊嗎？」

「也許我們該找什麼事來做，」她父親說。「玩拼字遊戲之類的？」

「老天。那東西我早就玩膩了。」羅瑟琳說。

他看向芮妮。「妳有什麼點子嗎？」

她父親保證說遊戲裡的那些女生都是演員——就像他們去看過一次的戰爭模擬劇，還有她在父親教書的大學看的那些表演一樣。人們會尖叫，用假血，但結束之後他們都會站起來微笑。可是就算如此，她也不再喜歡玩那個遊戲了。她同時曉得有些事情，她就是太小了，無法完全明白，像是他們說的那些螞蟻。但爹地聲音裡的愛不見讓她很難過。她想要它回來，全部都回來，所以她想到一個會讓她父母都露出笑容的點子。「我們可以玩另一個遊戲嗎？」

40

芮妮站在小屋臥房裡，一頁頁翻過去。上面有好多個圓點。三十個？更多？

她母親有涉案。可能甚至是主謀。

她把書塞到牛仔褲後面的口袋，把T恤往下拉蓋住它。她感覺空洞而麻木，好長一段時間都無法思考。

「芮妮？」她母親再次從外面大喊。

她把遊戲組留在床上，回頭走出小屋。打開的門在昏暗的室內形成一道框，通往刺眼的陽光和響個不停的風鈴——宛如警鈴。

她試著找出童年的回憶，更精確來說，是她母親以及她參與凶殺的回憶，但她沒辦法。它們在那裡，但她就是搆不著。

風鈴又響了。

令她心碎。

她的腦子還在否認就擺在眼前的事實。

她母親已經在外頭擺出一張小木桌，兩邊各有張椅子。她開了兩罐啤酒。「我不想玩拼字遊戲。」芮妮坐到椅子上說，她伸手拿了罐啤酒來喝，腦袋還不肯消化她在臥房的駭人發現。

太陽正在下山，看起來好美。在棕櫚泉那裡，頭上有紫色羽毛的蜂鳥會輕輕地吸著餵食器——她跟她母親一起掛上去，母女齊心完成的。她想起自己精神崩潰時，她母親是如何飛過來接她。就這樣把她打包帶回去照顧。她終究是隻小鳥。

一隻脆弱不堪，需要母親幫助的小鳥。

她的酒瓶突然就空了。她放下瓶子，完全不記得自己喝完它。她麻木地讓自己的心思硬是回到幾個小時前，情況沒那麼嚇人的時候，不去想更嚇人的新發展：她母親跟那遊戲的關係。風鈴聲響著，她目光轉到地平線上，把所有注意力都集中在那片粉紅色的天空，看它生長、蔓延、逐漸轉紅。

「我們去散個步。」羅瑟琳突然說。

好。芮妮喜歡這主意。一起散步最後一次。

那些上色的圓點。

好多好多個圓點。

她們並肩而行，沙地被她們鞋子踢出一小團一小團，羅瑟琳塗紅的腳趾因為沙塵變成灰色，芮妮的心隨著每一步又碎得更多了一些。她抗拒不了現實，而她突然明白為什麼人會自殘，因為彷彿只有更多的痛苦才可能讓她現在的感覺停下來。

她們走到一處地勢突然陡峭下滑，幾乎像峭壁的地方。底下有好幾顆巨石，輪廓被風沙侵蝕得平滑。沒有半點尖角、被歲月磨平的岩石。

日落，粉色的天空，石炭酸味，還有她身邊的母親。這讓一段回憶猛地湧現。他們以前也會這樣做。全部人一起。一家人。

她們在一顆巨大扁平的石頭上並肩而坐，石頭曬了一整天下來還暖暖的。沒錯，這就是他們的魔幻景點。連她母親都能忍受。芮妮想抓住這一刻，在她的世界再次天翻地覆以前，這最後的一刻。

「真的好美。」芮妮說，一聲嗚咽卡在她喉嚨。陽光照亮遠處的山峰，其四周被漆黑的山脈、鬼影般的山脈，以及忽隱忽現的山脈給環繞，看起來幾乎像是另一個時空來的。那樣陰晴不定、千變萬化，再終於淡去並消失，好似從來就沒存在過。

她看著地平線的同時，腦裡的結開始解開，讓她檢視她生命的真實面目和過去發生的事。她是個優秀的剖繪員。難道她內心深處一直都曉得嗎？是實情連她長大成人後的腦袋都無能面對嗎？還是她兒時的腦子為事實做了如此驚人的改寫，讓她甚至一次也沒懷疑過？

幹得好，芮妮！

她母親伸手來摸她的頭髮。那寵愛的動作現在多了如此邪惡的意涵。這種肢體接觸對她母親來說，好像一直都很困難。班才是那個熱情地不自覺就親她抱她的人。「妳跟妳父親一向很愛這地方。」

「但妳不愛。」

「不太喜歡。可以忍受。」

但這是個棄屍的好地點。

下一步是什麼？跟她母親說她們得回家？開回棕櫚泉？還是在這過夜，試圖跟她套出更多資訊？芮妮不確定她辦得到。就連現在，她都不曉得母親怎麼會看不出來她知道了，因為還在小屋的時候，情況就在幾秒內有了天壤之別。她進去臥房裡時是一個人，出來時整個變成另一個人。她全身都在無聲地大叫否認，她母親肯定看得出來也感覺得到吧。

可她們卻抱著膝蓋坐在一起，看著天上的風景秀。一場母女倆的探險。

「也許我們不該在這裡過夜，」芮妮唐突地說。「我覺得妳說得對。這裡已經不是以前的樣子了。」

羅瑟琳大笑。「妳是不會聽到我有任何反駁的。」

最好是讓羅瑟琳送芮妮回她小屋。等她母親一出發回棕櫚泉，芮妮就打給丹尼爾，他可以藉口說需要更多關於莫里斯的資訊，找羅瑟琳來問訊。

一切都沒道理，但說到底，謀殺案幾乎從來都沒道理。

「我真的很愛這地方。」芮妮坦白說。

羅瑟琳伸手再摸了一次芮妮的頭髮，這次把一縷頭髮塞到她耳後。

她似乎對這次剪的很滿意。

另一段回憶冒出。羅瑟琳穿著那件紅洋裝站在廚房裡，手拿剪刀和一束馬尾。

太陽下山了。「走吧，」她母親站起來說。「回家吧。」

茫然之際，芮妮奮力要站起身……然後感覺她母親的雙手搭在她肩膀上。

沒有東西能抓，沒有東西能倚靠。芮妮飛過空中，因為事情發展並非完全出乎意料，而有種怪異的放心感。她父親跳崖時想必就是這種感覺。優雅，近乎詩意，冷空氣一團團打在她的皮膚上。墜落本身只持續一兩秒的時間。撞到底部時，她聽見碎裂的聲音，然後，疼痛清空了她腦中所有的思緒。

41

起先只有疼痛和哀號。那種疼痛、那種哀號讓人失去個體的獨特性，在人體上印下生不如死的劇痛。但芮妮的自我意識漸漸恢復，讓她曉得自己現在仰著攤在地上，四肢扭曲。*就像我父親。*

他跟她一樣飛了出去，但他成功解脫，而她沒有。她似乎沒有像他一樣流了那麼多血。那可能代表她在內出血，某個隱密幽暗的傷口吸食著她的生命。

腦子試圖評估傷勢的同時，她對自我和周遭環境的意識從一個單點逐漸擴大，大到她能聽見風聲，感覺到附近岩石散發出的熱氣，感覺到底下的地面，嚐到她嘴裡的血。是她在撞擊時咬到舌頭，還是有更致命的事情即將發生？

她試圖移動，抽了口氣，然後喘著氣，讓身體保持靜止不動。

陰影遮過她面前。

就這樣。簾幕要闔上了。但接著她聽見母親輕柔的聲音，片刻之間一股安心湧上心頭。她不是一個人，旁邊有愛她的人在。

然後她才想起來。

水和雜誌，都表示小屋最近有人來用過。

那本鳥類的書。

那一推。

她母親拉扯芮妮扭曲的腿，試圖讓它打直。芮妮尖叫，讓她母親停下動作。

「我想妳有某個部位摔斷了，親愛的。」

芮妮在一片迷濛的怒火下，瞇眼往上看。她咬著牙低聲說：「那不就是妳要的嗎？」

「妳怎麼能說這種話？」羅瑟琳一臉擔憂。也許她後悔自己幹的事了。

「去找人幫忙。」芮妮嘶啞地說。

「我會的，甜心，我會。別試圖移動。」

她沒有離開去求助，反倒開始緩緩繞起圈子。某一刻她彎腰撿起某個東西。芮妮稍微轉頭，藉此看出自己的手機落到了她母親手裡。

「我想趁這個機會解釋幾件事，」羅瑟琳一邊按著手機一邊說道。「這一切都是妳父親搞出來的。我錯在告訴他我有時候會幻想殺人這件事。就是殺一個人，任何人都行。單純感受一下那個感覺。我是說，我們每個人不都想過這種事嗎？雖然大部分人不會承認。他跟我說他其實幫妳祖母殺了妳祖父。我不確定那是不是真的。我懷疑他是想讓我覺得他多了不起。那是在我們結婚之前的事，妳也知道男人都是那個樣子。他們會裝成另一個樣子，直到把妳騙到手。然後他們就會變回原本煩死人的樣子。」

她讓自己好好地在芮妮旁邊地上坐下，雙膝併攏，像在擺姿勢給人拍照似的。灰白色的圍巾在她頭上，矯揉造作地被風吹得鼓起來，像是有自己的生命一般。一條湛藍海水裡的鰻魚。

「妳知道他這個人，就是有點愛裝。」她拾起芮妮的手，把一隻手指放在她手機的Home鍵上。那隻手指不成，她就試了芮妮的拇指，結果似乎令她很滿意，她鬆開芮妮癱軟的手，一邊滑起來。

「我們結婚一陣子之後，我說他在吹牛，叫他有本事就真的去殺一個人。後來我跑去忙別的事情——包括照顧妳——就忘了我們的對話。

「但我記得非常清楚，事發當晚，我跟莫里斯去參加一場晚宴，妳父親負責照顧妳。我很晚到家，妳已經在床上，然後他滿臉堆著我從來沒見過的大大的笑容。他的眼神是如此充滿活力，整個人興奮至極。我真心以為他是吸了什麼東西，但後來得知是殺人讓他興奮成這樣。我們做完這輩子最棒的一次愛，他才跟我說發生的事。抱歉，我知道孩子從來都不想聽他們爸媽的性生活，但我們殺這些人本身有性的成分在裡頭。我們邊躺在床上，我讚嘆著他的持久力，然後他告訴我他做了什麼，說他想到拿妳當餌這個點子。那讓我不太開心，但他跟我保證妳什麼都沒看到，說妳玩得很開心，覺得那遊戲很棒。」

芮妮是很愛。那是她跟父親共享的特別活動。她也曉得她母親說他事後充滿活力的樣子。看他那個樣子很讓人興奮。

羅瑟琳看著手機，滑到一半停住。「噢，煩死了。妳跟蓋比．薩頓有在聯絡，真夠倒楣的。我想把一切收拾乾淨，事情就一直跑出來。我真的很想不用再操心這件事，好好過我的生活。」

對蓋比的擔憂引起她的回應。「別把她扯進來。她什麼都不知道。」

「她有可能知道。那天晚上我在場。攻擊發生之後，我試圖哄她上車，像個見義勇為的人那樣，但她跑走了。」

她母親在車子裡，還有莫里斯。全都被芮妮擋在意識之外。

羅瑟琳沉默地讀過去，接著把注意力從手機拉回她正在重述的故事上。她似乎想讓芮妮知道發生了什麼，彷彿她對此深感自豪。

現在莫里斯死了，她就沒人能分享了。

「他跟我說死掉的女孩在後車廂裡，想要我去看看她。我們到車庫，看到她就在那兒，全身用塑膠布包起來。我問他打算怎麼處理屍體，他說帶去沙漠，說那裡有整整一大片偏僻的土地，除了郊狼之外不會有人發現她。」

她深深嘆了口氣。「我想過要報警。真的。那可是別人家的女兒。但我感覺自己也要為他做的事負責。而且我要維繫我的名譽。我不能當個謀殺共犯，我也不想讓全世界知道我是個殺人犯的太太。

「所以隔天早上我們早早起床，三個人一起到妳祖母家。妳跟她待在家裡，妳父親跟我則跑去棄屍。當然，他母親完全不知情。她只以為我們是去那裡四處看看的。」

她再次望向手機。「我本想隨便找個地方丟就好，但是他想到要把她丟在可辨識的地標。原因我不曉得。也許他覺得那樣比較尊重。也許他覺得我們有天會需要知道。也許他覺得哪天真不行了，他可以讓我被這事給煩死。但總而言之，我們找到了一個很美的地點。而我跟妳講，要在沙漠裡挖一個深坑可不容易。我說我們不該把塑膠布留在那。只留屍體。那樣感覺自然多了。」

她把手機塞到她襯衫口袋裡。「那很好玩。抱歉，但真的很刺激。日子一天一天過去，接著過了好幾週。我們在報紙上讀到有女孩失蹤，還在當地新聞上看到。我們會互看然後偷笑。但隨著時間過去，刺激感慢慢沒了，人們也不再談這件事。我們覺得無聊，又開始渴望那份狂熱。我們開始討論起再做一次。但我們都不想要妳受傷，寶貝。事實上，是我跟他說他不能再帶妳一起來的。」

疼痛讓芮妮精神上無法有所回應，但她還是成功問出話來：「妳有殺過人嗎？」

不知為何，她仍希望班沒那麼罪大惡極，即使她知道事實並非如此。

「沒有。」

很高機率是假的。「莫里斯呢？」

「他以為他是在保護我們，他的確是。卡玫爾．柯泰茲可能握有會讓我們看起來有罪的資訊。」她指指自己，然後指向芮妮。「他這些年來都在幫助我們。妳、班、我。他從來不曉得我們是狂熱到什麼程度。他愛妳，他愛我們。他知道妳有時候會求說要玩遊戲，然後我們會為了逗妳開心去玩。」

至少一半是假的。芮妮緊閉眼睛，感覺一陣疼痛席捲全身，然後再硬是睜開眼。越來越暗了。

「我跟他說，他得幫我們保護妳。」

「妳殺了他嗎？」

「當然沒有。他是我朋友。莫里斯是你爸說的那種幫手鳥。」

幫手鳥是指那些無法繁殖、反過來幫助家族中其他成員照顧幼雛的鳥。「那很殘忍。」

「妳知道妳父親。他什麼東西都得找個鳥類的譬喻。總的來說，班是個好父親。」

「妳怎麼有辦法說那種話？」

「他在我辦不到的時候照顧妳。他有揍過妳嗎？鞭打過妳嗎？性侵過妳嗎？沒有。」

「他拿我當誘餌。」

「妳自己也樂在其中。」

她虛弱得激不起適當的怒意，但她喃喃說：「我年紀太小，不知道實際是什麼狀況。」

「沒錯。妳父親被捕後，我好想念這一切，但殺人犯裡男性比女性多是有原因的。我們沒那個力氣能棄屍。」

有沒有可能她母親才是對此狂熱的人？然後她把芮妮父親拖下水？兩個有相同狂熱的殺手相當少見。但像她父親那種和善又急於討好的男人，很可能被吸進一個基本上無異於邪教的圈子裡——兩人邪教，或三人，如果你算上莫里斯的話。

我要死在這荒郊野外了，芮妮跟自己說，內心只有無奈和安心。

「喔，親愛的。我不會讓妳受到任何傷害的。」

她是想讓芮妮以為她要去找人幫忙，還是她對自己的作為否認到這種程度？

羅瑟琳抬頭看看天空。「天很快就要黑了。我離開前妳需要什麼嗎？」

她的求生技能開始運作，發現自己提出一項實際的要求：「水。」

「我會拿一些來。等我回到市裡就會打電話求助，告訴他們妳在哪裡。」

又在說謊。「別這樣。」

「噓。一切都會沒事的。妳只要閉上眼睛，小歇一下，等妳醒來就會有人在這裡了。」

芮妮現在記得了，這跟她們在公園裡，她母親在車內說的話多麼相似。

「然後等我回到市裡，我會聯絡妳的朋友蓋比，看她要不要跟我——呃，跟妳——碰個面，讓我把妳打算做給她的禮物交給她。」

芮妮逼自己的思緒回到當下。她傷成這樣，要怎麼阻止這件事？

「也許我們甚至能在公園碰面。記憶是個很有趣的東西。我很擔心她之前跟妳碰面、交談可能激出什麼後果。她記得莫里斯，她可能終究會想起我。」

「不要，」芮妮哀求說，同時思索有什麼可能說服她母親，這樣的行為很不智。「妳這樣做一定會被抓到。」

羅瑟琳動身走出峽谷。她離開的同時往身後說：「這裡很陡。妳的救援小組得要小心才行。我會記得告訴他們的。」她停下腳步，轉過來。有那麼一刻，芮妮還以為她改變心意。

但不是。

她才沒有心。怪的是，終於有辦法證實這一點，反而讓芮妮感到寬慰。有好多事情從來都說不通。她們之間的連結一直是勉強來的。

他們同床共枕，她母親怎麼會從來都沒懷疑過她父親行凶。也有人甚至會疑惑，芮妮身為警察怎麼會沒看出來。但所有行為學家都知道：童年形成的概念、想法、愛、恨，都很難去轉變，因為它是如此根深蒂固，被看作如此正常的東西。

「我們都很愛妳，」羅瑟琳帶著平靜的笑容說。「妳父親愛過妳。我愛過妳，但他愛妳的程度無人能及。我想要妳知道這一點。」

愛過妳。過去式。她留下最後這些話，然後離開，消失在高聳的巨石後面。

沒有誰在耍誰了。她們都知道她不會回來，她也不會找幫手來。此外，蓋比．薩頓的性命岌岌可危。

42

芮妮回到小屋門廊找羅瑟琳的當刻，她就知道情況不對。可憐的孩子，還想裝沒事，但身為母親就是會知道這種事。她別無選擇，但知道自己把女兒留在她深愛的沙漠裡，讓羅瑟琳感覺好多了。

羅瑟琳吐露了許多實情。她確實愛她女兒。她只是無法允許這世界知道她幕後都在幹什麼勾當。羅瑟琳有兩個。一個因投身慈善而受人景仰，另一個對殺人的興趣則多了那麼一點。

她從沒對任何一個她家收留的女孩下手過，這點或許會讓人感到驚訝。

她難以想像自己那樣做。那些女孩曾經需要她，也會繼續需要她。幫助大眾、援助他人、拯救生命是很令人滿足的事。她喜歡照顧弱勢者和走投無路的人。那讓她感覺自己很棒，但母職不適合她。人家都承諾說母職會帶給妳圓滿的人生。那個承諾被懸在外頭吸引妳，妳以為這麼美好的事會讓一個人完整圓滿，再無缺憾。但事實是，它讓人空洞而非完整。像是在妳身上揍出一個洞，直到全部的妳都流失殆盡為止。

人們滿嘴的鬼扯。我直到有了寶寶才曉得什麼是愛。直到我有了孩子才明白什麼是真正的無私。我都不曉得我有辦法像我愛我的寶貝吉米或芬妮或瑪格蕾特這樣子愛另一個人。

說謊，說謊，說謊。

沒有人強迫她生小孩。沒錯，班傑明是想要小孩。她在結婚前就知道。生小孩感覺也像是生命自然的發展。先是愛情，然後是婚姻，然後是推著嬰兒推車的羅瑟琳。她淹沒在那些母職虛假的美好圖像裡，那些所有呈現女性生兒育女的雜誌和電視節目，被它們所洗腦。

一個寶寶從妳體內爬出來，突然之間妳就應該要當個聖人。母親不可以咒罵或喝醉或做愛。母親不可以有創造力或舉止誇張或姿態誘人。

那時候，產後憂鬱症還不在她的思維裡。她對它的認知，就跟她對嬰兒先天缺陷機率的理解一樣，那是發生在別人身上的事情，在懷孕期間擔心這種罕見情況不會有任何幫助。她不確定當初如果有考慮到產後憂鬱症的話，會造成多大的差別。她甚至不知道那是不是她當時的問題。她相信有憂鬱症和賀爾蒙失調，但究其根本，該死的完全沒人討論的根本問題是嬰兒出生的時候，它會帶走妳的靈魂。沒人想討論這件事。但看啊，她的靈魂，她生命的熱忱就硬生生被擠出她的產道。她判斷那就是為什麼有些人會吃掉胎盤。她應該要吃的。她反覆夢到自己就在做那件事，把它生吃下肚的同時感覺自己重新甦醒過來。有時候她會夢到自己在一間醫院，尋找她的胎盤。她會穿過走廊到漆黑的房間，翻找櫃子上貼標籤的瓶罐。她會找到一瓶標著她的名字。但最終她無法完成任務，探尋類的夢境通常都是這樣結束，因為打開蓋子之後，她會聞到一陣甲醛味然後縮回去。

芮妮出生兩天後，他們帶她回家。這個又扭又哭又尿，陌生的紅色小東西。

羅瑟琳沒辦法看著她。

起先班傑明嘗試讓羅瑟琳去哺育寶寶，但她很怕小孩會把她吸得一滴不剩。羅瑟琳待在她床上，盯著牆面，記下油漆中的每一道缺陷。她腦袋只有過一次真正的念頭，就是在她幻想把嬰兒丟掉的時候。也許是把她忘在車子後座。或是把車子開進海裡，在最後一刻跳出來游到岸邊。她想像這樣做的後果和大眾會給予她的同情。

她從沒跟班傑明說什麼，但他一定知道，因為某天他母親就出現在他們家。她跟班傑明收拾好一袋行李，一個小時後小孩就不在了。

班傑明在接下來幾天把所有相關物品收起來，也不去談小孩的事。

羅瑟琳下了床，慢慢地開始再度照料起自己。刷牙。洗臉。她和班傑明像從前那樣出去散步。有一天，某人問到她小孩去哪了，她大吼：「我沒有小孩！我看起來像是個有小孩的人嗎？我是個堅強、獨立的女性！不是小孩的奴隸！」

班傑明帶她回家。

她以淚洗面。

他是心理學家，他以為自己能解決她的問題，卻不明白她沒有問題。寶寶就是那個問題。

他說服她去給一位朋友看看。一名精神科醫生給她開藥治療。她慢慢地恢復過來。再也不是完整全盛的羅瑟琳，但至少還有一點她的樣子。

幾個月後，他母親帶著一個只要稍微支撐就能坐起來的寶寶。它不像之前那樣全身呈粉色或紅色，看起來也不像個需要被掐死的外星人。她能夠看著那個小孩，而不覺得在看著某個再現了她自己悲慘靈魂的淺粉色生物。接著，在班傑明的幫助下，她開始能把那個小孩當人看。

「孩子的存在是為了我們，」他告訴她。「他們來補足我們的生命。我們不欠他們任何東西。他們是為了我們才在這裡，不是我們為他們。」

「如果我們想要的話可以吃掉它嗎？」她思索過。開個玩笑，但也許不是。「如果我們不知道晚餐要吃什麼？」

他大笑。「我可不建議。有一天，妳會很高興有她在身邊的。我有預感。而現在呢？別擔心妳喜不喜歡她。」

她緊抓著這個想法。

一旦她不再覺得自己要為這小孩吸的每一口氣負責，情況就輕鬆多了。而自從班傑明想出那個遊戲之後，她就開始享受起母職這件事。它成了好處而非壞處，這也把她從茫然昏迷的狀態帶回來。她不是以前的那個羅瑟琳。母職把那個人永遠地帶走了。但她現在是個更好的人。一個更精明狡詐，同時又有藝術氣息，為人和善，受社區民眾所敬重的人。

43

想到這件事，芮妮就覺得有趣，大家總是宣導說去沙漠之前要讓其他人知道你的行程。芮妮不論計畫何時要去偏遠地帶健行，都會傳簡訊把她要去的地點和預計的返回時間告訴她母親。

多年以來，芮妮一直對她的母親感到不解。羅瑟琳怎麼可能沒有發現班的行為？殺戮後的愉悅、他的衣著、那些血跡、通常伴隨謀殺行動而出現的那種特殊的汗味——一個人怎麼可能忽略這些徵兆？從一個調查人員的角度，芮妮覺得這令人難以置信。她甚至研究過生活在相同情境中的其他人的行為。殺人凶手的親屬，他們的枕邊人，會在應該有所徵兆、也必定有所徵兆的時候，宣稱自己一無所知。

至今為止，她都判定她父親當初就只是沒有洩漏任何線索。他以某種方式辦到了。雖然那是個看似牽強的答案，卻也是她當時唯一能想到的。但她現在當然知道，那個答案錯了。

她的母親知情。

她的母親也牽涉其中。她母親當時可能也穿著染上血跡的衣服，聞到那股特殊的汗味，並且因為殺戮後的愉悅而情緒高昂。他們惡行重大的程度，令她特別難以消化。他們讓一個小孩涉案，讓她成為了犯行中的一部分。其他的家庭是出門去露營，芮妮他們家則是出門殺人。全家同心，其利致命。

這最後一段思緒顯示了芮妮的腦子現在功能失常，無法將她的思考內容依照重要程度排出次序。現在她需要專注於求生，設法回到文明社會，將她知道的一切公諸於世。她必須揭發、阻止那個怪物——現在她不再把羅瑟琳想成母親，而是當作一頭野獸。

她逼迫自己脫離腦中的思緒，回歸現實世界，將四周的種種看進眼底。天空像一張布滿閃亮星點的毯子，看上去美麗又魔幻，弦月浮在地平線上。

她勉力倚著一塊岩石將身體支撐起來。坐直比躺下的痛楚更強烈，但她不能留在這裡。這裡是沙漠，而且氣溫正在逐漸下降，很快就會降至四到十度之間。而再接下來，等太陽升起、氣溫隨之回升，她沒有飲水也撐不了多久。留在原地等待也許永遠不會來到的救援，實在太危險了。

她動了動身體，同時想像著她碎裂的骨頭在皮膚包成的容器裡移位。但她現在的狀況並沒有比一個小時前更惡化，也就代表她原先擔心的內出血純屬多慮，或者就算她在失血，速度也很緩慢。

她的痛苦程度超乎尋常，那股疼痛要她好好待在原處。她必須克服那個欲望。她摔落的時候聽見了碎裂聲，有某個東西摔斷了。她不確定是哪個部位，可能是肋骨？她的一隻腳踝腫了起來，也許是扭傷，也許是更嚴重的傷勢。她的呼吸尚稱順暢，只是伴隨著喘息和嗆咳，她希望那主要是痛覺造成的。

她的計畫是拖著身子爬上其實堪稱一座小山的斜坡，然後回到小屋。希望她母親沒有想到要去拿走她們留在門廊的補給物資。

翻身成跪姿的動作讓她痛得視線模糊。她努力穩住不動，等待刀刺般的痛楚退去，但每一下心跳都讓痛覺刺得更深。

移動有可能對她的身體造成更大的傷害，但她別無選擇，否則就會死在這裡。假如她沒有要緊的事得做，像是確保她母親別再殺人、避免她設法聯絡蓋比，那麼死亡是個完全可接受的選項。

她的時間感模模糊糊，而且手機也不在身上，但她猜測她至少花了二十分鐘拖著自己的身體爬上斜坡。爬到坡頂時，她望向小屋的方位，能夠辨識出建築物的陰影輪廓。她四肢著地往那裡爬過去。

加侖桶裝的水和她的背包都還在門廊上她原先放的位置。她母親的行李箱不見了。她掏出一支小手電筒，打開開關後咬在齒間，藉著光源將她的隨身水壺裝滿水。她檢查了背包裡的補給品：防曬乳、帽子、能量營養棒、牛肉乾。她需要的東西都在。她要揹著這些東西走上好幾英里，所以得仔細拿捏重量。一加侖的水肯定就不能帶上。最後，她拿了隨身水壺，和一個倒掉一半水量的加侖桶。她要在黑暗中跋涉，以月亮和星星作為光源。

到目前為止，她都是四肢並用地爬行，現在該來看看她能否站起來了。

她就著一張木頭椅子把身體拉起來，同時不禁發出一聲啜泣。但就只有這麼一聲，她只允許自己哭這一聲。她用一隻手緩緩撐起身體，用力靠住屋子，在一波波疼痛潮湧而來時淺淺地呼吸。站直之後，她走進屋裡，從床上扯下一條被子裹住自己。她祖母的拐杖放在門邊的牆角，把手已經磨得平滑，她拿來作為支撐。

她猜測自己揹上背包離開的時間是十點左右。她緊緊抓著拐杖，每走一步都造成一股劇痛傳遍全身。

離高速公路有十英里的距離。如果她每小時走半英里，就要明天晚上才會抵達。等她到了那裡，如果她真的到得了那裡，她希望她能成功攔到一輛車。

她滿腦子只想著把一隻腳邁到另一腳前面。像是某種催眠，類似於她在拉坯的過程中學會的冥想。有時候她會就這麼披著毯子跪下來，有時候還會打一會兒盹之後才甦醒。

隨著夜越來越深，她也越來越難重新爬起來。在開闊的空地上，除了拐杖之外沒有其他支撐物。她一度跌倒、躺在地上，一動也不想動，因為所有的動作——包括呼吸——都化成了尖刀、烈火和她自己的碎片。最終，她總算爬起來，沿著一條無人使用、幾近荒蕪的道路走。在某個時間點，天色看似即將破曉，讓她精神一振，卻只是空歡喜一場，但她趕緊提醒自己，白天會為她帶來更嚴峻的挑戰：高熱。然後真正的拂曉來臨，鳥兒啁啾歌唱。她不再感覺那麼孤單。

她走了很遠嗎？不知道。

走的方向正確嗎？挺肯定的。

太陽升起之後，芮妮停歇了較長的一段時間，在手臂和臉部擦上防曬乳。當她有心力把棉被拉過頭頂時，它就能作遮陽用。在恍惚狀態之下，她一度覺得自己遠遠看見她剛走過的路中央有個東西。她眨眨眼，試圖聚焦視線。那東西走了幾步以後坐下來，接著再走了幾步。

是郊狼嗎？

行動的樣子不像。

還是野兔？

看起來也不像隻野兔。

是狗嗎？對，可能吧。

牠輕輕走過來，靠近到讓她確認了牠真的是一隻小小的狗，約莫二十磅重，毛髮糾結。是隻凶猛的狗嗎？看牠靠得這麼近，大概不會太凶猛，但是再狂野的生物都有可能由於飢餓而變得溫馴。

她從背包裡掏出剩下的牛肉乾，丟給那條狗。

牠一口就吞了下去，還嗅嗅著想要更多。

雖然水罐已經近乎見底，她還是把水盛進小小的罐蓋，放在地上，然後自己往後退。那條狗靠得更近，喝起水來。她把加侖桶裡剩下的水都給了牠，每次彎腰盛水都讓她一陣陣地發痛又頭暈。「你是從哪來的？」牠的毛凌亂糾結到讓人很難分辨品種。或許有混到貴賓狗？

她回頭繼續她的旅程，不久就到了一個她再也無法把腳從地上抬起來的地步。她只好改而拖著腳步移動，揚起厚厚的泥土和沙塵，甚至黏附在她的嘴唇上、卡進她的齒間。她在迷茫之中伸手探向背包，想要找出一條護唇膏，但是背包不見了，被她遺忘在途中某處。

她回頭看去，綿延數英里的沙漠中，沒有她隨身物品的蹤影，但那條狗仍然跟著她。她轉去看另一個方向，同樣一無所獲。

無計可施，只能繼續走。

或是倒下。

芮妮在地上醒過來，身子癱成一團，滿身疼痛。不知道是從真實人生或夢境裡的某個地方，傳來輕柔而急促的聲音。有個陰影移動到她上方，她看見一隻盤旋的鳥兒。那聲音是牠的振翅聲。

那隻鳥是真的吧。或許是吧。

44

丹尼爾刻意在莫里斯自殺之後留給芮妮一點空間，但是現在，他好幾週以來第一次坐在家裡享受週六休假，他又忍不住要去關心她的狀況，一部分是因為他覺得自己需要為了把她拖回這場噩夢而負責，雖然如果沒有她——或是沒有她跟莫里斯的淵源——，他們也許就永遠不會得知莫里斯和內陸帝國謀殺案之間的關聯。

他撥給芮妮的通話轉到語音信箱，於是他嘗試聯絡羅瑟琳。她接了電話，告訴他說她女兒回沙漠裡去了。他不意外，其實這正是他擔心的事。

「我希望你目前可以尊重她的隱私。」羅瑟琳說。

他會尊重，只要等到他跟她說過話、確定她還好之後。至少是一個經過重大打擊後的人可以有的那種「還好」。

他開車到芮妮住處所需的時間是四十五分鐘，如果交通狀況不差，六十二號公路又沒有封閉。那條路線時不時會封閉，罪魁禍首是淹水、地震和沙塵暴——由沙粒和塵土捲起的可怕高牆，像濃重的烏雲一樣飄移，讓人幾乎無法行動、甚或呼吸。

在沙漠裡一間兼賣仙人掌和多肉植物的加油站，他幫自己的休旅車加好了油。他幫芮妮挑了一個盆栽，又買了點零食，付完錢就再度上路，經過的田野間點綴著白色的風力渦輪機，這幅風景創造出一種科幻和自然的混合，令人心神不寧。二十分鐘後，他開上了通往芮妮家的那條顛簸泥土路。

她的卡車停在那裡。

他敲了門，沒有回應。

他試著開門開窗。

門窗全都鎖得緊緊的。

她也許是跟某個人出門去了某個地方，但是在他跟她認識的這段短暫期間內，她從沒提起過任何朋友或熟人。從他現身的那天起，他施壓要她加入他的追尋，她就經歷了這麼多折磨。一個人的心靈要承受多少壓力才會崩潰？而他最大的擔憂是——她會對自己構成危險嗎？這是他憂慮的核心。她的精神狀態。獨自待在沙漠裡似乎是她現在最不應該的選擇。

他做出了決定，從車上拿來一組工具，撬開她的小屋門鎖，打開門。習慣使然，他做好了聞到屍臭的心理準備，但是這裡除了陶土之外什麼氣味也沒有。

他在屋內移動，注意到了門邊的帳篷，還有鋪好的整潔床褥。小小的浴室裡沒有任何反常，廚房也是，沒有吃到一半的食物，沒有放在桌面上的手機、錢包或袋子。沒有犯罪或意外發生的跡象。但他的心跳還是快得令他不安，過了一會兒，他才意識到自己被吸回了他發現母親失蹤的那天早上。她原本還在那裡，下一刻就不見了。然後他發覺到，芮妮對他而言已經變得重要。辨清這番過度反應背後的緣由，足以幫助他控制住自己，至少控制住一點點。

他到外面去，繞了小屋一圈。屋子是用灰色空心磚在水泥地基上築成，方窗俯瞰著盆地。由於地方很小，他不久就巡遍了周圍，鎖上屋門，思考著要不要聯絡蓋比．薩頓。芮妮有可能去跟她接觸了嗎？在他思考此舉是否明智的同時，副驗屍調查官格斯．華特司打來一通電話。

「你知道我們討論過的那個古早的大學研究吧？」格斯說，「我費了好一番工夫，總算是得到許可，可以把原始研究檔案裡的重點跟你分享。我很高興我有去查，因為後來發現，我當初給你的某些資訊並不正確。受試者的身分保密時，就有可能會這樣。總之，我剛剛把相關資料上傳到你的資料庫了。」

丹尼爾向他道謝，從車上拿了筆電，坐在芮妮屋前的一張金屬椅子上。他用手機熱點登入VPN，存取了格斯剛剛說的已上傳檔案。

他點擊螢幕上的圖示，訝異地發現檔案裡是兩組腦部影像，來自兩個不同的人。他覺得他認得出有一組是他在停屍間看過的，控制道德感的前額皮質有一樣的空洞。在他未受專業訓練的眼光看來，另一組腦部影像也不正常，但空凹的狀況不像他在停屍間看到的照片裡那麼明顯。

其中一組腦部影像是班傑明．費雪的。另一組影像上標示的姓氏，他一開始並不認得。然後他恍然大悟。

那是羅瑟琳．費雪婚前的名字。

她和班傑明兩人都參與了研究實驗，也許他們就是在那裡認識的。而那組高度違常的腦部圖像並不屬於班傑明，而是屬於芮妮的母親。

45

蓋比接到芮妮發來一則簡訊。芮妮有一件陶藝作品要送她，在想她們能不能去河濱市的一個公園碰面。蓋比在那個市鎮讀過大學，班．費雪也在那裡教過心理學。芮妮約的不是「那個」公園，但所有的公園都讓她不好受。她不去公園的。蓋比在猶豫的時候，芮妮提出了和蓋比的心理師一直以來一樣的說法：有時候面對你害怕的事物，可以使它不再有力量——就只是樹木和慢跑步道，只是美麗的公園。

而且她信任芮妮。

幾天前，她嚇得不敢見芮妮，幾乎就要拒絕。但芮妮到她家來、和她談話的時候，感覺就像她們已經認識了好久好久。某些程度上的確也是。她們經歷了相同的創傷，並且存活了下來。也許蓋比在遇襲之後的人生一直活在陰影下，但她們兩人都倖存了。所以，回到她遇襲的市鎮，也許就是她該踏出的下一步，如果芮妮認為這有幫助，蓋比就願意把自己推出舒適圈。

但她還沒有準備好要告訴她丈夫現在發生的事。她反而穿上了紅洋裝和黑褲襪，說她下午要去跟一個朋友見面。她丈夫一向不會問太多問題，也就代表她絕不需要說出太多謊言。今天他似乎只是鬆了一口氣，因為她有足夠的動力踏出家門。

但勇氣這種東西很奇妙，如果你轉開視線太久，它可能會起伏波動、消失不見。她在前往河濱市的路上有好幾次必須靠邊暫停。如果看到休息區，她就會停車；如果看到加油站或星巴克的招牌，她就會駛下交流道。車程中有幾次，她想過要打給芮妮，聽對方給她的精神喊話，但最後放棄了這個念頭。她想要勇感，不想依賴任何人。她想要更像芮妮。

在鎮上，她跟著衛星導航到了綠地和慢跑步道。她預留時間，早到了一點點，周遭沒有其他車輛。她的心臟怦怦狂跳，她將之怪罪於咖啡的影響。她在一片空地上停車，確定車門都已鎖好，然後試圖控制呼吸，反覆查看手機時鐘，卻都發現離她上一次看時間只過了一下下。

終於，她聽見一個聲音。

她在後照鏡裡看見一輛白色的大車，在她旁邊停下來，駕駛座上的是個女人。對方將副駕座的車窗搖下，將身子探過座位。蓋比努力想要維持車窗緊閉，但還是失敗了。她按了開窗鈕——然後感到自己的心靈陷入了一種令人不安的似曾相識情境。她甩開那股感受。

「我是芮妮的母親，」那女人說。「羅瑟琳．費雪。」

真不意外。羅瑟琳．費雪，也就是班傑明．費雪的妻子。這一切還能夠再更超現實嗎？要不是情緒這麼緊張，蓋比本來應該會立刻認出她來。羅瑟琳以收容和幫助受暴婦女聞名。蓋比第一次聽說羅瑟琳的慈善工作時，覺得這個女人或許是在彌補丈夫的所作所為。

「很抱歉，親愛的，」羅瑟琳說。「但是芮妮遇到緊急情況，趕不過來，她不想讓妳在這裡枯等。」

這缺乏邏輯的一切讓蓋比皺起眉頭。她為什麼又跟這些人攪和在一起？「她可以傳簡訊跟我說就好。」

「她本來是要傳，但是知道妳已經出發了，我也剛好會在這附近，所以我就說我幫她把禮物帶過來。」她下了車，繞過來到蓋比的車門邊。她的穿著是蓋比會稱為休閒時尚的類型，是棕櫚泉地區她這個年紀的女性之間很流行的風格，白色牛仔褲搭上涼鞋，還有移動時會碰撞出聲的大件首飾。

「芮妮在藝術治療方面表現得格外出色，」羅瑟琳說。「如果她沒有求助於這個管道，我真不知道她現在會是什麼狀況。但總之，她跟我說了她特別幫妳做的禮物。」

蓋比知道陶藝品從開始到完成要花上很長的時間，而她跟芮妮見面不過是幾天前的事，也許根本不足以特別為她做出一件作品。但如果她們想要假裝這件禮物是專為她做的，她也不想失禮。

「放在後車廂裡，挺重的。」羅莎琳一臉抱歉地說。

「好的。」蓋比下了車，兩人一起走到車子後方，羅瑟琳打開後車廂。

「噢，箱子應該是滑到後面去了，」羅瑟琳說。「妳拿得到嗎？」

一陣新的不適感籠罩了蓋比，但她還是向前探去，看見後車廂裡的確有個紙箱，於是放下心來。兩腳踩著地時，她拿不到箱子，便往更深處探進去，一邊膝蓋跪進車廂，另一腳還在地上。

她踩在地上支撐的腳從背後被踢開，她不敢置信。一雙手推著她跌進後車廂。她還無法對當下發生的事做出反應或思考，就感覺到一股火熱的痛楚刺進她背部，就在肩胛骨之間的位置。在痛楚之後，還傳來一陣吸吮似的聲音。她轉過頭，看見一把血淋淋的刀高舉在她上方的空中，刀的後面是羅瑟琳・費雪扭曲的臉。刀子落下來再度刺向蓋比，這次刺的位置是脖子，她尖聲大叫。

有個聲響，也許是別輛車經過。

後車廂猛力關上。

接著是腳步聲，然後是車門關閉的重響。車子隨著隆隆聲重新發動，在蓋比身下微微發震，先向後倒，然後往前直衝。蓋比完全進入了求生模式，用一隻手壓住脖子減緩失血。

後車廂都有緊急逃生裝置。

她看見頭頂上方有個發光的把手。她用又滑又黏的雙手去拉，什麼也沒發生，於是她又拉一次。經過幾次無力的嘗試，她想起了她的手機，在洋裝裡摸索。但手機被她留在自己車上了。

✦

羅瑟琳帶著後車廂裡的蓋比回到家。她打算把車停進車庫，然後檢查看看那個女人是否還活著。如果還活著，羅瑟琳會用膠帶黏住她的嘴巴和手腕，並盼望她能活到自己把她帶去沙漠裡拋棄的時候。羅瑟琳絕對沒辦法在無人協助的情況下，將屍體搬出後車廂。蓋比・薩頓得要自己出來；然後羅瑟琳會殺掉她。不過，羅瑟琳現在要集中精神，準備出席社區服務獎的頒獎晚餐會。

46

丹尼爾按了門鈴。時間是星期六晚上，他直接從芮妮的住處開車到羅瑟琳的房子。他努力不讓自己對羅瑟琳的新認知干擾他的思緒，導致他憑空看見根本不存在的邪惡企圖。就算檢測結果正確，若是沒有真正的陰暗惡行來佐證背書，仍然不具意義。根據研究內容，就算是最危險的檢測結果，也有可能被正面的童年經驗所抵銷。而他對羅瑟琳一無所知，他一直把焦點放在班傑明，也許還有一小部分在芮妮身上。此外，腦部仍然是個神祕的研究領域，昨天的理論可能在今天就被推翻。他只想找到羅瑟琳，看著她的雙眼，問出她要說的故事，也問出關於芮妮下落的更多資訊。

「她不在家。」

他轉身看見喬許．柏金斯站在費雪家的院子裡。新聞採訪小組還在房子周圍跟監，他這位記者朋友也是在場等待搶先消息的群眾之一。

「你有看到羅瑟琳嗎？」丹尼爾問。

「她今天稍早還在這裡，」喬許說。「回來了兩三個小時，然後又走了。根據《棕櫚泉公報》的活動曆，她今晚會在棕櫚泉會議中心暨藝術機構獲頒一項社區服務獎。」

「謝謝。」丹尼爾朝他的休旅車移動。

喬許跟上他的腳步，「有沒有什麼要跟我分享啊？」

「現在沒有，但可能很快就會有了。」

三十分鐘後，丹尼爾到了會議中心，那裡的街道寬敞，但盡頭是條死路。附近有一片空的仙人掌田，也有隨處可見的石炭酸灌木。嚴酷的白日逐漸消逝，即將被美麗的沙漠夜色所取代。他在停車場裡試著再打了一次電話給芮妮，還是跟先前一樣直接轉接到語音信箱。「聽到留言之後打給我。」他的聲音透露出一種他努力忍住的急切。

他的穿著並不適合正式場合，但他一向會多帶一套衣服，以備不時之需。他不太想乾等到活動結束，於是在襯衫外繫了條領帶、穿上黑色外套。中心門口的人問了他的名字。他亮出警徽代替回答。「我來找今天的貴賓，羅瑟琳・費雪。」

他拿到了桌號，然後將警徽皮套蓋上。

餐會早已開始，室內充斥著噪音，被現代風格的水晶燈照得亮閃閃。他望見靠近舞台的一張桌子中央夾在金屬立架上的桌號。一隻手臂舉起來，揮了揮手。他希望那是來參加餐會的芮妮。但不是，那個將椅子往後推然後站起來的人是她母親，看起來很高興見到他。

47

痛苦是芮妮的朋友，或許也只有痛苦，能讓她保持清醒、繼續移動，她準備踏出的每一步都引起一陣從腳跟直竄到頭頂的震盪。

經過一段感覺無窮無盡但又十分短暫的迷惑，白天就要結束了。如果天色在她抵達道路上之前就全暗了——那怎麼辦？她要盡力一試。她考慮要躺下時，注意到遠處有閃爍的光源，她眨了幾下眼睛，嘗試聚焦。那是陽光照在移動車輛上的反光。

她有了個新目標。

到高速公路去。

那裡的距離比看起來更遠，她到了瀝青路面上的時候，天色已經幾乎全黑，而且視野中連一台車也沒有，她用拐杖末端抵著路中間的黃色標線，拖著腳步開始往西走，那裡的天空依然是柔和的粉色，道路時陡時平，時窄時寬、時彎時直，閃光爍爍的美景提醒了她，沙漠會存活得比他們所有人都更久，它擁抱了死者、還有被謀殺與埋葬的受害者。

在她舉步維艱的腳下，標線漫長到顯得可笑。跟半掛拖車一樣的長度。這怎麼可能？好長，真的好長。她是如此著迷於標線的長度，以至於沒有聽見一輛車子接近。背後響起喇叭聲，打破了她的專注。

她踉蹌地移到路邊，拐杖壓到了一塊軟土，讓她往前傾，倒在剛好越過堅實路面上白色標線的位置。但痛苦是如此熟悉、如此連續不斷，即使增加了幾分也讓她近乎渾然不覺。她翻滾成仰姿，虛弱地將雙臂舉在空中，彷彿剛衝過了馬拉松的終點線。

那輛車呼嘯而過。

氣流從兩邊掠過，吹起她的頭髮，然後又讓髮絲猛力拍打到她臉上，帶來一陣刺痛。煞車生效，輪胎發出尖響，那輛車停了下來。她伸長脖子。車門打開，有人朝她走來。從她所躺的位置，她看見鞋子、光裸的小腿、牛仔靴和一件花洋裝。時髦的穿著。是群年輕人。他們走近一些之後，她猜測他們是二十出頭的年紀，兩男一女，都留著棕色長髮。他們彼此談起話來，彷彿她聽不見。

「我們要怎麼辦啊？」

「我覺得她受傷了。」

突然之間，手機的手電筒應用程式粗魯地照得她目盲。她瞇起眼睛，舉起一隻手，手心向外。

「她臉上有血耶。」

「我們該報警嗎？」

「我手機訊號一格都沒有。」

「我們不能就把她丟在這。」

「我不想讓她上我的車。她可能是殺人犯耶。」

說得好。能警覺到這一點很不錯。

「給她一點食物和水，然後我們就走吧。」

「不行。」

說話的是那個女孩。

「我們要錯過表演了。」

「你知道，我們不是在討論我們後悔當初沒做的事嗎？像是我們應該挺身而出採取行動，卻沒有做到的那種時候？」那女孩問。「現在就是那種時候。這就是那種我想做好的事，不要二十年後想起來再後悔。我不會把她留在這裡。」

「車是我的。」其中一個男生說。

「那就把我放下自己走啊。我們會搭便車。我可能趕得上表演，也可能不會。」

「妳是主唱耶。」

「要是沒把她一起帶著，我就不走。」

其中一個男生終於直接對著芮妮說：「妳需要幫忙嗎？或者妳只是刻意躺在這邊？如果妳不希望我們打擾，我們可以離開。」

「她不是刻意躺在那裡，」女孩說，聲音中帶著慍怒。「你看看她。」

「她是遊民嗎？」

「或者可能是那種住在沙漠裡的瘋子，一年只走路到鎮上買幾次補給品。」另一個男生提出猜想。

「把那個光離我的臉遠一點。」芮妮嘶啞地說，嘴裡乾燥得幾乎說不出話。

真是兩個世界之間超現實的碰撞——這群文青，和不知道變成什麼樣的她。她像隻從沙漠裡爬出來的烏龜，似乎已經流浪了一輩子。「今天是禮拜幾？」她問。

「禮拜六。」

離她母親把她丟下來等死的時間，大約是二十四小時又多一點。

「我們正在從拉斯維加斯到先鋒鎮的路上。」那個年輕人接著補充說，他們要去為一個樂團（是個她沒聽說過的團）做暖場表演。從他的聲音中，她可以聽出他想要讓她另眼相看。

「幫我起來。」

沒人有動作。

「去啊。」那女孩說。

兩個男生從脅下將她拉起。

「我覺得她可能把身上尿濕了。」

很有可能。

「她得去急診。」那女孩說。

芮妮不會反駁這句話。

他們幫助她在後座安頓好。芮妮坐下時，感覺體內有某些東西移位了，但她甚至大氣不喘一下，因為痛楚一直如此持續不斷。女孩繞到另一側上車，跟芮妮坐在一起，兩個男生則爬進前座。其中一人問：「那是妳的狗嗎？」

她看向窗外。那隻髒兮兮的狗蹲在車子附近盯著他們。她疲累到沒力氣解釋了，於是就點了點頭。

狗進了前座。他們的駕駛咕噥道：「牠比她還臭。」

車門重重甩上，輪胎擦過沙土和礫石，他們開上一條二線道，打著遠光燈往西邊轉，音樂放得很大聲。

女孩開了一罐鋁罐飲料，遞給她。芮妮在昏暗的光線下讀不清罐身的字樣。

「能量飲料，」那女孩說。接著她又告訴兩個男生說：「給那條狗喝點水。」

「我跟他交往過，」女孩向著他們的駕駛示意。「但已經分手了。吃塊布朗尼吧。」她拿出一個保鮮盒。芮妮用滿是血汙和泥土的手指摸索到了一塊布朗尼。

「裡面有加大麻，可能對妳有幫助。」

真是太有加州風範了。

芮妮咬了一口，然後再一口。吃完之後，她將頭靠在座椅上。她沒有忘記自己的任務。她閉上眼睛，恢復到她以往聯邦探員的角色，以充滿權威的語氣說：「你們搜尋一下約巴林達市的蓋比．薩頓這個人，打電話給她，借我一支手機。」

「我找到一個傑若米．薩頓。」他唸出地址。

是蓋比的丈夫。「打過去。」

過了片刻，他們從前座傳了一支手機給她，她接過來靠在耳邊，希望在電話另一頭聽見蓋比的聲音。但接聽的是個男人。

「我需要跟蓋比說話。」芮妮閉著眼睛說。

「她不在。」

「什麼時候會回來？」

「她去跟人見面喝咖啡了，」他聽起來憂心忡忡。「幾個小時前就該回家了。」

「她去跟誰見面？」

「您是哪位？」他的警戒態度不難理解。

「芮妮・費雪。」

他發出一個奇怪的聲音。「我查了她的行事曆。她開車去河濱市找妳了。」

48

丹尼爾到場後兩分鐘，就成了羅瑟琳餐桌邊的客人。他是想來跟她私下談談，但市長走上台，典禮開始了。受獎人名單很長，眾人在座位上紛紛不耐煩地亂動。羅瑟琳最後終於接下了獎盃，那是一塊上面刻著銘文的水晶。她身穿白色西裝和紅色高跟鞋，對著鏡頭微笑，將獎盃高高舉起。

這三十年來，她一直在收容年輕女性。那些女人之中有人失蹤了嗎？或者他不過是誤把某個已經翹辮子的瘋狂科學家做的實驗當成線索來追蹤？丹尼爾自己做的調查研究，從來不曾指出羅瑟琳跟任何一樁案件有所牽涉。而且，如果她有涉案，班為什麼沒有說出來？

會場的氣氛丕變，打斷了他的思緒，眾人轉頭關注室內後方的騷動。

服務生正在試圖阻止某個人進場。直到不速之客成功闖入、沿著中央走道進來，丹尼爾才看出那是芮妮。他的第一個反應是如釋重負，她沒有失蹤，也沒有死掉。但那個反應很快被擔憂取代。她受傷了，也許是重傷。

而且她的頭髮變短了。為什麼？考慮到現在正在發生的一切，這個問題在他腦中佔據的空間實在大得太過分。但就算她仍是長髮，他也無法立刻認出她來。她看上去就像是從墳墓裡爬出來似的。她的臉龐和衣服上到處沾著泥土，還有看似乾涸血跡的汙點。而且她不像平常一樣大步走路，她的步伐緩慢而小心翼翼，全副注意力都放在台上。

羅瑟琳停下了發言，臉上的表情僵住，彷彿有人在一個不巧的時間點按下暫停鍵。丹尼爾注意到了聲音的消失，設計不良的場地裡原本震耳欲聾的噪音不見了，只剩下不疑有他的工作人員繼續埋頭忙碌時，銀餐具敲在盤子上的幾下聲響。最後，這片沉默告訴他們事有蹊蹺，於是工作也全部停止了。

有那麼一刻，室內就好像只剩兩個人活著、還在呼吸——芮妮和羅瑟琳。其他所有人感覺都變成了人形立牌或佔位用的雜物，或是都在母女兩人的能量與情感交擊時變得模糊而失焦。

芮妮爬上舞台的階梯，每一步都很吃力。

丹尼爾拿出手機叫救護車。

「我很高興……能在這裡參與這場盛事，」芮妮用細微的聲音說，每一次吸氣都困難重重。她長得比母親高，需要彎腰才能靠近麥克風。「我本來很擔心……會沒辦法趕過來。」她拿起那塊水晶獎盃，讀出上面的文字。「羅瑟琳．費雪，社區服務獎。」

丹尼爾一結束和九一一接線員的通話，就開始往舞台移動。

「是這樣的……，」芮妮閉眼的時間太長，而且有幾次她必須緊靠著講台才不致摔倒。然而她同時也顯得不可思議地強壯、充滿力量。「我母親的作為其實遠超乎你們了解的範圍……而我……我今天想在此公開表明這件事。」她停頓一下，吸了一口氣穩住自己，然後繼續說：「這個獎盃上應該刻的其實是……內陸帝國殺手。」

群眾不約而同地倒抽一口氣，而丹尼爾原本對於羅瑟琳涉案的不確定，隨著芮妮的公開指控而煙消雲散。芮妮一面說出那些譴責的字句，一面將獎盃往台下丟，它碎裂開來，碎片飛散。眾人紛紛尖叫。

羅瑟琳完全沒有遲疑的跡象。「可憐的寶貝，」她說。「可憐的寶貝。」一面對如此出格的行為，她臉上的神色依然平靜，說明了她為何一直是芮妮的支柱。就算在這場屬於她的活動上，她仍然不顧自己，而是照顧著女兒，為她著想。至少，這是她想描繪出的形象。丹尼爾相當確定，在場所有人都毫無疑問地相信芮妮瘋了。

室內後方傳來另一陣新的混雜聲響，然後是一波又一波的交談聲，蘊含著如釋重負的情緒，同時三名制服員警進了門來。

芮妮四下看了看，彷彿她這才發現有其他人的存在，她在尋找錨點，眼神鎖定了已經趕到台下的丹尼爾。他先前在她身上看見的力量搖搖欲墜，疑心趁虛而入。他在她臉上看出困惑。

我的判斷錯誤了嗎？我把一切都搞錯了嗎？

他輕聲喊出芮妮的名字，兩人四目相對，彷彿只有他們獨處。「妳表現得很好，」他說。「不要懷疑自己。」

她聽見了他的話，點點頭。

她去了哪裡，又遭遇了什麼事？跟羅瑟琳有關嗎？丹尼爾想提問，但場內的混亂還在沸騰。有些被嚇到的人推擠著離開，其他人繼續看好戲。外面先是尖聲響起救護車的警鈴，然後又安靜下來。門再度砰然打開，急救醫護小組提著沉重的箱子出現了。

丹尼爾幫助芮妮走下階梯。她在發抖，呼吸快而短促，彷彿每一次吸氣都會刺痛她。芮妮雖然困惑，還是很有效率地被抬上了擔架。他們把她推到大樓外時，丹尼爾陪在她身邊。經過停車場時，她請他們暫停，讓她跟一名年輕女子說話，對方站在一輛布滿貼紙的車子旁。一隻亂糟糟的狗從車子前座探頭看。丹尼爾想搞清楚他們是誰，跟芮妮又有什麼關係，同時他注意到羅瑟琳正在匆匆離開。

芮妮剛才公開指控她母親就是內陸帝國殺手。單憑這項指控不足以逮捕這個女人，但他也不會讓她離開視線。

「我會在醫院跟妳會合。」他跟芮妮說，然後拔腿就跑。

「我正要跟著救護車過去。」羅瑟琳在丹尼爾追上她時解釋道。

羅瑟琳．費雪這個人的層次正在一一顯現。如今，他知道了至少一部分的真相，他就能看出之前自己漏失的究竟是什麼。不管她有沒有真正動手殺人，他現在直直望進的這雙眼睛，都是屬於一個反社會人格者。而且她根本沒有打算開去醫院。

他伸出手要接過她的鑰匙，「我來開車吧。」

重點在於不能透漏他自己的立場。他決定利用可能對她這種人有效的說服策略，讓她在她自己的故事裡成為殉道者和英雄。這就是她在自己心中一直以來的形象，就連她的社會服務工作也證明了這一點。「妳今天夠辛苦了。」

「你該考慮留個鬍子喔。」她帶著一種分心的煩躁，將遙控鑰匙遞給他，讓他塞進口袋。

週六晚上交通繁忙。丹尼爾走了一條繞著穿過住宅區街道的小路。路上的停車指示牌比較多，但紅綠燈比較少。他不想逼得太緊、打草驚蛇，但他還是問了任何一個有理智的人都會問的問題：「剛剛那是怎麼回事？」

「芮妮總是讓人捉摸不定，」羅瑟琳嘆道。連這聲代表母親的無可奈何與擔憂的嘆息，現在都顯得邪惡。「她的現實感錯亂了。我很遺憾我無法給她更多幫助。」

「有時候不管我們付出多少都無濟於事，」丹尼爾帶著恰到好處的同情說。「有些人我們就是幫不了。」

一陣微弱的聲響打斷了他們，一種他無法辨識的聲音。到底是遠還是近？

很近。

是敲打聲。

從後車廂傳來的。

他意識到自己面對的是什麼樣的現實，感覺肚子被揍了一拳。他沒有預期到，他需要的證據就離他這麼近。與此同時，羅瑟琳打開收音機，調高音量蓋住那個聲響。他在路中間緊急煞車，一把甩開車門。震天價響的音樂是某首九〇年代的搖滾慢歌，讓這一幕又添上了一層詭異感。

「下車！」他對羅瑟琳說。「馬上！」他要她離開車子，以免她試圖駕車離開。

她下了車。

他按下後車廂開關。車廂蓋在他跑向車子後方時彈起，裡面躺著一個側著身蜷縮起來的女人，手腕和嘴巴被大力膠帶黏住，身旁放了把鏟子。她看起來像是死了，但其實恢復了足夠的意識，能夠向他示警。不過，以上沒有任何一點比她身上穿的衣服更讓他感到衝擊。

一件紅色的花洋裝。

他遲疑了，雙膝一軟，一陣暈眩湧過全身。令人盲目的情感呼嘯著席捲了他，他朝那件洋裝的布料伸出一隻顫抖的手。

車廂蓋猛力砸中他的頭，把他往前推。然後有某樣東西擦過他的臉。他搖晃地直起身，及時看見羅瑟琳揮出鏟子，往他的頭骨招呼。他的耳裡嗡鳴，吃驚得腳步踉蹌，差一點就穩住了自己，但還是摔倒了，頭撞上瀝青路面。他眨著眼，試圖讓視線聚焦，勉力解開腰上的槍套。音樂繼續播放，他還來不及拔槍，她就來到他上方，從外套領口抓住他，拉著他的頭往路上撞。

49

芮妮像個爬起來面對下一輪比賽的拳擊手，還沒等車子完全停好，就打開了車門。她母親的轎車停在半個街區外的路中間，左右前車門和行李廂都是敞開的。

她看到丹尼爾和羅瑟琳一起離開，知道他身陷危機，於是拒絕搭救護車，重新跟樂團的那些孩子同行，以便跟上他。現在，她一腳踩上地面，將自己的身體從車上拖出來。「打九一一，然後離開這裡。」她要讓她的新朋友們遠離危險。

方向盤後的年輕小夥子遲疑了，然後倒車，同時芮妮趕往那個駭人的現場——她母親正抓著丹尼爾的頭往地上撞。流遍全身的腎上腺素，還有對丹尼爾性命的擔憂，讓芮妮自己的痛覺鈍化了。響亮的音樂從車上大聲傳來，讓這一幕看起來像事先設計的社群媒體貼文，或是快閃行動藝術。

「住手，」她大叫。「妳弄傷他了！」這些熟悉的字眼不受控制地從她內心深處恐怖駭人的記憶中湧出。

羅瑟琳訝異地抬頭，搖晃不穩地站起身來。

丹尼爾臉上鮮血淋漓，毫無動靜。芮妮走近時，看見後車廂躺著一具人體，她不禁啜泣出聲。是蓋比．薩頓。她死了嗎？看起來像是死了。幾呎之外的丹尼爾呢？他也死了嗎？

「結束了，」芮妮勉強擠出話來。「妳掩蓋不了這個。」

羅瑟琳點頭。「我們不該再假裝一切都好好的了。為人父母總是想要保護孩子，但是你應該被關起來，否則會對他人造成危險。對不起，寶貝，但我必須告訴他們，妳是怎麼引誘蓋比去公園，又是怎麼殺死自己的搭檔。不能再這樣下去了。」

她很有說服力，太有說服力了。芮妮感覺一朵熟悉的烏雲包圍住她，她又要屈服在羅瑟琳的操縱之下。

「那些事我都沒做。」芮妮帶著猶豫說。痛楚和腦裡的烏雲一起回來了。過去幾分鐘的費力動作，讓她的身體又要開始撐不住了。或許接受她母親告訴她的話會比較容易。她虛弱又困惑。也許那些話是真的，都是真的。

「我知道這很困難，我知道這讓妳不知所措，但是妳可以相信我，」羅瑟琳說。「就像妳過去一直以來相信我那樣。我是妳的母親，讓我照顧妳。過來，上車吧，我載妳去醫院。」

遠處傳來了警笛聲。

羅瑟琳警覺起來，將鑰子塞進芮妮手中，繞過車身坐上駕駛座。

但車子沒有發動，沒有載走她母親。

遙控鎖一定在丹尼爾身上，他的距離不夠近，無法讓車子啟動。

芮妮的視線從蓋比移到丹尼爾，再移到自己手中的鑰子。如果警察抵達了，真相在他們看來一定非常明顯：芮妮有罪。

不要懷疑自己。

時間似乎飛快地跳躍，羅瑟琳又下了車，手裡拿著一把槍，被迫面對這個現實情況的她眼中充滿恐慌。這次她或許無法靠著魅力和謊言脫身。

芮妮想起了她母親手中還握著槍。羅瑟琳和莫里斯買了成對的兩把槍，他們甚至還上了射擊課。

羅瑟琳用顫抖的手舉槍指向丹尼爾。她可能是想確保所有目擊證人都死光了。這似乎始終是她的行為背後的策略和動力，甚至可以追溯到卡玫爾・柯泰茲死亡時。

芮妮順應她母親想要假裝無辜的企圖。「每把槍都有獨一無二的特徵，」她迅速說道。「他已經死了。別留下證據。我們走吧。我們得趕快，就我跟妳，我們要趕快去沙漠。」她將鏟子放進後車廂，就在蓋比・薩頓旁邊，然後一把關上。「我知道妳以為妳現在只有孤零零一個人，但不是這樣的，」她一面說，一面搜尋著能夠適用於羅瑟琳目前慌亂狀態的詞語，讓羅瑟琳感覺她需要芮妮，就如同她過去需要班和莫里斯。「我會幫妳把屍體埋起來。就像爸爸以前那樣。就像莫里斯。我們去沙漠吧。」

「噢，寶貝。」羅瑟琳敞開雙臂，看起來鬆了一口氣。「讓我抱抱妳。」

芮妮的心中顫抖著，但她同時毫不遲疑地繞到丹尼爾前面，作為他的保護，走向她母親邪惡的懷抱。現在就是奪取武器的時機，把槍從羅瑟琳手中拉出來，但她的視線逐漸模糊，黑暗趁虛而入。她感覺到她的母親移動了，手臂移開了，槍在她們之間，抵著她的腹部。

芮妮眨了眨眼，讓自己的視線恢復到能看見她母親向後拉開身子，注視著她的眼睛，並且終於說出了真相：「妳吸光了我的生命，小鳥兒。」

轟然一聲槍響，距離近得震耳欲聾。芮妮等著溫熱的血液沿著肚子流下的感覺，等著鉛彈鑽進體內燒灼的感覺。但這些她都沒有感覺到。難道她離死亡太近，已經失去了感官能力？

羅瑟琳皺眉，手中握的槍鏗鏘落地。她的嘴唇張開，額前出現一個暗色的圓圈，鮮血開始從中流出。

芮妮試著扶住她，但是辦不到。羅瑟琳全身癱軟，直直倒地。她的雙膝最先著地，發出骨骼的碎裂聲，然後整個人「啪」地往後倒。芮妮望向丹尼爾。他仰躺著，雙眼閉上，手裡握著槍，身邊躺著一個彈殼。

「我沒死。」他用微弱的耳語說。

車上的擴音喇叭高聲放出副歌。

50

三十分鐘後，街道封閉起來，發電機為投光燈供應電源，犯罪現場技術員在地上擺了證物號碼的塑膠標示牌，待命的救護車等著載走傷者。羅瑟琳．費雪的屍體已經裝進屍袋，放置在驗屍官的廂型車上。

丹尼爾交出了配槍，坐在一台救護車的後保險桿，身上裹著毯子，頭部用繃帶包紮，有救護員在監測他的狀況。執法人員不管是在什麼情境下開槍攻擊，事後的標準調查程序都需要將槍枝扣押為證物，該人員也會被強制短期休假，靜待所屬部門進行內部調查。

蓋比和芮妮都躺在擔架上，在送院前先插好點滴針。蓋比的生命跡象很微弱，但光是她還活著、並且有意識能求救，就讓丹尼爾對她的痊癒抱有希望。她都已經撐了這麼久。不遠處還有兩個警察，在為那些年輕人做筆錄，他們帶著的狗在事態穩定下來之後又出現了。

救護員把芮妮推過他身旁時，她舉起一隻手，要他們停下來。

「我很抱歉，」丹尼爾說，指的是她母親的事。「我別無選擇。」他不需要說出羅瑟琳．費雪的名字。他看得出來芮妮懂了。

「看一下……我後面的口袋。」她稍微翻身，讓他看到牛仔褲口袋裡凸出了一本小平裝書。他把書拿出來。

一本關於鳥類的書。她是產生幻覺了嗎？

「地圖，」她低語道，眼睛閉上。「看……裡面的地圖。」

他翻閱內頁，找到了裡面摺起來的地圖，攤開其中一張——他喘不過氣。到處都是圓點，比班・費雪潦草畫的那張更多。

「看看書名頁。」芮妮說。

他翻回去，看到上面有一份名字和日期的索引，都是細小而整齊的草寫體字跡。他認出其中許多名字，是疑似淪為內陸帝國殺手受害者的失蹤女性。

「是羅瑟琳的字跡，」芮妮虛弱地說。「她也參與了。」

他的心臟狂跳，同時掃視那份清單，尋找他母親的名字，但沒有找到，於是他再看一次。還是沒有。他一一翻過書頁，一開始翻得飛快，然後是慢慢地翻，心裡一直希望著……

但他一無所獲。

這本書代表芮妮的雙親都下手殺人了嗎？是由羅瑟琳主導、班・費雪執行她的指令嗎？或者他們是平等的關係？他不知道莫里斯在這之中扮演的確切角色。也許他不幸地愛上了費雪夫婦中的一人，或是同時愛上了他們倆。不管實際情形為何，班和羅瑟琳都將成為歷史上惡名昭彰的鴛鴦殺手，罪案迷會把他們排進史上前十，跟傑若德與夏琳・加雷戈、雷伊與菲・柯普蘭、佛瑞德與蘿絲瑪麗・魏斯特並列。

最大的問題是：芮妮會平安無事嗎？到目前為止，她都能夠跟陰暗的過往保持距離，以之作為驅策自己前進的動力。也許她仍然能夠這樣做。也許發現了她母親的真相之後，那些原本可能在她生命中不斷前後徘徊、揮之不去的古怪感受，就能夠平息。那種有某些事不對勁的感受，丹尼爾經歷得夠多了，他知道那感受就像蜘蛛絲一樣糾結黏人。也許她不會再受到那種折磨，也許那種在半夜降臨的不安會越來越少出現，終至完全消失。

但他自己的終生追尋還沒有結束。他的母親依然下落不明。

51

骨盆裂傷，肋骨骨折，腳踝扭傷。

肋骨和腳踝的部分是芮妮原本就有想到的，但得知骨盆裂傷時讓她挺訝異的。醫生們談起她的求生本能時，動不動就用上「令人驚奇」和「無比堅韌」之類的詞。但她只是做了該做的事罷了。

會診結果決定她不需要動手術。考慮到位置和大小，可以預期這道細微骨裂會自行痊癒，不留併發症。她需要臥床幾天，接下來預計還要十二週才會完全復原。眾所皆知，醫生對病人說到復原時間時，往往都是用最好的情況去假設。她自己又在他們的估計時間之外加了幾週。能夠完全復原才是最重要的。

丹尼爾和蓋比應該也會平安無事。丹尼爾還掛著點滴、推著點滴架時，就已經來她的病房探訪了幾次。他臉龐蒼白，傷痕累累，嘴唇腫起來，一隻眼睛上方有縫線，頭上包了繃帶。他第四次來探病時，就穿了平常的衣服，點滴也拿掉了。

「他們要放我出院了。」他一面宣告，一面在房內巡視，看著陌生人送來的花和卡片。他找到一盒巧克力，問她要不要一顆。

她搖搖頭。「你自便吧。那是蓋比的先生送的。他之前用輪椅推蓋比來探望了一下下。」蓋比的丈夫當時在她身邊焦慮地忙東忙西，她則描述了羅瑟琳是怎麼把她引誘到公園去。雖然發生了這麼多事，但蓋比遭受的襲擊似乎讓這對夫妻更親近了。芮妮很高興蓋比能在家裡得到所需的支持。

丹尼爾放鬆地坐上一張椅子，小心翼翼的動作顯示了他自己也仍未擺脫痛苦。「對於妳母親的事，我很抱歉，」他又對她說了一次。這件事一定沉重地掛在他心頭。「我搞砸了。」

「你救了我的命。」

「我本來可以早一點阻止她。那時我打開後車廂，看到那件紅洋裝，就讓自己被搞得分心了，整個亂了頭緒——忘了妳母親在哪裡、在做什麼。事情未必非那樣發展不可。」

就算是奪走了羅瑟琳·費雪這種人的生命，他仍會感到後悔，這充分說明了他的性格。「我們不是超人。」芮妮說。

他帶著狡黠的表情抬頭看她。「妳確定？這裡的人都謠傳妳就是呢。」

「我只是隻沙漠老鼠啦。」要往前邁進並不容易。她為自己失去了從未真正擁有的東西而哀悼，也為羅瑟琳包裝給她的假面生活而哀悼。但她同時也感到一股希望。

有人敲了敲敞開的門。

是沙漠裡的那個女孩，跟著樂團一起的那個。她是有名字的，叫做茵迪歐。她淘氣地微笑著走了進來，並將毛衣往一旁拉開，露出那隻先前跟著芮妮一路苦行的小狗。

牠長得也不醜嘛。這是芮妮的第一個想法。其實，棕色和黑色的狗毛修剪洗淨之後，牠還挺好看的，雖然也顯得瘦骨嶙峋。

「我帶牠去找獸醫，他們把牠好好打理了。牠有植晶片呢，我們都很驚訝。牠三歲，名字叫愛德華。」

愛德華是個適合他的高貴名字。

「牠的主人六個月前死了。」她露出悲傷的表情。

「牠可能從那之後就開始流浪了吧。」芮妮說。

「獸醫也是這樣認為的。可憐的傢伙，」茵迪歐撫摸牠。「我現在不能養狗，因為我秋天就要回大學念書了，但我想先確認看看妳的意願，再帶牠去不撲殺動物的收容所，或是在社群媒體上發文看誰對牠有興趣。」

「帶牠過來，」芮妮拍了拍病床。她不知道她要怎麼照顧一條狗，她現在連要怎麼照顧自己都不確定了，但她會想到辦法的。「他就跟我回家吧。」

52

芮妮和丹尼爾走在沙漠中的偏遠地帶，這裡以極為陰暗的天空景色聞名。丹尼爾拿著折疊椅，揹著後背包，身體還在復原的芮妮把毯子抓在胸前，愛德華緊跟在後。不過幾個小時前，她為蓋比拉坯製作的陶碗終於完工，底部蓋上她的工作坊名稱「沙漠狗陶藝」，附上一隻狗的圖案，樣子很像愛德華。

丹尼爾過去幾週都在和調查局協調幫助受害者恢復正常生活的行動。除了管理這個計畫之外，他一天中的大部分時間是坐在辦公桌前，為那些剛定位尋獲的遺骸聯絡失蹤的受害者家屬。目前，藉助於「鳥書」裡的地圖，他們已經發現了二十座墳塚。

芮妮知道，他在試圖讓自己接受這個沒有結局的結局。她但願自己幫得上忙。也許正是因此，他們今晚才會來到這裡吧。他原本一直不太有興趣來沙漠裡，但大自然中的黑暗所蘊藏的力量，還有廣闊無邊的天空，都讓人驚嘆得啞口無言。她希望至少這能帶給他一點平靜，就算只有一兩個小時也好。

他們將兩張椅子並排，坐了下來，將手機放進口袋深處，不讓任何一點光線溢出來。正式的夜間觀景需要完全黑暗的環境，即使是再微弱的光源也必須關掉，而在那之後，人類的瞳孔可能需要長達三十分鐘的時間，才會調適過來。

人們好容易就會忘記地球就存在於他們上方清晰可見的銀河之中。這個念頭想來真是瘋狂。「你有看到那個星團中央的形狀嗎？」芮妮伸手去指，儘管他根本看不見她的手。「那個叫做夏季大三角。亮的那幾顆星是織女星、牛郎星和天鵝座的天津四。」這種資訊對很多人來說都是無聊透頂，她也知道自己是在把偏執的強迫行為加諸於他人。但她告訴自己，這樣沒關係，因為她有個良善的動機。

他們兩個人身上都遭遇過壞事，這個世界上也仍然會繼續發生壞事，但是自然可以為人帶來撫慰。這並不是說壞事就能因此被抹消、遺忘，不可能的。那些謀殺，那些邪惡的罪行。但她和丹尼爾只是宇宙中的滄海一粟，只是星塵。這個概念對某些人而言可能難以招架，卻讓她感到安慰。因為她知道，當壞人被關起來、受害者入土為安、無名遺骸被找出，而她哭出了自己的所有情緒之後，自然界的這一切仍然會存續，堅強而恆久。即使她選擇回到丹尼爾提議給她的工作崗位，這一切仍然永遠會在這裡等待。而如果她不回去復職，他也明確表示會視實際情況讓她參與案件偵辦。

他們用毯子裹住身體。愛德華爬到她腿上，他們一起靜靜坐了許久，卻能夠不覺得彆扭。她最後還是提起了關於他母親的話題。「我很遺憾你沒有找到她。」他正在為其他人的追尋劃下句點，自己渴望的解答卻還遙遙無期，格外令人心碎。

「這很折磨人，我不騙妳。」黑暗似乎讓他比較容易跟人分享心事。

「我一輩子都在找她。」他說。「這是一股執迷，影響了我的婚姻。我要停手嗎？我想我應該停止，但我不知道有沒有辦法。而且很奇怪的是，我難以想像如果我不再找下去，我會是個什麼樣的人。我的自我認同感就在於找尋她。我之所以成為警探，就是為了她。」

「你能想像自己從事凶殺組警探以外的行業嗎？」

「不能。」這是個誠實的答案，但她也能在他聲音中聽出那些錯失的選項和未走的路帶來的痛苦。

「我了解。這就是現在的你。」想到他們迥異又相似的人生旅程，她自己的聲音不禁激動得顫抖。跟他一樣，她也是跟在別人的人生後面行進的一個影子、一名步兵。但在她而言，她努力的是尋找、糾正和彌補其他人所犯下的罪行，同時嘗試將自己跟那些人切割開來。

最近她察覺了某件事，某件從她目睹父親被捕、周遭的世界分崩離析之後就被她忽略的事：這趟旅程是屬於班和羅瑟琳的，不是她的，從來不是。她只是被捲進了這波浪潮。

她看過了父母的腦部掃描影像，很自然地，她也好奇自己的腦袋裡看起來是什麼樣子。目前她還不打算接受掃描檢驗。她慢慢在學習相信自己。最近她還聽說，她以前的搭檔因為收受犯人賄賂而被逮捕了。他的臉被她混淆成她父親，也許是因為她的潛意識看出了他不值得信任，這是直覺，而非邏輯。她父親的骨灰鎖在保險箱裡，等她決定如何處置。她不想把骨灰放在家裡，但是拿去當垃圾丟掉似乎也不是好主意。她祖母的地產要捐贈給莫哈維漠地信託計畫，一個專門取得並保護沙漠土地的非營利組織，目前正在處理手續。羅瑟琳的房子則很快就會出售。

「我真的不知道妳是怎麼做到的，」丹尼爾說。「妳是怎麼撐過那些日子的。」

「我的應對方式是抬頭看、向外看，尋找助力。大自然從不曾讓我失望。」

和丹尼爾不同的是，芮妮發現了關於她母親的真相，於是經歷了某種近似於驗證的過程。在她內心最深處，她一直知道，她和她家人的世界運作的方式跟一般人不同。有哪裡不對勁，就連班傑明被捕之後也依然如此。

「妳感覺到了嗎？」丹尼爾問。

「嗯。」大地顫抖了，只是小小一陣，只是預兆著未來將發生之事，不會是今天，但也許是明天、或下週、或明年。

「妳擔心會有大地震嗎？」他問。

「比起大地震，我更擔心那些邪惡的人。」

「我也是。噢，老天。妳看看，」他喘了口氣。「兩點鐘方向。」

「英仙座流星雨。」現在，好奇心和感到驚奇的能力，對他們兩人都是不可或缺。如果一個人漸漸失去這些情感反應，那就有麻煩了。驚嘆是人類經驗中不能也不該犧牲的一部分。

「這堪稱我這輩子見過最美的東西。」他說。

芮妮在黑暗中對自己微笑了。也許到頭來，他還是可能會愛上沙漠。

Storytella 199

共犯

Find Me

共犯/安.費瑟作；葉旻臻譯. -- 初版. -- 臺北市：春天出版國際文化有限公司, 2024.05
面；公分. -- (Storytella；199)
譯自：Find Me
ISBN 978-957-741-851-7(平裝)

874.57 113004972

ISBN 978-957-741-851-7
Printed in Taiwan

作　者　安・費瑟
譯　者　葉旻臻
總編輯　莊宜勳
主　編　鍾靈

出版者　春天出版國際文化有限公司
地　址　台北市大安區忠孝東路四段303號4樓之1
電　話　02-7733-4070
傳　眞　02-7733-4069
E－mail　bookspring@bookspring.com.tw
網　址　http://www.bookspring.com.tw
部落格　http://blog.pixnet.net/bookspring
郵政帳號　19705538
戶　名　春天出版國際文化有限公司
法律顧問　蕭顯忠律師事務所
出版日期　二〇二四年五月初版

定　價　370元

總經銷　楨德圖書事業有限公司
地　址　新北市新店區中興路二段196號8樓
電　話　02-8919-3186
傳　眞　02-8914-5524
香港總代理　一代匯集
地　址　九龍旺角塘尾道64號 龍駒企業大廈10 B&D室
電　話　852-2783-8102
傳　眞　852-2396-0050